btb

Buch

Ein Bandenboss, der an einer Phobie vor spitzen Gegenständen leidet. Ein Baseballspieler, der die Kontrolle über den Ball verloren hat. Oder eine Schriftstellerin, die an Brechreiz leidet, sobald sie an ihrem neuen Roman schreibt. Sie alle landen in der Praxis des Psychiaters Dr. Irabu. Doch dort angekommen, sind sie plötzlich verunsichert, denn Irabu ist ein äußerst unkonventioneller Arzt, klein und dicklich und stets zu Scherzen aufgelegt, und unkonventionell sind seine Behandlungsmethoden: Es gibt keine Couch, stattdessen sucht er seine Patienten auf und bringt ihr Leben gründlich durcheinander. Doch siehe da: Seine Methoden zeigen Wirkung. Skurrile Geschichten zum Schmunzeln und Nachdenken – für alle, die das Außergewöhnliche lieben.

Autor

Hideo Okuda wurde 1959 in der Präfektur Gifu auf der japanischen Insel Honshu geboren. Bevor er die schriftstellerische Karriere einschlug, war er als Werbetexter und Redakteur tätig. 2001 wurde er mit dem japanischen Krimipreis ausgezeichnet. Für das vorliegende Buch erhielt er den japanischen Literaturpreis, den Naoki-Preis. Der Autor lebt heute in Tōkyō.

Hideo Okuda

Die seltsamen Methoden des Dr. Irabu

Aus dem Japanischen
von Matthias Pfeifer

btb

Die japanische Originalausgabe erschien 2004 unter dem Titel »KUCHU BURANKO« bei Bungei Shunju Ltd., Japan.

FSC
Mixed Sources
Product group from well-managed forests and other controlled sources

Cert no. GFA-COC-1223
www.fsc.org
© 1996 Forest Stewardship Council

Verlagsgruppe Random House FSC-DEU-0100
Das für dieses Buch verwendete FSC-zertifizierte Papier *Munken Print* liefert Arctic Paper Munkedals AB, Schweden.

2. Auflage
Deutsche Erstveröffentlichung Februar 2007

Umschlaggestaltung: Design Team München
Umschlagmotiv: Plainpicture/Kuttig
Satz: IBV Satz- und Datentechnik GmbH, Berlin
Druck und Einband: Clausen & Bosse, Leck
EM · Herstellung: AW
Printed in Germany
ISBN 978-3-442-73602-7

www.btb-verlag.de

Das Trapez

1

Dreizehn Meter über der Arena stand Kōhei Yamashita mit durchgestrecktem Körper auf dem Absprungbrett. Er schloss die Augen und atmete tief durch. Seine Hände umfassten die Holzstange. Er vergewisserte sich seines Griffes und öffnete die Augen. Sein Blick richtete sich auf die runde Papierscheibe vor ihm. Die nächste Trapeznummer hieß *Flug durch den Kreis*.

Haruki, die Nummer zwei im Team, legte seine Hand auf Kōheis Schulter und wartete auf den richtigen Moment. »Eins, zwei, drei«, murmelte er ihm wie immer ins Ohr und gab ihm einen kräftigen Klaps, »los!«

Kōhei sprang ab. Er spürte den Wind am ganzen Körper. Während er im großen Bogen durch die Luft flog, hakte er seine Beine in die Trapezstange ein. Nach dem zweiten Schwung ließ er los und durchstieß mit dem Kopf die Scheibe. Das Papier riss mit einem Knall. Vor seinen Augen erschien kopfüber baumelnd ein stämmiger Mann: der Fänger Uchida.

Ihre Blicke trafen sich. Pass auf, guck auf meine Hände, dachte Kōhei.

Im nächsten Augenblick packten zwei kräftige Hände seine Arme, allerdings nicht an den bandagierten Stellen, sondern näher an den Handgelenken.

Schon wieder daneben! Wie so oft in letzter Zeit. Wenn die Arme nicht exakt an der richtigen Stelle gefasst wurden, gab es beim Return Probleme mit der Höhenabstimmung, und die Gelenke wurden zusätzlich belastet.

Wieder machte er einen Bogen. Er hörte die Bravorufe und den Beifall von der Tribüne. Die haben nicht die leiseste Ahnung, was hier vor sich geht, dachte er, und sein Ärger richtete sich nun gegen das Publikum.

Beim Return war sein Rückschwung zu stark, sodass er nur mit Mühe den Wechsel zur anderen Trapezstange schaffte. Er spürte ein leichtes Ziehen im Rücken. Am höchsten Punkt loslassen und im richtigen Moment die Stange fassen, gehörte zu den Grundregeln der Trapezkunst. Schon eine geringe Abweichung konnte den gesamten Ablauf gefährden.

Er erreichte wieder das Sprungbrett, hob die Arme und nahm den Beifall der Menge entgegen.

»Dieser Uchida! Hat schon wieder einen Fehler beim Fangen gemacht«, zischte er Haruki zu und lächelte dabei ins Publikum.

»Ja? Hab ich gar nicht bemerkt.«

»Das macht der doch mit Absicht! Während wir uns abschuften.«

Eine Lautsprecherstimme kündigte bereits die nächste Attraktion an, den *Blindflug.* Ein Raunen ging durch die Menge. Kōhei legte sich die Augenbinde an. Dann wickelte Haruki ihm noch ein Tuch um den Kopf, sodass garantiert kein Licht mehr durchdringen konnte.

Er atmete tief durch und konzentrierte sich auf den nächsten Sprung. In Gedanken spielte er den gesamten Ablauf noch einmal durch, bis sich alles zu einem klaren Bild verdichtete. Gut, los geht's, dachte er bei sich.

Haruki begann zu zählen. Bei drei spürte Kōhei einen Klaps auf dem Rücken und sprang ab. Einmal vor und zurück, noch einmal, und beim dritten Schwung schnellte er durch die Luft. »Okay!«, hörte er eine Stimme rufen und streckte seine Arme nach vorne, die Rückenmuskeln waren angespannt.

Uchida verfehlte ihn. Ehe er sich versah, fiel Kōhei in eine tiefe Dunkelheit. Er zog automatisch das Kinn ein, winkelte die Arme an und ließ alle Kraft aus dem Körper. Er vernahm das »Oah ...« des Publikums, bevor er im Sicherheitsnetz landete.

Dieser Dreckskerl!, dachte Kōhei wütend, während er die heitere Stimme des Ansagers »Und noch einmal« durch das Zelt schallen hörte.

Kōhei unterdrückte seinen Zorn und stieg erneut auf die Rampe.

»Mach dir nichts draus«, versuchte Haruki ihn aufzumuntern.

»Wieso? Ich habe doch nichts falsch gemacht«, gab Kōhei verärgert zurück.

»Vielleicht solltest du deinen Körper noch ein bisschen mehr strecken.«

»Das soll wohl ein Scherz sein. Weißt du eigentlich, wie lange ich das hier schon mache?«

Seit zehn Jahren war er beim *Neuen Japanischen Zirkus,* sieben Jahre davon als Trapezkünstler. Seit drei Jahren war er unangefochten die Nummer eins im Team. Dazu konnte er sich rühmen, den Zirkus im Blut zu haben. Seine Eltern waren beide Artisten gewesen, und deshalb war ihm diese Welt von Geburt an vertraut.

Der zweite Versuch. Diesmal musste es klappen, das war eine Frage der Berufsehre. Doch auch beim zweiten Mal ging es schief. Diesmal schaffte er es noch nicht einmal, Uchidas Hände zu berühren, und landete erneut im Netz.

Es war das erste Mal in seiner Laufbahn, dass zwei Versuche hintereinander misslangen. Außer sich vor Wut starrte er den kopfüber am Trapez baumelnden Uchida an. Kōhei konnte sich des Eindrucks nicht erwehren, dass dieser ihn ebenfalls scharf anblickte. Zornesröte stieg ihm ins Gesicht.

Der Zirkusdirektor Niwa entschied vom zweiten Kontrollraum aus den Abbruch der Nummer. Mit einem »Aber bitte fordern Sie ja nicht Ihr Geld zurück!«, versuchte der Ansager das etwas enttäuschte Publikum bei Laune zu halten.

Kōhei stieg nicht wieder auf die Rampe, sondern zog sich an den Rand der Manege zurück, von wo aus er die nächste Nummer beobachtete. Einer der jungen Springer demonstrierte den *zeitverzögerten Sprung* an zwei Trapezen. Den Applaus des Publikums nahm er mit sichtlicher Freude entgegen.

Kōhei wischte sich den Schweiß mit einem Handtuch ab. Sein Zeigefinger zitterte leicht. Eine Woche lang gastierte der Zirkus nun schon in Tōkyō, und bereits fünf Mal war Kōhei im Netz gelandet. Für einen Trapezspringer konnte es keine größere Demütigung geben.

Nach der letzten Nummer erhob er sich von seinem Platz und wickelte sich sein Handtuch um die Faust: So etwas ließ er sich auf keinen Fall bieten, schon gar nicht von einem Kollegen. Er schnappte sich den gerade zurückkommenden Uchida und stellte ihn in der Garderobe zur Rede. Dieser machte nur große Augen und verstand überhaupt nichts. Dann schlug Kōhei zu.

Ehe es zu einer Schlägerei kommen konnte, waren die anderen dazwischengegangen. Kōhei kochte vor Wut. »Lasst mich los! Auf wessen Seite steht ihr eigentlich?« Seine Stimme überschlug sich, er zitterte am ganzen Körper. Schweigend und sichtlich verlegen sahen ihn die Kameraden an.

Die psychiatrische Abteilung der *Irabu-Klinik* befand sich im Untergeschoss eines modernen Gebäudes. Die Aufnahme und die Lobby waren hell und geschmackvoll eingerichtet, doch kaum ging man die Treppe zum Untergeschoss hinunter, wurde es mit einem Mal düster, und der Geruch von Medikamenten stach einem in die Nase. Dieser plötzliche Gegensatz verunsicherte Kōhei. Abgesehen von einigen berufsbedingten Verletzungen hatte es bisher keinen Anlass gegeben, ein Krankenhaus aufzusuchen.

Nach der letzten Vorstellung war er von Niwa ins Verwaltungsbüro gerufen worden. Kōhei hatte das Schlimmste befürchtet, doch es kam alles ganz anders. Niwa hatte sich geradezu fürsorglich gezeigt.

»Mein lieber Kō, hast du Probleme mit der Hüfte?«

»Nein, überhaupt nicht«, schüttelte dieser den Kopf.

»Tja, dann bist du wohl überarbeitet«, antwortete Niwa besorgt. Auch Kōheis Frau Eri war dazugekommen und meinte aufmunternd: »Eine kleine Pause würde dir gut tun«, was ihn nur noch mehr betrübte. Schließlich schlugen sie ihm vor, einen Psychiater zurate zu ziehen. Er wollte zuerst widersprechen, merkte aber, dass ihm dazu die Energie fehlte. Außerdem machte er sich große Vorwürfe, dass er Uchida einen Fausthieb versetzt hatte. Nur zu gerne hätte er mit jemandem darüber geredet.

»Es reicht bestimmt schon, wenn er dir Schlaftabletten verschreibt«, versuchte Eri ihn zu trösten. Tatsächlich hatte er seit einiger Zeit Probleme beim Einschlafen, doch dass auch Eri dies bemerkt hatte, war ihm peinlich.

Das Krankenhaus wurde ihm vom Manager des Zirkusbüros empfohlen. Dieser hatte es wohl deshalb gewählt, weil es in der Nähe lag.

Kōhei holte tief Luft und klopfte an die Tür. »Nur herein!«, ertönte sogleich eine helle Stimme, die nicht zu der düsteren Atmosphäre passen wollte. Eine Verbeugung andeutend trat er ins Zimmer. Er erblickte einen dicken Mann im weißen Kittel, der im Schneidersitz auf einem Sessel hockte. Sein Alter war schwer zu schätzen, doch war er zweifellos älter als Kōhei. Auf seiner Brust prangte ein Namensschild mit der Aufschrift: *Dr. med. Ichirō Irabu.*

»Tja, dann setzen Sie sich doch mal«, forderte dieser ihn auf. Vor dem Patientenstuhl stand ein Tischchen mit Injektionsspritzen, auf das der Arzt unablässig mit den Fingern trommelte. Wollte man ihm so mir nichts dir nichts eine Spritze verabreichen? Kōhei runzelte die Stirn.

»Das ist doch hier die psychiatrische Abteilung, oder?«

»Ganz genau«, erwiderte Irabu und grinste schelmisch. »Laut dem von Ihnen ausgefüllten Fragebogen sind Sie ein Angestellter aus Shizuoka und leiden an Schlafproblemen, richtig? Für Patienten, die nicht regelmäßig kommen können, gibt es erst einmal eine Spritze, das geht bei uns ruckzuck.«

»W-wie bitte?« Kōhei zog seine Stirn noch mehr in Falten.

»Hey, Mayumi-chan, kommst du mal eben!«, rief Irabu, und sofort kam hinter einem Vorhang eine wohl proportionierte, junge Krankenschwester hervor. In der Hand trug sie ein Tablett mit einer Spritze darauf, die so groß war wie ein Hotdog.

»Also ... das ist doch nicht Ihr Ernst ...?«

»Kein Grund zur Panik. Das ist nur eine Vitaminspritze. Für einen ruhigen Schlaf gibt es nichts Besseres als Vitamine.«

»Äh ... wirklich?«

Bevor er diese Aussage in Zweifel ziehen konnte, wurde ihm am linken Arm ein Gummiband festgezurrt. Die Krankenschwester namens Mayumi stach wortlos zu. »Au!«, schrie er unvermittelt auf. Sie beugte sich nach vorne und gewährte ihm einen tiefen Einblick in ihren Ausschnitt. Der Duft ihres Parfüms wirkte aufreizend. Er sah mit Befremden, wie Irabu mit glasigen Augen auf die Einstichstelle starrte. Die Furchen auf Kōheis Stirn waren nun so tief, dass man eine Ein-Yen-Münze hätte hineinstecken können.

Sah so heutzutage eine Behandlung aus? War das inzwischen normal? Kōhei begann an seinem gesunden Menschenverstand zu zweifeln.

»Sie befinden sich also auf einer Dienstreise?«, wandte sich Irabu ihm zu.

»Sozusagen, aber ich werde für eine Weile in der Nähe sein.«

»Ach, dann können Sie ja doch regelmäßig bei uns vorbeischauen. Dann wäre eine so große Spritze gar nicht nötig gewesen«, murmelte Irabu.

Die Krankenschwester hatte es sich inzwischen auf der

Wartebank bequem gemacht und blätterte in einem Magazin.

»Also gut. Kōhei Yamashita, zweiunddreißig Jahre, Angestellter. Was genau machen Sie?«, fragte Irabu, den Blick auf den Anmeldebogen gerichtet.

»Also ... ich arbeite beim Zirkus ... eigentlich bin ich Trapezkünstler«, antwortete Kōhei leise, »aber eben im Angestelltenverhältnis«, fügte er hinzu.

Nachdem der Zirkus in eine Aktiengesellschaft umgewandelt worden war, wurden sämtliche freien Dienstverträge aufgelöst und sogar die Dompteure und Clowns angestellt.

»Im Zirkus?«, Irabu hob den Kopf. »Wie heißt denn der Zirkus?«, fragte er mit glänzenden Augen. Für Kōhei war diese Reaktion nichts Neues.

»Er heißt *Neuer Japanischer Zirkus.* Seit letzter Woche gastieren wir auf dem Gelände des alten Rangierbahnhofs bei der Chûōmachi-Station.«

»Das muss ich unbedingt sehen!«

Irabu beugte sich unvermittelt vor und schaukelte mit seinem Oberkörper aufgeregt hin und her. Kōhei wich erschrocken zurück.

»Los, gehen wir!«, rief Irabu und stand auf. Er zog seinen weißen Kittel aus und warf ihn achtlos in die Ecke, streifte seine Sandalen ab und schlüpfte in teuer aussehende Lederschuhe. »Wir ge-hen in den Zirkus. Ich freu mich so!«, summte er zur Melodie eines japanischen Schlagers.

Völlig perplex schaute Kōhei den Arzt an.

»Also, montags haben wir Ruhetag und deshalb ...«, sagte er zaghaft.

»Ruhetag?« Irabu machte ein betrübtes Gesicht, plumpste in den Sessel zurück und stieß einen tiefen Seufzer aus.

»Morgen ist wieder geöffnet. Wenn Sie vorbeikommen möchten, sind Sie herzlich eingeladen!«, sagte Kōhei schließlich, um Irabu versöhnlich zu stimmen.

»Wirklich?«, freute sich dieser und sprang wieder auf. »Versprochen? Los, Finger kreuzen!« Kōhei blieb nichts anderes übrig, als seinen kleinen Finger mit dem des Arztes zu verhaken.

»Also abgemacht! Morgen werde ich Ihnen einen Hausbesuch abstatten. Die Spritze gibt's gratis.«

»Aha ...«, Kōhei war sprachlos. War dieser Typ wirklich ein Arzt?

Er blickte zur Krankenschwester, die gelangweilt eine Zigarette rauchte. Egal, was soll's! Jetzt noch rasch nach einem Schlafmittel fragen und dann nichts wie raus hier, dachte er bei sich.

»Herr Doktor, könnten Sie mir noch Schlaftabletten verschreiben? Ich schlafe nämlich seit einiger Zeit schlecht.«

»Mein Gott, es ist schon so lange her, dass ich im Zirkus war, fast eine Ewigkeit!« Irabus Blick schweifte in die Ferne.

»Die Tabletten müssen auch gar nicht stark sein. Normalerweise nehme ich ja überhaupt keine Medikamente.«

»Die Trapeznummer ist der Höhepunkt einer Zirkusvorstellung, richtig?«

»Und dann hätte ich noch eine Bitte. Meine Frau meinte, dass auch ein paar Magen-Darm-Tabletten nicht schaden könnten, sozusagen vorbeugend.«

»Was mich auch interessieren würde, Herr Yamashita, trainieren Sie eigentlich schon seit Ihrer Kindheit?«

»Herr Doktor! Hören Sie mir eigentlich zu?«

»Klar, Schlaflosigkeit, nicht?«

»Ja, das auch ...«

»Sind Sie eigentlich zur Schule gegangen?«

»Ja, das bin ich. Und auch auf die Universität, falls es Sie interessiert.«

Kōhei war gereizt. Der Zirkus war in beruflicher Hinsicht eine erstklassige Adresse. Die meisten Kollegen in der Verwaltung waren Universitätsabsolventen. Die Akrobaten gehörten zur Schauspielabteilung und machten weniger als die Hälfte der gesamten Belegschaft aus. Der Hauptsitz befand sich in

Shizoka, dort gab es ein firmeneigenes Gebäude und ein großes Gelände, wo die Tiere dressiert wurden.

»Tja, warum arbeiten Sie dann in einem Zirkus?«

»Weil schon meine Eltern beim Zirkus gearbeitet haben, deshalb! Am Anfang wollte ich eigentlich etwas ganz anderes machen, doch als ich im vierten Studienjahr anfing, mich bei verschiedenen Unternehmen zu bewerben, habe ich gemerkt, dass ich für einen Bürojob nicht geschaffen war. Und deshalb habe ich meine Meinung geändert.«

»Waren Sie schon immer sportlich?«

»Na ja, die Turnübungen sind mir schon immer leicht gefallen. Das habe ich wohl von meinen Eltern geerbt. Aber es gibt auch Artisten, die ohne jegliche Vorkenntnisse zum Zirkus gestoßen sind. Meine Frau zum Beispiel; sie macht Seil- und Showtanz, obwohl sie ursprünglich Hauswirtschaft an einer Fachhochschule studiert hat.«

»Ob ich das auch lernen könnte?«, fragte Irabu.

»Klar, warum nicht?«, antwortete Kōhei, um nicht unhöflich zu wirken, bezweifelte es aber.

»Das A und O ist natürlich regelmäßiges Training. Auf einem Schwebebalken einen halben Meter über der Erde zu balancieren ist etwas anderes als in zehn Meter Höhe. Das ist der Unterschied zwischen Sport und Zirkus. Wichtiger als die Technik ist die Überwindung der Angst.«

»Hm, verstehe.« Irabu nickte bewundernd. »Also wenn, dann kommt für mich nur das Trapez in Frage«, murmelte er.

»Äh ... Herr Doktor, wie ist das jetzt mit meinen Medikamenten?«

»Medikamente? Was für Medikamente?«

Anscheinend hatte Irabu ihm tatsächlich nicht zugehört. Kōhei seufzte. Noch einmal klagte er ihm sein Leid und erwähnte auch seine zunehmende Unbeherrschtheit und den Fausthieb gegen seinen Kollegen.

»Na gut, dann verschreibe ich Ihnen zunächst einmal leichte Schlaftabletten, zusätzlich zu den Vitaminspritzen.«

Irabu grinste spitzbübisch. Sein fleischiges Doppelkinn wackelte dabei und erinnerte Kōhei an das Nilpferd aus Zentralafrika, das bei einer der Tiernummern mitwirkte.

»Ich am Trapez ... das wird ein Mordsspaß!« Irabu blickte wieder in die Ferne, das Zirkusfieber hatte bereits von ihm Besitz ergriffen.

Ob er wirklich den Mumm dazu hatte? Kaum vorstellbar, dachte Kōhei, doch er fragte nicht weiter nach.

»Tja, dann bis morgen.« Irabu winkte ihm kurz zum Abschied, und Kōhei winkte gedankenverloren zurück.

Er verließ das Behandlungszimmer und stieg die Treppe zum Erdgeschoss empor. Durch ein Fenster drang Sonnenlicht und blendete Kōhei, sodass er die Augen zusammenkneifen musste. Er hatte das Gefühl, in die wirkliche Welt zurückgekehrt zu sein. Wie ein böser Traum, dachte er und zwickte sich in die Wange, um sicherzugehen, dass er wach war.

Als er nach Hause kam, spielte Eri gerade mit ihrem dreijährigen Sohn Yōsuke. Sein Zuhause war eigentlich ein Wohnwagen und stand neben den Wohnwagen der anderen Zirkusleute hinter dem großen Zelt.

»Wie wär's, essen wir heute bei *Denny's* zu Mittag?«, schlug Eri vor, und er stimmte zu. Sie hatten vereinbart, an spielfreien Tagen auswärts zu essen.

Vierzig Wochen im Jahr führten sie dieses Wanderleben. Im Wohnwagen gab es alles, von der Küche bis zum Bad, wie in einem richtigen Haus. Seit seiner Kindheit lebte Kōhei in dieser Umgebung. Am Anfang hatte er tatsächlich gedacht, dass Giraffen und Zebras in jedem Haushalt zu finden wären. Doch das Wanderleben brachte es auch mit sich, dass er unzählige Male die Schule wechseln musste. Kaum hatte er neue Freunde gefunden, hieß es schon wieder Abschied nehmen. Dafür war der Zusammenhalt innerhalb der Zirkusgemeinde umso größer. Alle Zirkuskinder waren wie Geschwister, sie waren Freunde fürs Leben.

Doch mit der Zeit hatte sich hinter den Kulissen viel verändert. Genau wie in der japanischen Gesellschaft wurden die Familien in der Zirkusbranche immer kleiner und reduzierten sich auf die so genannte Kernfamilie. Zirkusehepaare, die für die Dauer des Gastspiels in Hotels oder Apartments lebten, waren keine Seltenheit mehr. Paare mit Kindern entschieden sich oft für ein Pendlerdasein: Während der Mann mit dem Zirkus unterwegs war, blieben Frau und Kind zu Hause. Neu hinzugekommene Akrobaten fuhren mit ihren Privatautos zu den Vorstellungen und aßen auswärts. Es war inzwischen sogar üblich, freie Stellen öffentlich auszuschreiben. Die Zeiten, in denen der Nachwuchs – wie Kōhei – in die Fußstapfen der Eltern trat, waren so gut wie vorbei. Der Zirkusbetrieb hatte sich den veränderten Bedingungen angepasst.

Im *Neuen Japanischen Zirkus* hatte es im letzten Herbst eine Reihe von Umstrukturierungen gegeben. Eine unabhängige Gruppe von Stuntmen, deren Unternehmen kurz vor dem Aus stand, wurde in die Akrobatentruppe eingegliedert. Überall sah man auf einmal unbekannte Gesichter, und es kam verstärkt zur Bildung von Cliquen.

»So jung und schon so traditionsbewusst«, neckte Eri ihren Mann, und sie hatte Recht. Kōhei hielt viel auf das alte Wir-sind-eine-Familie-Prinzip. Rationalisierung war eben nicht immer der Weisheit letzter Schluss.

»Dein Vater hat übrigens angerufen. Er möchte seinen Enkel mal wieder sehen und hat uns eingeladen, am nächsten Ruhetag bei ihnen vorbeizukommen«, teilte Eri ihm mit.

»Oh, nein! Ich hab keine Lust, den langen Weg am selben Tag hin- und zurückzufahren. Zu anstrengend.«

Seine Eltern taten Dienst im Hauptsitz der Firma. Früher arbeitete sein Vater als Bärendompteur, aber nun dressierte er seinen Computer, von dem er gar nicht mehr wegzulocken war. Er ging mit der Zeit.

Kōhei, Eri und der Kleine verließen den Wohnwagen. Draußen lugte hinter dem mit Nylonplanen verhängten Gehege der

Giraffenbulle Kiebō neugierig hervor. Es war diese Atmosphäre, die Kōhei am Zirkus so sehr liebte.

2

Am folgenden Tag erschien Irabu um Punkt neun Uhr auf dem Zirkusgelände. Einer der jungen Mitarbeiter, der gerade Tordienst hatte, kündigte ihn an: »Der Arzt für den Chef ist hier. Scheint ein Hausbesuch zu sein. Eine Krankenschwester ist auch dabei.«

Er war tatsächlich gekommen. Und das am frühen Morgen!

»Hallo, Herr Yamashita!«, hörte er eine Stimme sagen, und als er nach draußen ging, winkte ihm Irabu vom Seiteneingang zu. Hinter ihm parkte ein gelbgrüner Porsche.

»Sie haben doch vor der Vorstellung Aufwärmtraining, nicht? Ich dachte, ich könnte ein bisschen mitmachen.« Irabu strahlte wie ein Honigkuchenpferd. »Aber vorher gibt's eine Spritze, ja?«, Irabu trommelte mit den Fingern auf seine Arzttasche. Kōhei war fassungslos.

Im Sanitätszimmer des Zirkus ließ er sich widerstandslos die Spritze geben. Die Krankenschwester trug diesmal nicht ihre weiße Schwesterntracht, sondern eine leopardenfellgemusterte kurze Hose. Irabu selbst hatte einen leichten Sportpullover an. Ein merkwürdiges Paar, dachte Kōhei.

Sein Sohn Yōsuke kam angerannt und betrachtete genau wie Irabu mit großem Interesse die Einstichstelle. »Als Nächstes kommt unser Kleiner dran«, sagte die Krankenschwester mit todernstem Gesicht, und wie ein Blitz nahm der Junge Reißaus.

Da der Arzt sich nicht so einfach abwimmeln ließ, zeigte Kōhei ihm das Zirkuszelt. Er stellte Irabu ein Einrad zur Verfügung, mit dem er herumfahren konnte. Die Gefahr, sich dabei zu verletzen, war gering.

Im Zeltinneren trainierten die Praktikanten am Trapez, während die Anfänger mit Aufräumarbeiten oder im Zirkusladen beschäftigt waren und dabei von einer Karriere als Akrobaten träumten.

»Ist ja ein riesiges Zelt. Fast so groß wie eine Sporthalle, nicht?«, staunte Irabu, als er seinen Blick durch das Zeltinnere schweifen ließ.

»Ja, wir haben dieses Jahr rundum erneuert, damit wir von den Großen im Zirkusgeschäft – wie *Kinoshita* oder *Kigure* – nicht untergebuttert werden.«

Im Zirkusgeschäft galten die Gesetze des Dschungels: Nur die Besten und Modernsten konnten überleben. Der *Neue Japanische Zirkus* war der kleinste unter den fünf großen Zirkusunternehmen im Land.

Jeder Zirkusmitarbeiter, den sie unterwegs trafen, grüßte Kōhei höflich, was dieser stets mit einem knappen »Alles klar?« quittierte.

Als er nach oben zur Zirkuskuppel blickte, sah er den Fänger Uchida am Trapez baumeln. Er war genauso alt wie Kōhei und hatte früher als Stuntman gearbeitet. Angefangen hatte er als Kunstradfahrer auf einem Motorrad, seit einem Monat durfte er auch bei den Trapeznummern mitmachen. Offensichtlich trainierte er gerade mit einem der jungen Akrobaten.

Was bildet der sich eigentlich ein?, dachte Kōhei verärgert. Er hatte plötzlich das Gefühl, dass jemand in sein ureigenes Territorium eingedrungen war.

Aufgrund des Vorfalls vor zwei Tagen herrschte eine angespannte Stimmung in der Gruppe. »Guten Morgen!«, rief Kōhei nach oben, und Uchida erwiderte den Gruß mit ausdruckslosem Gesicht.

Einer der jungen Akrobaten fragte Kōhei leise von der Seite, wer denn der Herr sei, der mit ihm gekommen war.

»Ach, das ist der Arzt von dem Krankenhaus hier in der Nä...« Er konnte den Satz nicht vollenden. Was er sah, ließ ihn erstarren. Irabu, den er für einen Moment unbeaufsichtigt gelassen hatte, war dabei, die am Mast befestigte Leiter hochzuklettern.

»Herr Doktor! Was machen Sie denn da!«

»Ich wollte lieber ein bisschen auf dem Trapez schaukeln«, entgegnete dieser trotzig.

»Herr Doktor, kommen Sie runter! Wenn Sie abstürzen!«

»Kein Problem. Ich bin sehr sportlich.«

Das war allerdings wenig glaubhaft. Irabu brachte locker hundert Kilo auf die Waage. Die Aluminiumleiter bog sich ächzend unter seinem Gewicht. Alle waren wie erstarrt. Irabu erreichte schließlich die Plattform. Der Praktikant machte ihm Platz.

»Wow! Das ist ja um einiges höher, als ich dachte!«

Die Höhe entsprach ungefähr dem zweiten Stock eines Hochhauses.

Kōhei war am Verzweifeln. Wie konnte man ihn nur wieder runterbringen? Für Amateure war das Hinunterklettern nicht ungefährlich.

»Herr Doktor, das Beste ist, Sie lassen sich einfach ins Netz fallen. Bei der Landung ziehen Sie das Kinn ein, Sie dürfen sich keinesfalls verkrampfen. Und achten Sie darauf, dass Sie mit dem Gesäß zuerst landen und nicht mit den Füßen voran, alles klar?«

Irabu ergriff die Trapezstange.

»Mensch! Nimm ihm die Stange aus der Hand«, schrie Kōhei seinen jungen Kollegen an, der wie in Trance alles machte, was Irabu ihm sagte.

»Wann war noch mal der beste Zeitpunkt für den Absprung?«, wollte Irabu wissen, und der Praktikant gab bereitwillig Auskunft.

»Ey, stopp! Lassen Sie das!«

»Und ... los geht's!«, murmelte Irabu. Mit ernstem Blick schaute er nach vorne, und ohne auch nur einen Moment zu zögern, sprang er ab.

»Oh nein!« Kōhei schlug die Hände vors Gesicht.

Irabu umklammerte die Stange und schwang hin und her. Der Fänger Uchida passte den richtigen Moment ab und begann seinerseits zu schwingen.

»Hey, Uchida! Lass den Quatsch, das geht schief. Ihr werdet beide abstürzen!«

Aber noch bevor Irabu an den Wechsel denken konnte, plumpste er schon in die Tiefe. Seine Hände konnten das eigene Gewicht nicht halten. Dank der Schwerkraft landete er mit dem Gesäß voran im Netz. Da er nicht wusste, wie er den Fall abbremsen konnte, wurde er wie bei einem Trampolinsprung mehrmals in die Höhe geschleudert.

»Mann, ist das toll!«, schrie er verzückt, während er durch die Luft wirbelte.

Die Praktikanten sahen ihn wortlos an, als ob er ein seltenes Tier aus dem Amazonas wäre.

»Herr Yamashita! Das muss ich gleich noch mal probieren!«

»Das soll wohl ein Scherz sein?«

»Also, seien Sie doch kein Spielverderber!«

»Völlig ausgeschlossen!«

Als Kōhei nach oben blickte, sah er, dass Irabu ein trotziges Gesicht machte, wie ein Kind, dem gerade etwas verboten wurde.

Irabu sah sich die Elf-Uhr-Vorstellung von der ersten Reihe aus an. Man hatte ihm zwar versichert, dass die Rangplätze eine bessere Sicht böten, doch er blieb stur.

Bei der Clownnummer suchte man nach Freiwilligen aus dem Publikum. Es war Irabu, der sich lautstark meldete und vor einer johlenden Menge die Späße des Clowns mitmachte. Eigentlich war es üblich, dass ein Mitglied des Zirkusteams die Rolle des Freiwilligen übernahm, deshalb reagierte der Clown anfangs etwas verunsichert. Doch er war routiniert und passte sich rasch der neuen Situation an. Nachdem die Nummer zu Ende war und er aus der Arena zurückkam, wurde er von seinen Kameraden mit Fragen überhäuft. »Wer war der Typ eben?« – »Hat ihn der Chef geschickt?« Irabu hatte die Rolle des Freiwilligen perfekt gespielt.

»Tja, dann bis morgen!«, verabschiedete sich Irabu nach der Vorstellung, was den meisten Akrobaten einen ordentlichen Schrecken einjagte.

»Herr Doktor, müssen Sie morgen nicht im Krankenhaus sein?«, warf Kōhei ein.

»Ach nein, ich habe in der Aufnahme Bescheid gesagt, dass sie alle Patienten zum Internisten schicken sollen«, erwiderte Irabu fröhlich.

Wieder sah sich Kōhei mit offenem Mund dastehen, und erneut zwickte er sich in die Wange, um sicherzugehen, dass er nicht träumte.

Irabus Begleitung hatte kein Interesse an der Vorstellung gezeigt. Sie stand stattdessen die ganze Zeit vor dem Raubtierkäfig und betrachtete den Leoparden. »Sie scheint einen Narren an ihm gefressen zu haben«, meinte Eri später zu ihrem Mann. Die Krankenschwester war ihm ein Rätsel, genau wie Irabu.

Auch an diesem Tag scheiterte Kōhei am Trapez, und zwar bei einer der einfachsten Übungen. Kein Salto, keine Drehung, nichts Kompliziertes; der Flieger musste lediglich die Beine in die Querstange einhaken, schwingen und warten, bis der Fänger ihn im richtigen Moment an den Armen packte.

Natürlich gab Kōhei wieder Uchida die Schuld an dem Reinfall. Er wusste es bereits im Augenblick des Wechsels, als sich ihrer beider Augen trafen.

Nach diesem Absturz wurde Kōhei auf Anordnung Niwas ins Ersatzteam abkommandiert. Die Trapeznummer übernahm nun der zweite Flieger, Haruki.

Kōhei versuchte, sich zu beherrschen. Als Teamchef musste er mit gutem Beispiel vorangehen, er hatte schon genug Unruhe gestiftet. Lag es womöglich doch an ihm? Je mehr er darüber nachdachte, umso weniger sah er den Fehler bei sich. Seine Performance war eigentlich wie immer.

Um sich dessen zu vergewissern, machte er einige Trainingssprünge mit Niwa, der früher auch als Fänger gearbeitet hatte. Und siehe da: kein einziger Fehlversuch! Es lag also doch an Uchida. Diese Erkenntnis machte ihn zunehmend wütend. Hier lag eindeutig ein Fall von Mobbing vor.

»Sag mal, könnte ich nicht einen anderen Fänger bekommen?«, fragte er Niwa anschließend.

»Das kannst du vergessen«, entschied dieser kurzerhand. Der Fänger sei sozusagen die Ehefrau im Team und konnte nicht einfach ausgetauscht werden, fügte er als Erklärung hinzu.

»Und wie wäre es, wenn nur bei mir der Fänger ausgewechselt werden würde«, ließ Kōhei nicht locker.

»Kō-chan, also bitte! Du weißt doch selbst am besten, dass so etwas gar nicht in Frage kommt. Man kann doch nicht einfach zwischendurch den Fänger auswechseln! Das würde doch den ganzen Ablauf durcheinanderbringen.«

»Wieso denn? Man könnte doch zum Beispiel eine Clownnummer einschieben. Dadurch würde die Spannung gesteigert, und der Höhepunkt der Show, der *Blindflug,* bekäme noch mehr Aufmerksamkeit.«

Niwa stützte sein Kinn auf beide Hände und blickte Kōhei lange und eindringlich an.

»Sag mal, was ist eigentlich in letzter Zeit mit dir los? Früher warst du derjenige, der die Initiative ergriffen hat und für den Zusammenhalt des Teams gesorgt hat. Warum willst du das alles wieder zunichte machen?«

»Also das ist wirklich nicht fair! Du tust gerade so, als ob ich es wäre, der Unruhe ins Team bringt!«, fuhr Kōhei ihn an. »Und überhaupt, wie soll ich ein Team formen, wenn alle nach getaner Arbeit ihrer Wege gehen?«

»Daran lässt sich wohl kaum etwas ändern. Die Leute haben eben auch ein Privatleben.«

»Und Uchida? Der hat sich nicht ein einziges Mal bei uns im Camp blicken lassen!«

»Das liegt daran, dass er aus Tōkyō ist und jeden Tag hin- und herpendelt.«

»Tja, warum können wir nicht einfach die jungen, unverheirateten Akrobaten in einem Wohnwagen hier auf dem Gelände unterbringen?«

»Wir können keinen zwingen, Kō! Du weißt selbst, wie anstrengend ein zweimonatiges Gastspiel ist. Da braucht man einfach einen Ort, wo man sich zurückziehen kann.«

»Das war früher aber anders«, ereiferte sich Kōhei.

»Meine Güte, manchmal redest du wirklich wie ein alter Mann.«

»Aber hab ich nicht Recht? Ich bin der Einzige mit Familie im Camp!«

»Die Zeiten haben sich eben geändert. Das müsstest du inzwischen begriffen haben. Du weißt selbst, dass unser Zirkus ganz schön hinterherhinkt. Um nicht ganz den Anschluss zu verlieren, mussten wir ordentlich umkrempeln. In Zukunft werden wir auch junge ausländische Talente engagieren. Ohne die läuft heutzutage nichts mehr. Kurz gesagt, die gute alte Zeit, die war einmal!«

»Ja, ja, die gute alte Zeit«, sagte Kōhei, und ein bitterer Unterton schwang in seiner Stimme mit.

»Kō-chan, du bist der zukünftige Chef der Schauspielabteilung, du solltest dir darüber Gedanken machen. Und du solltest mit Uchida sprechen und dich für den Vorfall neulich entschuldigen.«

Kōhei rieb sich schweigend die Nase.

»Hast du eigentlich schon mit dem Arzt darüber gesprochen?«

»Ja, ich habe mir Schlaftabletten verschreiben lassen, warum?«

»Eigentlich habe ich gedacht, dass du eher ...« Niwa wusste nicht, wie er fortfahren sollte. »Hast du nicht mit ihm über deine Probleme gesprochen?«

»Probleme? Was meinst du?«

Niwa dachte angestrengt nach. »Na, ist schon gut«, ließ er das Thema schließlich fallen.

Kōhei zuckte mit den Achseln und verließ das Büro. Die Abendsonne tauchte das Zirkuszelt in oranges Licht. Daneben kaute der Giraffenbulle Kiebō in seinem Gehege gemächlich sein Heu.

Als Kōhei über den Platz ging, sah er Haruki in Richtung Parkplatz laufen. »Hallo, Haruki! Wohin so eilig? Hast du Lust, heute Abend mit uns zu essen?«

»Tut mir leid, ich habe schon was vor«, winkte dieser ab und blickte verlegen zu Boden.

Ziemlich affektiertes Gehabe, dachte Kōhei. Argwöhnisch blickte er ihm hinterher.

Auf dem Parkplatz stand Uchidas Kombi. Kōhei beobachtete, wie Haruki einstieg. Im Wagen saßen bereits andere Leute; vermutlich die jungen Akrobaten vom Stuntteam.

Plötzlich ging ihm ein Licht auf. Uchida hatte sie zum Essen eingeladen! Ein beklemmendes Gefühl überkam Kōhei: Man wollte ihn nicht dabeihaben.

»Hab ich irgendwas falsch gemacht?«, fragte er sich laut und schaute Kiebō dabei an. Der Giraffenbulle warf einen kurzen Blick auf ihn, rülpste laut und widmete sich dann wieder seinem Heu.

Auch am folgenden Tag fand sich Irabu auf dem Zirkusgelände ein. Er trug einen Jogginganzug von Chanel. Kōhei fragte sich, ob er echt war oder bloß eine Fälschung.

Als Erstes gab es die obligatorische Spritze. Wie schon tags zuvor folgte Kōheis Sohn Yōsuke gebannt dem Schauspiel. Als die Krankenschwester mit ihrer Arbeit fertig war, wandte sie sich ihm zu und machte Anstalten, auch ihm eine Spritze zu geben. Yōsuke ergriff sogleich die Flucht.

»Ich glaube, ich weiß jetzt, wie es funktioniert«, fing Irabu an zu plaudern, während er beim Training zuschaute, »beim Paar-Trapezsprung kommt es eher auf das richtige Timing und die Abstimmung an als auf die Technik. Eine Solo-Trapeznummer scheint dagegen viel schwieriger zu sein.«

Was er sagte, war gar nicht so falsch. Für eine Solonummer musste viel intensiver trainiert werden, hier kam es auf die Beweglichkeit und das Geschick an.

»Gestern bin ich abgerutscht, aber heute habe ich mir die Hände mit Kiefernharz eingerieben!«

»Moment, heißt das etwa, Sie wollen noch mal da rauf?«, brachte Kōhei fassungslos hervor.

»Na klar! Wenn schon, denn schon!«

Irabu hatte noch nicht zu Ende gesprochen, da stand er bereits an der Leiter.

»He, einen Moment ...«, rief Kōhei, es gelang ihm aber nicht, den Doktor zu stoppen. In aller Eile wurde das Fangnetz aufgespannt; so war zumindest für seine Sicherheit gesorgt.

Auch Kōhei kletterte rasch nach oben. Er fragte sich, warum er das alles mitmachte, fand aber keine Antwort darauf. Irabu war zweifellos verrückt, doch irgendwie sah Kōhei sich nicht in der Lage, ihm Widerstand zu leisten. Seine Neugier war größer, er wollte genau wie die anderen wissen, wie weit Irabu es diesmal schaffte.

»Herr Doktor, können Sie eigentlich einen Aufschwung?«

»Ne, kann ich nicht.«

War zu erwarten, dachte Kōhei. Bei dem Gewicht war wohl selbst ein Klimmzug unmöglich.

»Also, normalerweise hakt man die Beine in die Stange ein, schwingt kopfüber hin und her und greift zum richtigen Zeitpunkt nach der anderen Schaukel. In Ihrem Fall reicht es, wenn Sie sich mit den Händen festhalten, ein paar Mal hin und her schwingen und dann wieder zur Rampe zurückkommen. Dort fangen wir Sie ab.«

»Was? Nicht springen?«

»Besser nicht. Jedenfalls nicht gleich beim ersten Mal.« Er drückte dem sichtlich verstimmten Irabu die Stange in die Hand.

»Okay?«, fragte Irabu und machte auch schon einen Satz nach vorne. »Juhuu!«, schrie er und schwang sich mit Verve durch die Luft.

Kōhei schaute verblüfft zu. Er hatte früher einmal eine Bungee-Jumping-Veranstaltung organisiert, nahezu alle Teilnehmer waren eher zögerlich beim Absprung, fragten immer wieder, ob jetzt der richtige Moment gekommen sei. Nicht so Irabu. Er handelte spontan und ohne nachzudenken.

Irabu schwang dreimal hin und her und kam mit dem letzten Schwung wieder zurück zur Rampe. Auch das überraschte Kōhei. Die meisten Anfänger verließ während der Übung der Mut, die Schwünge wurden immer kleiner und verhungerten schließlich in der Luft. Der übergewichtige Irabu dagegen überwand sein Handicap mit schierer Willenskraft und Entschlossenheit.

»Ach, seien Sie doch nicht so! Lassen Sie mich diesen Wechselsprung probieren, ja?«

»Nein, das würde nicht ...«, brummte Kōhei mechanisch, aber in Wahrheit wollte er Irabu dabei nur allzu gerne sehen.

»Wie viel Kilo kannst du halten?«, rief er Uchida zu, der in der Mitte der Kuppel auf der Fangschaukel saß.

»Tja, die Flieger wiegen in der Regel so um die sechzig Kilo; mit schwereren Partnern hatte ich bis jetzt noch nicht zu tun.«

»Herr Doktor, wie schwer sind Sie?«

»So ungefähr siebzig Kilo, schätze ich.« Irabus Doppelkinn wackelte, als er ohne verlegen zu werden antwortete.

Kōhei tat so, als hätte er ihn nicht gehört.

»Kein Problem! Von mir aus können wir's mal versuchen!« Da Uchida sein Einverständnis gab, wurden die Vorbereitungen für den Sprung getroffen. Inzwischen hatten sich fast alle Akrobaten und Mitarbeiter des Zirkus in der Manege versammelt.

»Herr Doktor, wenn Sie beim Schwingen am höchsten Punkt angekommen sind, lassen Sie einfach los, ja? Auf gar keinen Fall beim Rückschwung loslassen! Nachdem Sie losgelassen haben, strecken Sie beide Arme nach vorne, damit Uchida Sie fangen kann.«

»Okay, habe verstanden!«, antwortet Irabu, als handle es sich um die einfachste Sache der Welt.

Uchida begann zu schwingen. Kōhei passte den richtigen Zeitpunkt ab und gab Irabu einen Klaps auf die Schulter, woraufhin dieser absprang.

Perfekter Krafteinsatz, gelungener Bogen, dachte Kōhei. Steckte in dem Kerl mehr, als er ihm zutraute? Er war gespannt. Aber er hatte sich getäuscht. Irabu ließ die Stange viel zu früh los. Uchida kam nicht einmal in die Nähe seiner Hände.

»Oh!«, kreischte Irabu wie die jungen Frauen in einem Samurai-Drama, während er in die Tiefe stürzte. Auch dieses Mal wurde er wie ein Gummiball hochgeschleudert.

Von der Galerie aus war schallendes Gelächter zu hören. Irabu machte selbst einen Absturz zu einem sehenswerten Ereignis.

»Für einen Amateur ziemlich bemerkenswert!«, sagte Niwa zu Kōhei. »Man hat den Eindruck, als kenne er weder Nervosität noch Angst.«

Als Kōhei dies hörte, wurde ihm schlagartig klar, dass sein Chef Recht hatte. Wenn ein Kleinkind die Schlange nicht fürchtet, liegt das nicht an seinem Mut, sondern an seiner Unwissenheit. Bei Irabu war das genauso. Er dachte über die Konsequenzen seines Handelns einfach nicht nach.

»Wenn ich es schaffe, dann darf ich in einer richtigen Vorstellung auftreten, ja?«, sagte Irabu mit einem breiten Grinsen.

Wieso eigentlich nicht?, dachte Kōhei. Auch wenn an akrobatische Meisterleistungen nicht zu denken war, so würde er doch für Unterhaltung sorgen.

Irabu versuchte inzwischen das Fangnetz zu verlassen, was aber nicht klappte. Er hatte nicht das geringste Balancegefühl. Keine zwei Schritte kam er aufrecht voran. Zweimal knickten ihm einfach die Beine weg, und schon lag er wieder wie ein hilfloser Käfer auf dem Rücken.

»Zwischen seinen mentalen und physischen Fähigkeiten liegen Welten«, fasste Niwa zusammen und kratzte sich dabei nachdenklich am Kinn.

Auf Niwas Geheiß pausierte Kōhei an diesem Tag bei der Trapeznummer. Aus Angst vor weiteren Demütigungen fügte er sich ohne Widerrede.

Stattdessen durfte er eine Solo-Stuhlakrobatiknummer vorführen: Sieben Stühle wurden übereinandergestapelt, und um den Schwierigkeitsgrad zu erhöhen, wurde die Konstruktion auf eine bewegliche Unterlage gestellt. Auf dem obersten Stuhl vollführte Kōhei einen Handstand.

Die Nummer wurde von ihm mit Bravour gemeistert, und er bekam dafür stürmischen Applaus. Selbst Haruki kam nicht umhin, seine Bewunderung kundzutun. Kōhei fühlte sich geschmeichelt. Noch war er die Nummer eins, das Ass im Team. Doch diesen Platz wollte ihm nun jemand streitig machen.

Am Abend suchte er die von den jungen Akrobaten gemeinsam für die Zeit des Gastspiels gemietete Wohnung auf. Eri hatte dafür Snacks zurechtgemacht und ein paar Dosen Bier gekauft. Sein Plan war, sich mit den neuen Kollegen anzufreunden. Da er der Dienstälteste in der Truppe war, beschloss er, den ersten Schritt zu machen.

Die Akrobaten waren über das plötzliche Auftauchen ihres Vorgesetzten äußerst überrascht. Hastig wollten sie die herumliegenden Sachen aufräumen, doch Kōhei hielt sie zurück. »Lasst nur, das stört mich nicht«, meinte er und nahm im Schneidersitz auf einer der Tatamimatten Platz, mit denen der Raum ausgelegt war. Er sah in die Runde und war erstaunt, wie jung sie waren. Ein paar waren bestimmt noch keine zwanzig.

»Und, habt ihr euch schon eingelebt?«, gab er sich betont locker. »Wenn ihr Fragen habt oder wenn euch irgendwas auf dem Herzen liegt, könnt ihr jederzeit zu mir kommen.«

»Ja« – »Jawohl«, kamen die Antworten zwar höflich, aber ohne große Begeisterung zurück. Kōhei spürte die angespannte Stimmung. Irgendwie traf er nicht den richtigen Ton.

»Das hat meine Frau gemacht. Langt nur zu! Habt ihr etwa schon gegessen? Na ja, ihr seid ja alle noch jung, da könnt ihr sicher noch einen Happen vertragen.« Das klang ziemlich blasiert. Die jungen Leute fühlten sich merklich unwohl. Er musste rasch ein Gesprächsthema finden.

»Wie steht's mit den Frauen? Habt ihr alle eine Freundin?« Kaum ausgesprochen, bereute er es schon. So sprachen vielleicht Vorgesetzte in ihren Vierzigern zu ihren Untergebenen nach ein paar Runden Bier.

»Als wir jung waren, hatten wir in jeder Stadt eine.« Meine Güte, es wurde immer schlimmer. Ihm wurde heiß. Alles lief falsch. Er wollte eine vertraute Atmosphäre herstellen, stattdessen wurde die Kluft zwischen ihm und den Akrobaten immer größer.

Schweigen. Nur aus dem Fernseher dröhnte fröhlicher Gesang.

»Ihr wart doch neulich bei Uchida eingeladen, nicht?« Warum in aller Welt musste er ausgerechnet danach fragen? Er war am Verzweifeln.

»Ich meine ... also ... er ist ein sympathischer Kerl.« Er begann zu schwitzen.

»Na ja, er hat uns einmal zu sich eingeladen«, antwortete einer der Jungen zaghaft.

Als Kōhei sah, wie verlegen er war, wurde er nur noch nervöser. »Uchida ist wirklich in Ordnung. Als Fänger muss er allerdings noch viel lernen. In einer solchen Position muss man Mumm in den Knochen haben. Wenn ein Flug misslingt, dann muss man dafür geradestehen. Ausreden gibt's nicht.« Was redete er da! Er hatte nicht vorgehabt rumzulästern. Nun sah es so aus, als ob er als alter Hase den Neulingen zeigen wollte, wo es langgeht.

Die jungen Akrobaten wussten nicht, wie sie sich verhalten

sollten. Sie saßen mit gesenkten Köpfen da. Das Schweigen wurde immer unerträglicher. Kōhei begann in seiner Verzweiflung erneut, sinnloses Zeug zu plappern.

Nach knapp dreißig Minuten verließ er fluchtartig die Wohnung. Auf dem Nachhauseweg machte er sich die heftigsten Vorwürfe. Bestimmt zerrissen sie sich jetzt das Maul über ihn. Kōhei hätte am liebsten laut aufgeschrien. Im Zirkus, der sein Zuhause war, schien er mehr und mehr zum Außenseiter zu werden.

3

Irabu erhielt nun täglich vor Beginn der Vorstellung ein Sondertraining. Er kam mit seinem Porsche angefahren und parkte wie selbstverständlich auf einem der Parkplätze, die für die Angestellten reserviert waren.

Seine Funktion als persönlicher Arzt von Kōhei rechtfertigte die Sonderbehandlung nicht. Eigentlich war die Teilnahme eines Außenstehenden am Training aus versicherungstechnischen Gründen nicht erlaubt. Trotzdem übernahm Niwa dafür die Verantwortung.

»Ich muss schon sagen, dieser Doktor ist wirklich einmalig!«

Inzwischen wurde Irabu auf dem Gelände nur noch »Kōheis Doktor« genannt. Niemand fand das merkwürdig. Irabus Präsenz wurde für selbstverständlich genommen. Einige meinten sogar, er sei ein neues Mitglied der Clowntruppe.

Auch die Krankenschwester war stets dabei. Nach getaner Arbeit stellte sie sich vor den Leopardenkäfig, starrte auf das Raubtier und rauchte dabei eine Zigarette.

»Noch ein paar Tage, dann bin ich so weit.« Irabu, der sich an den täglichen Fall ins Netz gewöhnt hatte, war guter Dinge. Er war inzwischen mit den Grundübungen des Trapezspringens vertraut, beherrschte den Schwung mit gestrecktem

Körper, und mit ein bisschen mehr Übung würde er auch den Wechsel meistern.

Für einen durchtrainierten Menschen war das nichts Besonderes. Wenn man erst einmal den Mut dazu aufbrachte, konnte man sich das Kunststück innerhalb von drei Tagen aneignen – deshalb war es auch eine beliebte Einlage bei der TV-Show »Parade der Entertainer«, in der Fernsehpromis Kunststücke zum Besten gaben. Im Falle von Irabu lagen die Dinge freilich anders. Seine Beweglichkeit war ähnlich der eines Tanzbären.

Auch der Fänger Uchida war sehr bemüht, Irabu unter die Arme zu greifen. »Sein Krafteinsatz ist wirklich vorbildlich, nicht zu viel, nicht zu wenig«, sagte er überrascht zu Niwa. Niwa hatte dazu seine eigene Theorie: »Die meisten Menschen verlieren in Extremsituationen die Nerven. Zum Beispiel klammern sich Ertrinkende mit aller Kraft an den Helfer und gehen letztendlich gemeinsam unter. Der Doktor macht diesen Fehler nicht und ist somit leicht zu retten. Er gerät nicht in Panik. Man kann wirklich nicht sagen, dass er Talent hat, aber er hat eine besondere Veranlagung.«

»Wirklich?«, ließ Irabu vernehmen, der das Gespräch zufällig mitgehört hatte und sich verlegen hinter dem Ohr kratzte. Sein zufriedener Gesichtsausdruck verriet, dass er sich geschmeichelt fühlte.

Während Kōhei Irabu beim Training zuschaute, bekam er Lust, selbst am Trapez zu arbeiten. Uchida würde wohl kaum wagen, ihn vor aller Augen bloßzustellen.

»Also gut, dann werde ich mal vorzeigen, wie es gemacht wird«, sagte er und stieg auf die Absprungrampe. Nachdem er seine Handgelenke gelockert hatte, ergriff er die Trapezstange und schwang damit durch die Luft. Zwei Mal schwang er hin und her und fixierte dabei den von der Kuppelmitte herabhängenden Uchida. Er passte den richtigen Zeitpunkt ab, hakte seine Füße in die Schaukel und nahm die kopfüber hängende Position ein. Nun war nur noch der Wechsel zu meistern.

Als die Schaukel den höchsten Punkt erreicht hatte, ließ er

los und warf gleichzeitig einen Blick nach oben – und erstarrte. Er hatte sich völlig in der Distanz verschätzt. Uchidas Hände waren fünfzig Zentimeter weiter weg als geplant und somit unerreichbar.

Kōhei griff ins Leere und stürzte ab. Routiniert wand er seinen Körper und landete mit dem Rücken voran im Netz. Es gelang ihm nicht schnell genug, den Rückstoß unter Kontrolle zu bringen, und so wurde er zwei, drei Mal nach oben geschleudert. Fassungslos schaute er zu Uchida. Dieser blickte, nach wie vor am Fangstuhl baumelnd, mit versteinerter Miene nach unten.

Er bebte vor Zorn. Eine solche Demütigung hatte er noch nicht erlebt. Uchida hatte ihn vor der ganzen Truppe bloßgestellt. Das konnte er nicht einfach auf sich beruhen lassen. Hastig kletterte er aus dem Netz.

Vor dem Ausgang stieß er auf Niwa. In seinem Gesicht las er Bestürzung und Mitleid. Was sollte das? Wieso war er nicht sauer auf Uchida? Dafür müsste man ihn eigentlich aus dem Team werfen! Als sein Blick auf Haruki fiel, schlug dieser die Augen nieder. Unsicher sah Kōhei in die Runde. Erst jetzt bemerkte er, dass keiner ein Wort sagte. Er spürte förmlich, wie ihm eine Welle des Mitleids entgegenschlug.

Das Blut wich aus seinem Gesicht. Was war hier los? Kōhei verstand die Welt nicht mehr. Er versuchte vergeblich, seine Gedanken zu ordnen.

»Ts-ts-ts«, Irabu drohte mit erhobenem Zeigefinger wie ein Oberlehrer, »Herr Yamashita, diese krumme Haltung haben Sie wohl von mir.«

Was fiel ihm eigentlich ein, diesem Anfänger? So etwas zu sagen!

»Oh, beleidigt? Entschuldigung, war ein kleiner Scherz«, lachte Irabu.

»Ich muss mal kurz auf die Toilette ...«, brachte Kōhei gerade noch hervor und verließ hastig die Manege. Schweißperlen glänzten auf seiner Stirn.

Er ging ins Giraffengehege, setzte sich auf einen Strohballen und rieb sich mit den Händen das Gesicht. Er versuchte, sich zu beruhigen. War denn keiner mehr auf seiner Seite?, fragte er sich verzweifelt.

Dadurch, dass immer mehr junge Leute zum Zirkus kamen, hatte sich das Durchschnittsalter drastisch gesenkt. Ein zweiunddreißigjähriger Flieger war nicht mehr jung. Bedeutete das Verhalten der anderen, dass für ihn die Zeit gekommen war, in die zweite Reihe zu rücken, den Jungen Platz zu machen? Nein, das konnte es nicht sein. Dann hätte Niwa schon mit ihm darüber gesprochen. Ihn auf diese Weise auszubooten war nicht seine Art.

Oder war das etwa Uchidas Werk? Wollte er die jungen Akrobaten auf seine Seite ziehen, um dann der nächste Teamleiter zu werden? Ach, Unsinn! Das bildete er sich nur ein.

Aber was war es dann?

Kōhei holte tief Luft. Ihm brummte der Kopf, er konnte keinen klaren Gedanken fassen. Uchidas ablehnende Haltung war deutlich zu spüren gewesen. Er verstand nicht, warum niemand ein Wort darüber verlor.

»Aah!«, aus dem Zelt ertönte Irabus spitzer Schrei, gefolgt vom Gelächter der anderen. Man war offensichtlich wieder zur Tagesordnung übergegangen.

Dieser Typ! Wie machte er das bloß? Kümmerte sich um nichts und niemanden. Wieso konnte ein Außenstehender einfach so mitmischen? War Zurückhaltung ein Fremdwort für ihn?

Der Giraffenbulle Kiebō kam kauend auf Kōhei zu und ließ Heu auf seinen Kopf fallen.

»Was soll das? Du Kerl, du!« Kōhei umschlang Kiebōs Hals und hielt ihn fest. Der ließ es geduldig mit sich geschehen und kaute bedächtig weiter. Den neunjährigen Kiebō kannte Kōhei schon seit er gerade mal zwei Meter groß war.

Jetzt schien es Kōhei, als wäre der Giraffenbulle sein einzig verbliebener Freund im Zirkus.

Bei der Abendvorstellung war Kōhei mit von der Partie. Diesmal wollte er es allen zeigen. Wenn sie ihn hier bloßstellen wollten, dann sollten sie mal sehen, wozu er in der Lage war. Niwa fühlte sich sichtlich unwohl. »Bitte denk an unser Publikum, ja?«, bat er.

Und wieder griff er daneben. Wieder fehlten fünfzig Zentimeter. Er war so schockiert, dass er abbrechen musste. Plötzlich kam ihm ein Gedanke. Vielleicht hatte der Fänger den Fangstuhl einfach weiter nach hinten verschoben! Im Zirkuszelt gab es an der Decke ein Gerüst, an dem das Trapez befestigt war. Jemand konnte ohne weiteres die Aufhängevorrichtung versetzt haben, als er an der Reihe war.

Mit einer Hand schützte er sich vor den blendenden Deckenstrahlern, um besser sehen zu können. Er konnte einen der jungen Akrobaten erkennen, einen ehemaligen Stuntman, der damals gemeinsam mit Uchida eingestellt worden war.

So war das also! Eine Verschwörung. Die wollten ihn rausdrängen!

Als er Niwa von seiner Entdeckung erzählte, reagierte dieser sehr skeptisch. »Kō-chan, ist das dein Ernst? Ist so etwas während der Vorstellung überhaupt machbar? Wenn der Fangstuhl die ganze Zeit besetzt ist, dürfte es schwer sein, ihn zu verrücken.«

»Doch, doch, denen ist alles zuzutrauen!«

»Jetzt reicht's! Du lässt mir keine andere Wahl. Von jetzt an bist du raus aus dem Team.«

»Also, merkst du das nicht? Genau das wollen Uchida und die anderen doch erreichen! Das hat mit verletztem Stolz gar nichts zu ...«

»Kō-chan, bitte!« Niwa strich ihm freundschaftlich über die Schultern. Kōhei verstand überhaupt nichts mehr.

Am selben Abend fragte Eri ihn, was er von einer kleinen Urlaubsreise hielte.

»Wir könnten doch zum Beispiel nächste Woche nach Hawaii fliegen, was meinst du? Für Yōsuke wär es der erste Urlaub. Ich habe mit Niwa schon darüber gesprochen, er meinte, eine Woche wäre kein Problem«, sagte sie betont beiläufig, während er das Geschirr abwusch.

»Das kommt gar nicht in Frage! Wir können nicht einfach während einer Tournee Urlaub machen.«

»Na ja, jetzt, wo wir mehr Leute haben, könnten wir uns abwechseln. Es müssten nicht alle anwesend sein. Niwa sieht das genauso. Du als Chef könntest den Anfang machen und dir freinehmen, dann würden sich die Jungen auch trauen.«

»Aha. Aber ich hab jetzt keine Lust auf Urlaub.«

»Wieso denn nicht?«

Kōhei antwortete ihr nicht und vertiefte sich in die Zeitung. Während seiner Abwesenheit würde Uchida bestimmt alles daransetzen, um seinen Platz einzunehmen. Auch Haruki und der Rest der alten Mannschaft, alles echte Zirkuskinder, würden sich gegen die »Auswärtigen« verteidigen müssen.

»Ich würde so gern nach Hawaii fliegen!«, bettelte Eri mit schmeichelnder Stimme.

»Sag mal, was hältst du eigentlich von Uchida?«, wechselte Kōhei das Thema.

»Uchida? Scheint sehr nett zu sein. Er redet zwar nicht viel, aber er macht seine Arbeit gut, finde ich.«

»Nett?« Seine Stimmung hatte mittlerweile den Nullpunkt erreicht. »Hast du nicht mitbekommen, wie oft er mich hat fallen lassen? Mir kann keiner erzählen, dass das nicht mit Absicht geschah!«

»Kō, kann ich dir mal etwas sagen?« Eri nahm ihm die Zeitung aus der Hand und legte sie beiseite. Sie setzte sich auf den Tisch und blickte auf ihn herab. »Findest du nicht, dass du deiner Umgebung gegenüber etwas offener sein solltest?«

»Was meinst du damit?«

»Ich beobachte schon seit einer ganzen Weile, wie du dich abkapselst. Jede Geste, jedes Wort legst du auf die Waagschale, du glaubst, die Welt hat sich gegen dich verschworen.«

»Was soll denn das nun wieder heißen? Willst du etwa sagen, dass ich an Verfolgungswahn leide? Ich bin einfach nur vorsichtig. Wenn ich jemandem vertraue, dann bin ich ohne Wenn und Aber für ihn da.«

»Hm, ich finde es ja auch wichtig, dass man alte Freundschaften pflegt. Aber gerade jetzt, wo der Zirkus sich vergrößert, muss man einfach aufgeschlossener sein.«

»Willst du mir unterstellen, dass ich unflexibel bin?«, fuhr Kōhei auf.

»Nein, so meine ich das nicht. Aber es wäre vielleicht nicht schlecht, wenn du ein bisschen mehr Aufgeschlossenheit an den Tag legen könntest – so wie Irabu, das will ich damit sagen.«

»Wie Irabu? Was hat denn der damit zu tun?«

»Na ja, der fiel mir eben ein.«

Kōhei hatte auf einmal Irabus Bild vor Augen, sein wabbeliges Kinn.

»Ich will dir mal was sagen. Dieser Typ hat ’ne Macke. Glaubst du, ein vernünftiger Arzt würde seine Patienten vernachlässigen, um im Zirkus aufzutreten?«

»Zugegeben, er ist ein bisschen seltsam, aber auf eine sympathische Art und Weise. Irgendwie freuen sich alle, wenn er da ist.«

»Ach Quatsch. Sie machen sich lustig über ihn. Gerade weil er so ein komischer Kauz ist.«

»Aber irgendwie strahlt er etwas Beruhigendes aus.«

»Wie bitte? Dieser Ballon von einem Mann? Ne, dass seltsame Typen wie der einfach tun und lassen können, was sie wollen, zeigt nur, dass man sich um unsere Gesellschaft keine Sorgen machen muss.«

»Gut, das mag stimmen. Aber auf jeden Fall sind Menschen wie er, in deren Gegenwart man sich locker fühlen kann, sehr wichtig, finde ich.«

»Ach, sag doch, was du willst! Ich mache jedenfalls keinen Urlaub.« Kōhei lehnte sich zurück in den Stuhl und streckte die Beine aus. »Sag mal ...«, fragte er, während er sich eine Zigarette anzündete, » ... weißt du zufällig, ob man mich aus der Arena raushaben möchte?«

»Was?« Eri runzelte die Stirn. »Nein, davon weiß ich nichts. Kann ich mir auch nicht vorstellen.«

Kōhei blies den Rauch nach oben und blickte schweigend zu seiner Frau. Bestimmt dachte sie an Yōsuke und dass es besser wäre, wenn Kōhei genau wie sein Vater in der Hauptgeschäftsstelle arbeiten würde.

»Was ist denn los? Wenn du was zu sagen hast, dann sag es!«

»Hab ich nicht.«

Er drückte die Zigarette nach wenigen Zügen aus. Den Urlaub hatte ihr bestimmt Niwa eingeredet, dachte er. Früher hieß es immer: »Bitte nicht pausieren!« Plötzlich sollte das nicht mehr gelten? Man verließ sich nicht mehr auf ihn – das war wohl der wahre Grund.

Irabus Bemühungen am Trapez standen kurz vor einem erfolgreichen Abschluss. Uchida hatte mit ihm trainiert und das Unmögliche möglich gemacht: Er packte das Schwergewicht von über hundert Kilo und wirbelte es durch die Luft.

So gesehen war es Uchida, der Fortschritte gemacht hatte, und nicht Irabu. Aber das machte keinen Unterschied.

Als es zum ersten Mal klappte, waren alle begeistert, und es gab stürmischen Beifall. Der Rückflug gestaltete sich allerdings schwieriger als gedacht. Der Ablauf war genau abgesprochen: eine Hundertachtzig-Grad-Drehung in der Luft, der Sprung zur frei schwingenden Schaukel und schließlich die Rückkehr zur Rampe. Das Problem war: Irabu drehte sich nicht.

»Herr Doktor, wenn Sie nur Ihren Kopf drehen, läuft das nicht.«

Es war Niwa selbst, der Irabu eifrig coachte.

»Eigenartig! Obwohl ich immer das Gefühl habe, dass ich es richtig mache.«

Wie Irabu mit voller Energie letztendlich doch immer nur seinen Hals verrenkte, löste stets die größten Heiterkeitsanfälle unter den Zirkusmitarbeitern aus: Der durch die Luft wirbelnde Irabu ähnelte einem auftauchenden Wal.

»Kō-chan, was meinst du? Sollen wir den Doktor schon in der nächsten Vorstellung auftreten lassen?«, rief Niwa ausgelassen. »Auch wenn er den Rückflug nicht schafft. Schon einmal Schwingen würde reichen, um Stimmung aufkommen zu lassen.«

»Ist nicht dein Ernst, oder?« Er gehört doch offiziell gar nicht zum Zirkus!«, erwiderte Kōhei mit weit aufgerissenen Augen.

»Das lässt sich schnell ändern. Wir setzen einfach einen kleinen Vertrag auf, inklusive Versicherung, versteht sich.«

Kōhei schüttelte fassungslos den Kopf. Er war ja selbst schuld, er hatte den Arzt eingeladen. Aber dass er gleich wie ein Familienmitglied behandelt wurde, war einfach nicht normal. Was wollte Irabu hier eigentlich? Warum fragte sich das keiner?

Nachdem Kōhei seine tägliche Spritze verabreicht bekommen hatte, sprach er Irabu darauf an.

»Herr Doktor, Sie sind hier ja ziemlich beliebt.«

»Hm, mag sein. Aber wenn ich mit der Spritze komme, hauen alle ab.«

»Na ja, ist ja auch verständlich«, erwiderte Kōhei mit einem gezwungenen Lächeln. »Und wie gefällt es Ihnen bei uns?«

»Ist eine tolle Erfahrung. Alle sind so freundlich zu mir. Ich fühle mich wie in einer großen Familie.«

Irabu kaute dabei ein Manju*, und die ohnehin schon dicken Backen spannten noch mehr. Auch das Stück, das für die Krankenschwester bestimmt war, stopfte er sich in den Mund.

»Früher waren wir eine große Familie. Aber jetzt ist das

* Ein mit süßem Bohnenmus gefüllter kleiner Hefekloß.

nicht mehr so. Inzwischen gibt es hier nur noch konkurrierende Gruppen, die sich gegenseitig ausstechen wollen.«

»Ach so?«

Irabu hatte offensichtlich noch nicht genug und fischte ein weiteres Manju aus der Schachtel.

»Was halten Sie eigentlich von Uchida, dem Fänger?« Da Irabu ein Außenstehender war, kam ihm diese Frage leicht über die Lippen. »Der macht keine Anstalten, mich zu fangen. Der lässt mich mit Absicht schlecht aussehen«, fuhr er fort.

»Aha, so ist das also! Dieser Schuft! Lässt die Leute einfach ins Netz plumpsen.«

»Was?«

»Ich dachte mir schon die ganze Zeit über, dass da was faul ist.« Irabus Wangen glühten. »Ich habe den Sprung ja inzwischen geschafft, aber bis gestern hat er mich also einfach zappeln lassen!«

»Sie missverstehen mich ...«

»Genauso beim Return. Er könnte mich ruhig etwas höher schwingen!«

»Herr Doktor, da irren Sie sich. Bei Ihnen gibt er sich wirklich die allergrößte Mühe.«

»Wirklich?«

»Hundertprozentig.« Undankbarer Mensch, dachte Kōhei. Er hatte zwar keine Lust, Uchida in Schutz zu nehmen, aber er wollte auch niemanden verleumden.

»Um wieder auf mein Problem zurückzukommen. Sie haben ja schon einige Male miterlebt, wie ich runtergesegelt bin. Und das sogar bei einer Vorstellung, vor dem Publikum! Ich kann nicht sagen, ob er den Fangstuhl versetzt hat oder einfach nur kürzer schwingt, aber eines ist sicher: Er will mich blamieren.«

»Dazu kann ich wenig sagen.« Irabu streckte die Hand nach einem weiteren Manju aus.

»Fünfzig Zentimeter Abstand! Kein Wunder, dass ich ins Leere greife.«

»Na so etwas!« Irabu mampfte genüsslich sein Manju.

»Ich weiß genau, dass eine Verschwörung gegen mich im Gange ist. Die neuen Kollegen wollen mir ein Bein stellen und mich aus der Arena drängen.«

Irabu brummte gleichmütig. Um seinen Mund klebten Reste von süßem Bohnenmus.

»Herr Doktor, hören Sie mir überhaupt zu?«

»Entschuldigung. Um was ging's noch mal?«

Kōhei war verärgert. Da er aber mit jemandem sprechen wollte, atmete er tief durch und fing von vorne an.

»Aha, eine Verschwörung meinen Sie. Tja, wenn das so ist, dann lassen Sie eine Kamera mitlaufen. Mit einem Video hätten Sie einen hieb- und stichfesten Beweis in der Hand.«

Kōhei schaute überrascht auf. Natürlich, das war es! Warum war er nicht selbst draufgekommen?

Gleich morgen wollte er mit Uchida springen, und Eri könnte den Trapezakt mit der Videokamera aufzeichnen.

»Könnten Sie mich auch filmen? Meine Kollegen von der chirurgischen Abteilung glauben mir nämlich nicht. Wenn ich ihnen einen Beweis liefere, dass ich im Zirkus aufgetreten bin, darf ich bei einer Operation dabei sein.«

Irabu stand mit aufgeblähten Nasenflügeln und geballten Fäusten vor ihm. Er sah nicht so aus, als würde er scherzen.

Irabu hatte inzwischen alle Klöße restlos vertilgt. »So viel Training macht hungrig«, sagte er mit unschuldiger Miene.

Kōhei fragte sich, wo die Krankenschwester geblieben war. Nach einem kurzen Blick aus dem Fenster kannte er die Antwort. Wie üblich stand sie vor dem Leopardenkäfig, mit einer Zigarette in der Hand. Der Leopard Hyotai beobachtete die junge Frau mit schläfrigem Blick.

4

Eri verdrehte die Augen und protestierte lautstark.

»Du kannst dir doch denken, was ich davon halte. Ich käme mir ja vor wie ein Spion!«

»Ich bitte dich, Eri. Ich brauche Beweise, da sie mir sonst nicht glauben.« Kōhei saß mit gefalteten Händen und gesenktem Kopf am Tisch.

»Wieso sollten dir deine Kollegen so übel mitspielen?«

»Das würde ich eben selbst gerne wissen!«

»Kō-chan, hör auf mich. Sprich in aller Ruhe mit Uchida und den anderen über die Sache. Wahrscheinlich ist alles bloß ein Missverständnis.«

»Ja, vielleicht. Aber gerade deshalb brauche ich das Video, um zu beweisen, dass sie im Unrecht sind.«

Er schob die Videokamera zu seiner Frau, die mit heruntergezogenen Mundwinkeln dasaß. »Gut, wie du willst! Aber du wirst schon sehen, was du davon hast!«, sagte Eri kurz angebunden. Er hatte sich schon gedacht, dass sie sich dagegen sträuben würde, aber es ging nicht anders. Diesen Gefallen musste sie ihm tun.

Er ging zu Niwa und bat ihn, bei der nächsten Vorstellung dabei sein zu dürfen.

»Kō-chan, wieso hörst du nicht auf mich und machst ein paar Tage Urlaub?« Niwa lächelte gekünstelt und klopfte Kōhei aufmunternd auf die Schulter. »Du sollst dich doch nicht zu Tode schuften! Denk auch mal an deine Familie.«

»Warum ist es dir so wichtig, dass ich Urlaub nehme? Hat das einen bestimmten Grund?« Kōhei konnte sein Misstrauen nicht länger verbergen.

»Nein, nein, überhaupt nicht, Kō-chan. Ich sorge mich nur um deine Gesundheit, das ist alles.« Niwa war nicht wohl bei diesem Gespräch.

»Da ich weder Husten noch Schnupfen habe, sehe ich keinen Grund, nicht aufzutreten«, sagte Kōhei entschieden, ging geradewegs zum Informationsbrett und schrieb seinen Namen auf die Anwesenheitsliste. Natürlich an oberster Stelle, schließlich war er der Teamleiter.

Am folgenden Tag war Kōhei für mehrere Nummern eingeteilt. Zu Beginn brillierte er bei der Riesenfelge rückwärts, dann folgte eine Motorradnummer, und schließlich zeigte er zusammen mit Eri einige Schulter- und Balancekunststücke. Normalerweise überließ er derart einfache Übungen den Jüngeren. Aber diesmal war er zu nervös, um tatenlos herumzusitzen und zuzusehen.

Dann stand endlich der Trapezsprung auf dem Programm. Der Ansager stellte die Akrobaten vor, die im grellen Scheinwerferlicht standen. Kōhei war der Letzte in der Reihe. Sein Kostüm war als Einziges mit einem roten Zierstreifen versehen.

Er sah nach unten und vergewisserte sich, dass Eri wie vereinbart am Rand der Manege mit der Videokamera stand. Zum ersten Mal wünschte er sich einen Misserfolg. Er konnte mit einer Blamage leben, wenn sie der Wahrheitsfindung diente.

Die jungen Akrobaten im Team vollführten Trapezsprünge. Kōhei beobachtete alles von der Sprungrampe aus. Er konnte nichts Auffälliges an Uchidas Bewegungen erkennen. Er richtete seinen Blick nach oben zur Aufhängevorrichtung des Trapezes. Zwei Kulissenarbeiter hatten ihren Platz eingenommen. Beide gehörten zur ehemaligen Stuntgruppe. Kōhei schnaubte. Euch werde ich es zeigen, dachte er und verfluchte sie im Stillen.

Endlich war er an der Reihe. Er übernahm die Trapezstange von Haruki und wartete den richtigen Moment ab. Ihm fiel Uchidas verlegener Blick auf.

Kōhei sprang ab. Aus den Lautsprechern dröhnte Musik. Er hakte die Beine in die Schaukel und schwang nun kopfüber hin und her. Er bog den Oberkörper nach hinten. Uchida streckte die Hände aus, Kōhei löste sich von der Schaukel und flog frei durch die Luft. Wieder fehlte ein halber Meter.

Uchida saß auf dem Fangstuhl, sein Blick war leer.

Kōhei fiel wie ein Stein in die Tiefe und wurde vom Netz aufgefangen. »Oah ...«, ein Raunen ging durch die Menge. Der Ansager blieb stumm. Die Scheinwerfer waren auf Kōhei gerichtet, der sich mit ausgestreckten Armen beim Publikum bedankte.

Er rollte sich aus dem Netz und eilte zu Eri.

»Und? Hast du alles aufgenommen?«, seine Stimme überschlug sich vor Aufregung.

»Ja«, nickte sie. Ihr Gesicht war blass.

Kōhei nahm die Kamera an sich. Er ging am zweiten Kontrollraum vorbei, grüßte Niwa flüchtig und marschierte weiter in Richtung Aufenthaltsraum. Eri folgte ihm.

»Kō-chan! Reg dich bitte nicht auf, ja?«, rief der hinterhereilende Niwa. »Das hat dich bestimmt ganz schön mitgenommen.«

»Überhaupt nicht. Im Gegenteil. Ich habe schon die ganze Zeit über gewusst, dass Uchida und die anderen es auf mich abgesehen haben.«

»Nein, das hab ich nicht gemeint.«

Im Aufenthaltsraum spulte er die Kassette zurück und drückte die Wiedergabetaste. Niwa und Eri machten keine Anstalten, die Aufzeichnung mitanzusehen. Auf dem Monitor, der nicht größer war als eine Spielkarte, lief der Sprung noch einmal ab.

Was war denn das? Er glaubte nicht, was er da sah. Das konnte unmöglich er gewesen sein!

Hastig spulte er die Kassette zurück und sah sich das Video ein zweites Mal an.

Tatsächlich, das war er selbst. Er, der sich plötzlich verkrampfte und wie ein lendenlahmes Känguru durch die Luft segelte, der vergeblich nach dem Fangstuhl griff. Seine Schwünge waren viel zu kurz.

»Ich habe ja versucht, mit dir darüber zu reden ...«, meinte Niwa teilnahmsvoll. »Anfangs dachte ich, du würdest irgendwann merken, was falsch läuft. Aber da du völlig blockiert warst, hatte es wenig Sinn, dich auf das Problem anzusprechen.«

Plötzlich fiel es Kōhei wie Schuppen von den Augen. Niwa hatte ihn einmal gefragt, ob er Probleme mit seiner Hüfte hätte. Hatte Irabu nicht auch auf seine krumme Hüfte hingewiesen?

Sein Sprung war ein Fiasko.

Die mitleidsvollen Blicke der jungen Akrobaten nach seinem Absturz; man hatte ihn wie ein rohes Ei behandelt. Eine Szene nach der anderen spielte sich vor seinem geistigen Auge ab, sein Gesicht begann vor Scham zu glühen. Er war am Boden zerstört.

»Seit wann ...?«, fragte er.

»Seit unserem Gastspiel in Tōkyō, genauer gesagt, seit Uchida Fänger ist.« Niwa legte seine Hände auf Kōheis Schultern. »Du darfst dir das nicht so zu Herzen nehmen. Solo bist du immer noch unsere Nummer eins. Und was das Trapez betrifft: Als wir beide als Team aufgetreten sind, gab's ja auch keine Probleme. Du verkrampfst dich offensichtlich dann, wenn du die Leute nicht kennst.«

Kōhei hatte sich wieder gefasst. Meine Güte, was sollte er bloß zu Uchida sagen? Er hatte sich unmöglich benommen.

»Für dieses Phänomen gibt es auch eine Bezeichnung: der *fußbodenscheuernde Mönch*. Genauso eine gebückte Körperhaltung konnte man bei dir beobachten. Aber du bist nicht der Erste, der so gesprungen ist, Kō-chan. Da gab es viele vor dir.«

Kōhei ließ sich auf die Couch sinken und vergrub das Gesicht in seinen Händen. Wie sehr er sich selbst verabscheute!

»Tja, es ist Zeit für das Finale. Ich muss jetzt zurück. Kōchan, du kannst ruhig hier bleiben«, sagte Niwa. Eri streichelte ihrem Mann wortlos über die Wange und verließ gemeinsam mit Niwa den Raum.

Fußbodenscheuernder Mönch, murmelte Kōhei vor sich hin. Nun hatte es also auch ihn erwischt.

Kōheis Kindheit war bestimmt von einem permanenten Schulwechsel. Kaum hatte er neue Freunde gefunden, musste er sich schon wieder von ihnen trennen. Das belastete ihn schließlich so sehr, dass er sich immer mehr zurückzog und eine Mauer um sich errichtete.

Noch dazu hatte er einen stark ausgeprägten Gerechtigkeitssinn. Er war ein Zirkuskind, und allein diese Tatsache machte ihn zu etwas Besonderem, zu einem Außenseiter. Nicht selten geriet er deshalb in Raufereien, und er war stets zur Stelle, wenn ein anderes Zirkuskind gehänselt oder verprügelt wurde. Er war immer auf der Seite der Schwachen, war loyal gegenüber den Eigenen und misstrauisch gegenüber Fremden.

Vielleicht war er wirklich ein verschlossener Mensch. Er hatte einen kleinen Kreis von Menschen, denen er vertraute, und wollte es auch dabei belassen.

Es klopfte an der Tür. »Ach, hier sind Sie!«, lugte Irabu herein. Hinter ihm stand die Krankenschwester und machte ihr übliches teilnahmsloses Gesicht. Die Anwesenheit der beiden war inzwischen zur Selbstverständlichkeit geworden.

»Ich nehme heute an der Trapezshow teil!«, sagte Irabu freudestrahlend. »Niwa hat mich netterweise mitversichert. Ich habe mir extra für diese Gelegenheit ein Kostüm schneidern lassen!« Er griff in seine Tasche und holte ein leopardenfellgemustertes Kleidungsstück heraus.

Ein Schreck durchfuhr Kōhei, und er stürzte zum Fenster, um einen Blick auf den Raubtierkäfig zu werfen. Der Leopard lag ausgestreckt auf seinem Platz und döste vor sich hin. Kōhei ließ sich erleichtert auf das Sofa zurückfallen.

»In erster Linie bin ich aber wegen Ihrer Spritze gekommen.« Und wieder bekam Kōhei eine Ladung Vitamine injiziert. Auch Yōsuke hatte sich eingefunden und sah gespannt zu.

»Herr Doktor, wie waren Sie eigentlich als Kind?«, wollte Kōhei auf einmal wissen.

»Ich? Ganz normal. Warum?«

Eine glatte Lüge, dachte Kōhei. Wer konnte das glauben?

»Gab es in Ihrer Schule nie Kinder, die nur für eine kurze Zeit am Unterricht teilnahmen?«

»Nein, nie. Ich war aber auf einer Privatschule.«

Ah, natürlich! Irabu war bestimmt eines dieser verwöhnten Kinder.

»Hm, es sieht so aus, als hätte ich das Springen verlernt«, sagte Kōhei, während er über die Einstichstelle strich, »und irgendwie habe ich auch Schwierigkeiten, mit Leuten warm zu werden.«

»Bei uns gab es aber einige Kinder, die für längere Zeit im Ausland gelebt hatten, fällt mir jetzt ein.«

»In kleinen Gruppen fühle ich mich wohl, aber in größeren Gruppen bin ich völlig gehemmt.«

»Die hatten immer 'ne ganz schön große Klappe, weil sie mal im Westen waren.«

»Gibt es für mein Problem einen Namen, ich meine einen medizinischen Fachausdruck?«

»Denen haben wir es ganz schön gezeigt ... wir haben Wundsalbe auf ihre Sandwiches geschmiert und noch andere fiese Sachen gemacht.«

»Herr Doktor! Bitte hören Sie doch mal zu, wenn jemand mit Ihnen redet!«, rief Kōhei verzweifelt aus.

Yōsuke spielte unterdessen mit der Krankenschwester *Blinde Kuh*. Da ihm die Nase lief, rief Kōhei ihn zu sich. Er nahm ein Papiertaschentuch heraus und hielt es ihm an die Nase. »Schnäuz mal kräftig!«

Als Kōhei sah, dass der Junge einfach tat, was er ihm sagte, verstand er plötzlich. Das Kind vertraute ihm völlig und stellte nichts in Frage.

Sollte das Verhältnis zwischen Fänger und Flieger beim Trapezsprung nicht genauso sein? Vorbehaltloses Vertrauen in den anderen, das war es, was zählte. Irabu war in dieser Hinsicht ein gutes Beispiel.

»Übrigens, Herr Yamashita, leiden Sie eigentlich immer noch an Schlaflosigkeit?«, fragte Irabu.

»Dank der Tabletten kann ich wieder schlafen.«

»Ach ja, da muss ich mich bei Ihnen entschuldigen. Ich habe Ihnen lediglich Magen-Darm-Tabletten verschrieben.«

Kōhei sank tiefer in das Sofa.

»Nicht weiter tragisch. Das Ergebnis zählt, oder?«, lachte Irabu. »Der Glaube allein versetzt Berge, heißt es so schön«, fügte er hinzu.

Gab es einen sorgloseren Menschen als Irabu? Hatte der Typ überhaupt keine Probleme?

Inzwischen schnappte sich die Krankenschwester Kōheis Sohn und krempelte seinen rechten Ärmel hoch. »Hey, was soll denn das?«, rief Kōhei.

»Keine Sorge, das ist bloß 'ne Grippeimpfung. Kostet Sie gar nichts«, erwiderte die Krankenschwester mit schläfriger Stimme.

Na ja, was soll's, dachte Kōhei resignierend. Gegen diese Leute kam er einfach nicht an. Yōsuke war kurz davor loszuplärren, doch dann entschied er sich anders und verfolgte mit großen Augen jeden Handgriff, den die Krankenschwester machte.

Zur zweiten Vorstellung erschien Irabu in seinem leopardenfellgemusterten, hautengen Anzug. Er sah aus wie eine Mischung aus spätem Elvis Presley und einem fett gewordenen Freddie Mercury.

Es war mucksmäuschenstill, alle starrten gebannt auf die ungewöhnliche Erscheinung.

Irabus geschminktes Gesicht glänzte im grellen Scheinwerferlicht; die falschen Wimpern waren Eris Idee.

»Steht Ihnen wirklich gut«, sagte Kōhei, und er meinte es auch so. Irabu sah aus wie ein Bote aus einer anderen Welt.

Wieder musste Kōhei sich kneifen. Es war gerade mal eine Woche her, dass dieser Mann in sein Leben getreten war.

Und ehe er sich versah, war Irabu in die Gemeinschaft aufgenommen worden. Selbst Kōhei akzeptierte ihn und fühlte sich nicht in seinem Revier bedrängt.

Gleich würde dieser Mann einen Trapezsprung vollführen. Wahrscheinlich würden sie noch in zehn Jahren darüber sprechen. »Du hast ihn springen lassen, Niwa!«, »Wie kam es nur dazu?«, und ähnliche Sätze würden fallen, und sie würden lachen und Irabu vermissen. Ob Yōsuke sich an diesen Tag erinnern würde?

»Herr Doktor, Sie sind dran! Nervös?«

»Wieso?«

Irabu bohrte in der Nase und schaute Kōhei dabei an. Dumme Frage. Natürlich nicht. Am Rand der Manege stand Uchida und machte Dehnübungen.

Kōhei wollte die Sache in Ordnung bringen, je früher, desto besser. »Uchida, ich möchte mich für neulich entschuldigen«, sagte er und machte eine tiefe Verbeugung. »Nicht im Traum hätte ich gedacht, dass es einmal so weit mit mir kommen würde. Ich hatte wirklich geglaubt, dass ihr mich fertig machen wollt. Das war ein Irrtum, tut mir aufrichtig leid.«

»Ach, ist schon gut«, murmelte dieser und senkte den Blick. »Ich war auch nicht in bester Verfassung ...«

»Nein, nein. An dir lag es wirklich nicht. Mit den anderen lief ja alles wie geschmiert.«

»Trotzdem, du bist schließlich die Nummer eins im Team, und da habe ich eine große Verantwortung zu tragen. Das hat mir ganz schön zu schaffen gemacht.«

Kōhei fühlte sich elend, wie konnte er sich nur so irren.

»Ich glaube, vor mir liegt noch ziemlich viel Arbeit. Ich muss mein Training intensivieren, und ich hoffe sehr, dass ich auf deine Hilfe zählen kann.« Noch einmal machte Kōhei eine Verbeugung.

»Selbstverständlich.«

Kōhei fiel ein Stein vom Herzen. Er verstand nun, wie wichtig es war, miteinander zu reden. Warum hatte er nicht schon früher das Gespräch gesucht?, fragte er sich. Am liebsten hätte er das Rad der Zeit zurückgedreht bis in seine Kindheit, um diesmal alles besser zu machen, angefangen bei seinen Schulkameraden.

Die Stimme des Ansagers tönte aus den Lautsprecherboxen. »Meine Damen und Herren! Nun ist es endlich so weit. Der *Neue Japanische Zirkus* präsentiert Ihnen eine neue aufregende Trapezshow! Zwölf Meter über dem Boden führen unsere Akrobaten atemberaubende Sprünge in vollendeter Technik vor!«

Die Mitglieder der Truppe verteilten sich auf ihre Posten. Kōhei stieg zusammen mit Irabu auf die Absprungrampe. Uchida schaukelte in der Mitte, die jungen Akrobaten führten einer nach dem anderen kleine Kunststücke vor. Das Publikum jubelte und spendete Beifall. Die Zuschauerränge wurden zu einem Meer aus fröhlichen Gesichtern.

Als Kōhei die leuchtenden Augen der Zuschauer sah, wurde ihm wieder bewusst, warum er seinen Beruf liebte.

»Ein wunderbarer Anblick, meinen Sie nicht, Herr Doktor!«

»Herr Yamada, sehen Sie die junge Frau dort drüben in der ersten Reihe? Man kann ihr Höschen sehen!«

Kōhei verlor fast das Gleichgewicht. Wo hatte der nur seine Augen? Sie standen doch nicht deswegen hier oben.

Als Nächstes wurde Irabu vorgestellt.

»Nun, verehrtes Publikum, sehen Sie den Flug eines ganz besonderen Gastes. Es springt jetzt für Sie ... ein Arzt! Und zwar Herr Doktor Ichirō Irabu aus der Irabu-Klinik! Ja, Sie haben richtig gehört! Er steht zum ersten Mal in seinem Leben vor dieser großen Herausforderung. Nach nur einer Woche Training wagt er sich in die Lüfte!«

Der Scheinwerfer schwenkte auf Irabu, der unbefangen dem Publikum zuwinkte. Kōhei dagegen schlug das Herz bis zum Hals. Auf ihm lastete zentnerschwer der Druck der Verantwortung.

»Alles klar, Herr Doktor?«

»Klaro!«

»Tja, dann geht's jetzt los.« Er gab Irabu die Stange und wartete auf den richtigen Zeitpunkt. »Eins, zwei, drei und ab!« Er versetzte ihm einen Klaps auf den Rücken.

Irabu sprang ab. Sein massiger Körper beschrieb einen schönen Bogen.

Ein Raunen ging durch das Zelt. Wie erwartet bot das Schwergewicht ein einmaliges Schauspiel. Kōhei war ergriffen und stolz, Teil dieses Spektakels zu sein. Beim zweiten Schwung in Richtung Fangstuhl ließ Irabu los.

Alle im Zelt hielten den Atem an.

Im nächsten Augenblick packten Uchidas Hände Irabus Arme. Der Fangstuhl sackte ein wenig nach unten, beide schwangen zusammen in einem großen Bogen.

»Geschafft!« Kōhei machte einen Luftsprung. Er umarmte Haruki und freute sich aufrichtig. Im Kontrollraum schnellte Niwa von seinem Stuhl hoch und jubelte. Die Zuschauer waren begeistert und spendeten donnernden Applaus.

Nun noch der Return. Er könnte es schaffen, dachte Kōhei.

Nach einem weiteren Schwung ließ Irabu die Trapezstange los. Er segelte durch die Luft, doch sein Körper drehte sich nicht. Nur der Kopf wandte sich ruckartig in Richtung des frei schwingenden Trapezes.

Der Zirkus bebte vom schallenden Gelächter des Publikums.

Der Igel

1

Mitten in der Nacht wachte Ino Seiji plötzlich auf und drehte sich auf den Rücken. Er schlug die Bettdecke zurück und starrte nach oben. Von der Deckenlampe, die auf Nachtlichtfunktion gestellt war, baumelte die Schalterschnur. Er sah sie zum ersten Mal. Kazumi hatte erwähnt, dass sie eine neue Lampe gekauft hatte. Am Ende der Schnur befand sich ein kleiner Kegel, und dessen Spitze zeigte genau auf ihn.

Er fühlte sich schwach und müde. Dazu kam eine leichte Atemnot. Seiji stand auf und ging mit wackeligen Beinen ins Wohnzimmer. Sein Mund war ausgetrocknet.

Er öffnete das Balkonfenster und atmete die kalte Nachtluft ein. Seine Atemwege schmerzten, ihm war, als ob er die Luft mit einem Strohhalm einsaugen würde.

Der Schweiß lief ihm über das Gesicht. Ihm war schwindlig. Er beugte den Oberkörper nach vorne und stützte sich mit den Händen auf den Knien ab. Nach einer Weile löste sich der Druck, und er konnte endlich wieder ungehindert durchatmen.

Er wischte sich den Schweiß von der Stirn. Diese unsensible Schlampe! Zorn stieg in ihm hoch.

Er ging zurück ins Schlafzimmer und riss zuerst die Schnur herunter. Dann verpasste er Kazumi, seiner Lebensgefährtin, einen Tritt in den Hintern.

»Was soll'n das?«, beschwerte sich Kazumi schlaftrunken. Sie sah mit ihren zerzausten Haaren aus wie ein Gespenst, was wohl auch daran lag, dass sie rasierte Augenbrauen hatte, wie alle Bardamen im *Ungeschminkt*.

»Hör mal, du weißt doch, dass ich spitze Gegenstände nicht ausstehen kann!«

»Versteh kein Wort!«

»Das hier!« Er hielt ihr den Kegel an der abgerissenen Schnur entgegen.

»Was? Das soll wohl 'n Witz sein!« Kazumi runzelte die Stirn. »Du kannst wirklich nicht erwarten, dass ich all deine Macken ernst nehme.«

»Das solltest du aber! Wir leben schließlich schon seit Jahren zusammen!«

»Also wirklich! Sei-chan, du bist der Juniorboss des Kioi-Clans und machst dir wegen so was ins Hemd?«

»Schnauze!« Er verpasste seiner um zwei Jahre älteren Freundin einen weiteren Tritt, den sie aber prompt erwiderte. Kazumi war keine Frau, die klein beigab. Es kam zu einem kurzen Hin und Her, er zwickte sie in die Wange, sie zwickte zurück. Zu einem richtigen Streit kam es aber nicht, sein Zorn verflog, und er fühlte sich erbärmlich.

»Ich will mal wieder mit Stäbchen essen.« Am nächsten Morgen fuchtelte Kazumi genervt mit dem Löffel herum.

»Quatsch, Misosuppe mit Tofu kann man damit doch viel besser essen.«

Obwohl es ein typisches japanisches Frühstück war, aßen beide mit dem Löffel. Vor knapp einem Monat hatte Seiji den Gebrauch von Stäbchen verboten. Schon der Anblick löste bei ihm Entsetzen aus, er verkrampfte sich, Schweiß brach aus allen Poren. Natürlich waren auch Zahnstocher tabu. Selbst Gabeln und ähnliche spitze Haushaltsgegenstände verwandelten sich in bedrohliche Waffen.

»Also, das hier kann ich so nicht essen!«

»Das liegt daran, dass es eine riesige Makrele ist. Hättest du kleine Fische gebraten, hätten wir die mit der Hand essen können.«

»Gut, morgen gibt's Schwertfisch.«

»Dann kannste aber sicher sein, dass ich den Tisch mit allem drauf kurz und klein schlage.«

Ein paar Tage zuvor hatte ein spitzer Fischkopf einen mittelschweren Ekelanfall bei ihm ausgelöst.

»Sag mal, was ist eigentlich los mit dir? Früher hast du dich mit Typen angelegt, die mit gezücktem Messer vor dir standen. Den ›Eber von Shibuya‹ hat man dich genannt!«, sagte Kazumi, während sie ihre Misosuppe löffelte.

»Ich hab keinen blassen Schimmer! Am Anfang hatte ich nur 'ne Abneigung gegen spitze Sachen, aber das ist immer schlimmer geworden. Jetzt hätt' ich noch nich' mal 'ne Chance gegen eine Göre mit 'ner Schere in der Hand.«

»Ein Yakuza mit 'ner Spitzenphobie, na großartig!«, kommentierte Kazumi spöttisch.

»Ich pfeffere dir gleich eine, ja?«, drohte er ihr wütend an, doch sie ignorierte ihn.

Seit Seiji Kazumis Zuhälter war, konnte er sich nicht mehr gegen sie durchsetzen. Das lag wohl auch an seiner Weichherzigkeit. Bei Männern hatte er damit keine Probleme, bei Frauen hingegen kamen immer seine Gefühle dazwischen.

»Wie wär's, wenn du dich mal untersuchen lässt? Du könntest in die *Irabu-Klinik* gehen. Als ich neulich wegen meiner Erkältung dort war, habe ich gesehen, dass die dort auch 'ne Neurologische Abteilung haben.«

»Jemand wie ich soll zum Psychiater? Das soll wohl 'n Scherz sein.«

»Wieso? Erzähl einfach irgendwas. Keine Ahnung, vielleicht, dass dich 'ne alte Stichwunde quält, oder so.«

»Mir hat noch nie jemand eine Stichwunde zugefügt.«

»Hör mal, bluffen gehört bei dir doch zum Geschäft, oder etwa nicht?«

Seiji holte tief Luft und löffelte weiter seinen Reis. Er warf einen Blick zur Seite und sah sein Spiegelbild im Glas des Geschirrschrankes. So könnte er wohl kaum vor seine Kameraden treten, dachte er. Fehlte nur noch ein Lätzchen, dann sähe er aus wie ein hilfloses Kleinkind.

Seiji war mit seinen zweiunddreißig Jahren bereits Juniorboss des Kioi-Clans, der im Distrikt Shibuya sein Revier hatte. Als Student war er von einem Kameraden in einen Kendo-Club mitgenommen worden, wo er die Kunst des Schwertfechtens erlernte. Und dort wurde er schließlich von einer Yakuzagruppe angeworben. Seiji war schon immer ein aufbrausender Mensch gewesen und hatte selbst nur zu gut gewusst, dass er für einen normalen Job nicht geeignet sein würde. Daher verlief der Eintritt in die Welt der organisierten Kriminalität reibungslos. Die Vorstellung von einem Leben nach einem ritterlichen Ehrenkodex spielte wohl auch eine Rolle. Den Film *Kampf ohne Ehre* hatte er mindestens zehn Mal gesehen. Er fuhr teure Autos, trank auserlesene Spirituosen und umgab sich mit schönen Frauen. Mehr konnte sich ein Mann nicht wünschen.

Schlägereien ging er nicht aus dem Wege. Schon in der Mittelschule war er der Anführer einer Bande von Halbstarken gewesen und hatte es genossen, sich durch großspuriges Auftreten Respekt zu verschaffen. Von seinen Gegnern gefürchtet, war er für seine Kameraden jemand, auf den man sich verlassen konnte.

Nach einem Dienstjahr als Befehlsempfänger machte er sich als Konkursverwalter und Schuldeneintreiber selbstständig. Er war redegewandt und geschickt, und so kam er innerhalb kürzester Zeit zu einer Menge Geld. Die modernen Yakuza arbeiteten schon längst nicht mehr nach dem Erst-schlagen-dann-fragen-Prinzip. Auch wenn Seiji nur eine drittklassige Universität besucht hatte, erwirtschaftete er enorme Summen und stand bald in der Gunst des Oyabun, des Anführers des Clans. Er war erst Anfang dreißig, als er zum zweiten Mann aufrückte. Das war kein Zufall: Drei Haftstrafen und zwei

Mal Zuchthaus hatte er auf seinem Konto. Er wurde jedes Mal vorzeitig entlassen und galt als jemand, der immer Glück hatte. Sein Ziel war, mit vierzig eine eigene Organisation aufgebaut zu haben.

»Sei-chan, ich hab mir überlegt, eine zweite Bar zu eröffnen, was meinst du?«, sagte Kazumi, während sie das Geschirr wegräumte.

»Wie? Läuft der Laden etwa so gut?«, antwortete er und stocherte mit den Fingern in den Zähnen nach Essensresten.

Kazumi führte in Shibuya eine Hostessenbar. Auch sie hatte ein Händchen fürs Geschäft, der Laden machte Gewinn, ihr Einkommen stand Seijis in nichts nach.

»Im siebten Block gibt's was Nettes, hab ich mir vor kurzem mal angesehen.«

»Sag mal, bist du bescheuert? Das ist das Revier von Yoshiyasu. Wenn die Frau von Seiji Ino dort 'ne Bar aufmacht, dann gibt's Ärger!«

»Das hat doch nichts mit dir zu tun. Ich bin Einzelunternehmerin.«

»Ach ja, du glaubst, das ist so einfach? Die machen da keinen Unterschied, verstehst du?«

»Also wirklich, was denken die sich eigentlich?«

Kazumi drehte sich zu ihm. In ihrer Hand hielt sie ein großes Küchenmesser, das sie gerade abgetrocknet hatte.

»Hey, was soll das?« Seiji zuckte zurück, verlor das Gleichgewicht und kippte vom Stuhl. Dabei schlug er mit dem Hinterkopf auf den Küchenboden auf. Japsend und nach Luft schnappend versuchte er aufzustehen. Er zitterte am ganzen Leib.

»Sag mal, hast du sie noch alle? Mir ein Küchenmesser entgegenzuhalten!«

Kazumi war dermaßen überrascht, dass sie das Messer vergaß. Es glitt ihr aus der Hand und blieb mit der Spitze im Fußboden stecken. In diesem Moment wurde ihm schwarz vor Augen.

»Sei-chan, du musst unbedingt ins Krankenhaus!«, sagte Kazumi besorgt.

»Halt die Klappe ...«, röchelte Seiji, noch immer auf dem Rücken liegend, bewegungsunfähig. Zum Aufstehen fehlte ihm die Kraft.

Meine Güte, was war nur los mit ihm? Wenn das so weiterging, würde er bei der nächsten handfesten Auseinandersetzung eine erbärmliche Figur abgeben.

Er atmete stoßweise, sein Herz raste wie nach einem Hundert-Meter-Lauf. Es dauerte eine Weile, bis er sich wieder beruhigte.

»Ich bitte dich. Lass mich einen Termin beim Arzt für dich vereinbaren.«

»Na gut, von mir aus«, widerwillig gab Seiji schließlich nach.

Die Neurologische Abteilung der Irabu-Klinik erinnerte Seiji ans Gefängnis, unbewusst setzte er eine finstere Miene auf.

»Kommen Sie nur herein!«, ertönte eine etwas überdrehte Stimme.

Er richtete schnell noch seinen Hemdkragen und betrat das Zimmer. Ein ziemlich dicker Arzt in den Vierzigern grinste ihm entgegen. Sein Gesicht glich dem eines weißen Seehundes. Das Namensschild an seinem Arztkittel wies ihn als *Dr. med. Ichirō Irabu* aus. Vielleicht ist er der Sohn des Inhabers?, dachte Seiji.

»Tag, mein Name ist Ino.« Seiji hob die Schultern und sprach mit fester, Respekt einflößender Stimme, die er auch beruflich einsetzte. Der erste Eindruck war entscheidend, man musste dem Gegner sofort zeigen, wo es langging.

»Ja, ja, ich weiß schon. Der Empfang hat mich informiert. Sie leiden an einer Zwangsneurose, nicht? Woran genau? Klaustrophobie? Höhenangst? Oder eine Sumoringerneurose?«

»Was? Sumo?« Seiji geriet etwas aus der Fassung. »Was meinen Sie damit?«

»Ein Sportreporter war vor kurzem hier, weil ihn jedes Mal während eines Kampfes die Angst überkommt, er selbst müsse in den Ring steigen, und dabei bekommt er unglaubliche Schweißausbrüche. Komisch, nicht?« Irabu lachte schallend.

Wurde er hier auf den Arm genommen? Er fühlte Ärger in sich hochsteigen.

»Herr Doktor! Sehe ich vielleicht aus wie ein Sportreporter?«, sagte er mit gefährlich ruhigem Unterton.

»Nö, Sie sehen aus wie ein Yakuza. Ihre Tätowierungen sind ja nicht zu übersehen.«

Seiji trug ein weißes Seidenhemd, durch das die großflächigen Tätowierungen durchschienen. Auch ohne die Tätowierungen hätte er nicht den Eindruck vermittelt, ein normaler Angestellter zu sein. Irabu lächelte gelassen. Normalerweise ließen sich die Leute schnell einschüchtern, wenn sie merkten, dass sie es mit einem Yakuza zu tun hatten. Warum hatte der Typ keine Angst?

»Wie wär's, Herr Doktor. Wollen Sie sich nicht auch mal tätowieren lassen?«, fuhr er mit gedämpfter Stimme fort.

»Ne, ne, das tut bestimmt weh. Aber wie wär's mit einer Spritze? Mayumi-chan, kommst du mal eben?«

Der Vorhang im hinteren Bereich des Raumes öffnete sich, und eine junge Krankenschwester in einem kurzen weißen Kittel kam hervor. In der Hand hielt sie eine Spritze. Seiji wäre um ein Haar vom Hocker gekippt. Mehr noch als Stäbchen oder Küchenmesser jagten ihm Spritzen panische Angst ein.

Ihm wurde heiß. »Herr Doktor, also, ehrlich gesagt, habe ich Angst vor spitzen Gegenständen«, sagte er unwillkürlich mit zittriger Stimme.

»Ach so. Dann ist heute Ihr Glückstag. Eine gute Gelegenheit, um diese Angst zu überwinden.«

»Was? Nein, ich sagte doch gerade ...«, mehr brachte er nicht heraus.

Irabu stand auf, trat hinter Seiji und packte ihn an den Schultern. »Keine Sorge, das ist nur eine Vitaminspritze.«

»Ein... einen Moment, bitte.«

Die Krankenschwester nahm seinen Arm und drückte ihn auf den Injektionstisch.

»Hey! Ich hab doch gesagt, Sie sollen kurz warten!« Seine Stimme wurde lauter. Er versuchte aufzustehen. Doch der bullige Irabu drückte ihn nieder, sodass er sich nicht mehr rühren konnte.

»Es ist besser, wenn Sie ruhig bleiben, ja? Wenn die Nadel abbricht, dann gibt's Komplikationen, gell.« Irabu sprach zu ihm wie zu einem Kind.

»*... die Nadel abbricht*«, dröhnte es in Seijis Kopf, dann wurde ihm schwindlig.

»He, wollt ihr mich verarschen? Was glaubt ihr, mit wem ihr es zu tun habt? Ich bin Ino vom Kioi-Clan!«

»Das interessiert hier niemanden. Das Krankenhaus macht keinen Unterschied zwischen einem Premierminister und einem Landstreicher«, raunte ihm Irabu ins Ohr, sein Atem streifte Seijis Nacken. Wo war er hier bloß gelandet?

Er sah die Spritze näher kommen und geriet in Panik. Niemand durfte so mit ihm umgehen. Schließlich war er ein Yakuza mit dem dritten Dan in Kendo.

Seiji stemmte sich mit den Beinen vom Boden ab und bog seinen Körper mit ganzer Kraft nach oben.

»Sieh an, er will Widerstand leisten.« Irabu drückte ihn wieder nach unten.

»Verflucht!«, schrie Seiji und stieß sich mit ganzer Kraft vom Boden ab. Irabu verlor die Balance, und beide stürzten zu Boden, der Injektionstisch mit ihnen.

»Autsch!«, rief Irabu laut. »Scheiße, der will es wirklich wissen! He, Mayumi, ich halte ihn weiter fest. Mach schnell mit der Injektion!«

Er hielt Seijis Arme auf dem Rücken fest. Der versuchte sich mit aller Kraft loszureißen, aber vergeblich. Irabu wendete die Schraubzwinge, einen Judo-Griff, an, und somit war Seiji endgültig gefangen.

»Herr Doktor, seine Muskeln sind zu angespannt«, sagte die Krankenschwester genervt. Auch sie zeigte sich wenig beeindruckt von der Tatsache, dass Seiji ein Yakuza war.

»Tja, dann gib ihm die Spritze seitlich in den Bauch oder in den Oberschenkel. Aber auf jeden Fall da, wo ich es sehen kann, klar?«

Seiji konnte es einfach nicht fassen. So etwas hatte er noch nicht erlebt. Er lag am Boden, besiegt, hilflos, gedemütigt. In seinem Kopf tobte es.

»Hey, aufhören!«

»Keine Chance!«, kam die Antwort, die provozierend heiter klang.

»Warten Sie doch mal ...«, überschlug sich seine Stimme, Scham überkam ihn.

Die Krankenschwester zog sein Hemd hoch und jagte ihm die Spritze in die seit kurzem etwas fülliger gewordene Hüfte.

»Aah!«, schrie er auf und kniff die Augen zusammen. Ein stechender Schmerz durchfuhr ihn. Die Farbe wich mit einem Schlag aus seinem Gesicht, er war wie versteinert. Plötzlich kullerte eine Träne über seine Wange. Wann hatte er das letzte Mal geweint?

Beide schnauften schwer. Seiji brachte sein Haar in Ordnung und ließ sich in den Stuhl fallen. Noch konnte er keinen klaren Gedanken fassen. Gehörte das Krankenhaus zu einem anderen Clan? Wollte man ihn auf diesem Weg ausschalten? Sein Kampfgeist erwachte.

»Herr Ino, Sie haben mir einen ordentlichen Schlag mit dem Ellenbogen verpasst.« Irabu hielt sich die Nase. »Eine Spritze sollte man schon mit etwas weniger Radau hinnehmen.«

»Herr Doktor, darf ich Sie mal was fragen?« Seiji konnte sich nur mit Mühe beherrschen.

»Klar, bitte.«

»Wer steckt eigentlich hinter diesem Krankenhaus?«

»Was meinen Sie?«

»Na ja, gibt es irgendeine einflussreiche Organisation im Hintergrund?«

»Ne, überhaupt nicht. Hier geht alles mit rechten Dingen zu.«

»War das wirklich eine Vitaminspritze?«

»Natürlich. Die sind am preiswertesten.«

»Was soll'n das heißen!« In Seiji brodelte es. »Einem Patienten so übel mitzuspielen! Glauben Sie, das lasse ich mir gefallen?«

»Na, hören Sie mal. Das gehört zur Therapie. Kein Grund, sich zu beschweren.«

»Was soll das für 'ne Therapie sein! Den Patienten in den Schwitzkasten zu nehmen und ihm gegen seinen Willen eine Spritze zu geben!«

»Auch das ist Teil der Behandlung. Ein Geschwür behandelt man am besten, indem man es aufschneidet und den Eiter ablässt. Na ja, dass auch Blut fließt, muss man einfach akzeptieren.«

Seiji blieb die Antwort im Hals stecken.

»Die Schockbehandlung ist völlig normal in einer psychiatrischen Abteilung. Wir wissen schon, was wir tun.«

Seiji wollte etwas erwidern, fand aber nicht die richtigen Worte.

»Wie ist das denn nun mit dieser Spitzenphobie? Was genau macht Ihnen Angst?« Irabu nahm die Patientenakte in die Hand und studierte sie.

»Alles, was spitz ist: Messer, Essstäbchen, Zahnstocher, Stifte, sogar Schirme«, antwortete Seiji mürrisch.

»Was ist mit dem Tōkyō-Tower?«

»Was?« Seiji zog die Brauen zusammen. »Wollen Sie mich auf den Arm nehmen, Herr Doktor?«

»Wieso? Der ist doch auch spitz.«

»Aber viel zu groß.«

»Und eine Rakete?«

»Macht mir genauso wenig.«

»Eine Eistüte?«

Seiji dachte kurz nach. »Hmm, schon eher.«

»Mit anderen Worten, es kommt auf die Größe an. Je kleiner der Gegenstand, umso größer die Angst, damit verletzt zu werden.«

»Ja, ja! Genauso ist es!«

Der Arzt hatte es genau getroffen. Seiji stellte sich das bildlich vor. Sobald er einen Zahnstocher oder etwas Spitzes in die Hand nahm, überkam ihn jedes Mal die Angst, er könnte sich damit ins Auge stechen.

»Genauso«, wiederholte Seiji, »der Kugelschreiber, den Sie in der Hand haben, ist ein gutes Beispiel. Wenn Sie ihn nach unten halten, dann kann ich das gerade noch ertragen, aber wenn Sie ihn auf mich richten, dann krieg ich Panik.«

»Ungefähr so?« Irabu zeigte mit den Kugelschreiber auf Seiji.

Seiji schrie auf und sprang zurück.

»'tschuldigung, 'tschuldigung«, lachte Irabu.

Seiji kochte vor Wut. Wenn er etwas nicht ausstehen konnte, dann war es, als Yakuza nicht ernst genommen zu werden.

»Herr Doktor, finden Sie nicht, dass Sie es etwas zu weit treiben? Wenn Sie so weitermachen, dann ...«

»Wie wär's denn mit einer Sonnenbrille? Für einen Yakuza genau das Richtige!«, schlug Irabu vor und ignorierte die Drohung.

»Eine Sonnenbrille?«

»Damit können Sie Ihre Augen schützen und hätten zugleich ein Gefühl der Sicherheit.«

Tatsächlich, das klang plausibel, und es war sogar problemlos durchführbar, dachte Seiji. Verblüfft starrte er Irabu an. Er wurde nicht schlau aus diesem Kerl.

Aber gut, warum nicht mal ausprobieren. Er würde sich eine seitlich geschlossene Sportsonnenbrille zulegen, eine, wie sie der in Amerika lebende, erfolgreiche japanische Baseballspieler Ichirō hatte.

»Ach übrigens, Herr Ino, ich hätte eine Bitte an Sie. Ich möchte für mein Leben gern mit einer richtigen Pistole schießen. Einmal nur. Ließe sich das arrangieren?«

»Was?«

»Wir könnten unter einer Eisenbahnbrücke ein bisschen rumballern.«

»Also hör'n Sie mal. So landet man schnell im Knast, ist Ihnen das klar?«

Seiji wollte hier raus. Mit diesem komischen Vogel wollte er nichts mehr zu tun haben.

»Bis morgen dann, Herr Ino!«

»Was? Morgen?«

»Klar. Aber seien Sie beruhigt, morgen gibt's keine Spritze, gell!«, grinste Irabu über das ganze Gesicht.

»Na ja ...« Seiji schaffte es nicht, Nein zu sagen, er war zu verwirrt. Offensichtlich war er nicht mehr Herr der Lage, das war ihm bis jetzt noch nie passiert.

Als er auf den Flur trat, sah er die Krankenschwester eine Zigarette rauchen. Sieht eigentlich ganz appetitlich aus, dachte er.

»Na, Mädchen! Hast es mir ganz schön gegeben vorhin«, sprach er sie mit einem feisten Grinsen an, während er sich ihr näherte. »Wie wär's denn mit uns beiden? Wir könnten fein essen gehen und anschließend ...«, er fasste sie an den Hüften und tastete sich bis zum Gesäß vor.

Wortlos streckte ihm die Krankenschwester ihren Zeigefinger entgegen. Ein glänzender, manikürter, sehr spitzer Fingernagel berührte sanft seine Nasenspitze.

Seiji sprang unvermittelt zurück und knallte mit dem Hinterkopf gegen die Wand. Für einen Moment wurde ihm schwarz vor Augen. »Du Miststück!«

Als er sich wieder gefasst hatte, war sie verschwunden.

Was für ein Scheißkrankenhaus! Wieso hatten die keinen Respekt vor einem Yakuza? Seiji fühlte sich, als ob er soeben aus einem Albtraum erwacht wäre.

»Chef, das sieht echt cool aus!«, bemerkte Isao, einer seiner Leute, zur neuen Sonnenbrille.

»Schon gut«, gab Seiji zurück und legte seine Beine lässig auf den Schreibtisch. Allerdings musste er sich eingestehen, dass die dunkle Brille im Büro sehr unpraktisch war.

Um die Wirkung zu testen, holte er einen Kugelschreiber aus der Schublade. Ein leichtes Gefühl der Unruhe überkam ihn, doch die erwartete Panikattacke blieb aus. Damit könnte er leben, vorläufig jedenfalls. Er schlug seinen Kalender auf und begann ohne Umschweife mit der Arbeit. Er nahm den Telefonhörer zur Hand und wählte die Nummer eines Schuldners, der ganz oben auf der langen Liste stand.

»Mein Name ist Seiji Ino von der Firma Ino. Ist Ihr Chef zu sprechen?«

Der gebieterische, bedrohliche Ton gehörte zur Taktik. Die Schuldner wurden so lange eingeschüchtert, bis sie klein beigaben; hatte man sie da, wo man sie haben wollte, änderte man den Ton und signalisierte Kooperationsbereitschaft. Nach diesem Muster liefen die Geschäfte ab.

»Der Scheck war nicht gedeckt, und da hätt' ich mal gerne mit Ihrem Boss ein Wörtchen gewechselt.«

Die Sachbearbeiterin teilte ihm mit, dass der Chef gerade außer Haus sei, aber Seiji ließ sich nicht abwimmeln.

»Ha! Ich weiß genau, dass er da ist! Hol ihn mal ganz flott an die Strippe, klar? Sonst komme ich nämlich gleich mit ein paar Jungs vorbei, verstanden?«

Die Frau am anderen Ende der Leitung schrie auf, als ob sie jemand gepiekst hätte. Seiji konnte spüren, dass sie zu Tode erschrocken war. In solchen Momenten liebte er seinen Beruf besonders.

»Ah, der Herr Geschäftsführer persönlich. Sagen Sie mal, Sie spielen doch nicht mit dem Gedanken, unterzutauchen? Das würde ich an Ihrer Stelle mal lieber sein lassen, sonst könnte Ihnen noch ein Unglück zustoßen; wenn Sie verstehen, was ich meine.«

Das A und O des Geschäfts war es, auf die Gegner Druck auszuüben, sie gar nicht erst zur Besinnung kommen zu lassen. All diese verschuldeten Unternehmer bezahlten erst, wenn man ihnen ordentlich einheizte. Ohne Härte erreichte man in diesem Metier nichts.

»Wie? Ich hab wohl nich' richtig gehört! Sie brauchen mehr Zeit? Ne, ne, das läuft nicht. Wenn Sie das auch nur denken, werden Sie morgen Ihr blaues Wunder erleben, klar?«

Seiji erledigte an diesem Tag zwanzig Telefongespräche. Dazu kamen noch zwei Kundenbesuche. Wenn das Geschäft so weiterging, brauchte er sich um seine Zukunft keine Sorgen zu machen. Alles lief wie am Schnürchen.

Seiji fuhr natürlich einen Mercedes Benz S-Klasse, an seinem Handgelenk glänzte eine teure Rolex. Würde seine Phobie bekannt werden, würde er zum Gespött der Leute.

2

»Aufhören, sage ich. Ey! Was soll'n das!«

Am folgenden Tag wurde er erneut von Irabu in den Schwitzkasten genommen. Kaum dass er die Praxis betreten hatte, sprang der Arzt hinter der Tür hervor und umklammerte ihn von hinten. »Hab ihn!«, rief er wie beim Fangenspielen, und schon stand die Krankenschwester Mayumi mit dem Spritzbesteck in der Hand vor ihm.

»Verdammter Lügner! Gestern haste noch gesagt, heute gibt's keine Spritze!« Die Adern traten an den Schläfen blau hervor, und mit aller Kraft warf er sich hin und her. Sein Herz raste.

»Ach das? Das war 'ne Notlüge«, schnaufte Irabu lachend.

»Willste mich verarschen, du Quacksalber!«, schrie Seiji.

»Na ja, Sie verdienen Ihren Lebensunterhalt ja auch nicht gerade auf ehrliche Weise, oder?«

Seiji wurde von Irabu hochgewuchtet und zum Behandlungstisch gezerrt. Der über hundert Kilo schwere Arzt wandte den Kesagatame-Judogriff an, die Krankenschwester krempelte rasch seinen Ärmel hoch. Seiji sah die Injektionsnadel und wäre fast ohnmächtig geworden.

»Stopp, stopp!«, rief er mit heiserer Stimme. »Ich will kurz was sagen!«

»Ne, ne, dafür ist es zu spät.«

»Wenn ihr nicht aufhört, könnt ihr euch auf was gefasst machen, das schwöre ich euch!« Speicheltropfen spritzten aus seinem Mund.

»Ich hab doch gesagt, das gehört zur Behandlung.«

»Behandlung? Das soll 'ne Behandlung sein, Arschloch! Ich rufe meine Jungs und dann ...«

»Jetzt schön stillhalten, gell.«

Seiji war wie gelähmt. Scheiße! Er war doch ein Yakuza! Wenn er irgendwo langging, wichen die Leute normalerweise zur Seite. Und hier ...

Schnell tupfte die Krankenschwester Desinfektionsmittel auf seinen Arm und stach zu. Seiji entfuhr ein Schrei. Er drehte sich um und sah das glänzende Gesicht Irabus. Seine Backen glühten, und die Augen leuchteten, während er die Prozedur bis zum Schluss genau beobachtete. Was war das nur für ein Mensch?

Die Krankenschwester führte die Spritze bedrohlich nah an sein Gesicht und verzog dabei keine Miene.

Wieder schwanden ihm die Sinne. Ein Zittern am ganzen Körper überfiel ihn, und seine Zähne klapperten wie Kastagnetten.

»Heroin scheinen Sie nicht zu spritzen. Ihre Arme sind sauber«, meinte Irabu.

Seiji gab auf, gegen die beiden kam er nicht an. Das Markenzeichen Yakuza zeigte also keine Wirkung, wenn man sich nicht davor fürchtete.

»Alles wieder in Ordnung. Das war das letzte Mal, versprochen. Morgen spritzen wir nicht«, sagte Irabu zufrieden. »Mayumi-chan! Bring uns bitte Kaffee.«

»Ich glaub Ihnen kein Wort«, sagte Seiji.

Er war völlig erschöpft, und obwohl er das nicht einfach so hinnehmen wollte, fehlte ihm die Energie, um zu protestieren.

»Die Konfrontationstherapie sollte nur zwei Mal hintereinander durchgeführt werden. Wenn danach keine Besserung eingetreten ist, wechselt man zu einer medikamentösen Behandlung.«

Wenn der nur keinen Quatsch redet, dachte Seiji, fühlte sich aber zu ausgelaugt, um zu widersprechen.

Die Krankenschwester brachte Kaffee – ihre weiße Uniform war wieder sehr freizügig geschnitten und gewährte einen tiefen Einblick in ihr Dekolleté – und zog sich dann mit einem Magazin auf die Wartebank zurück.

»Ach, übrigens, Herr Ino. Eine Zwangsneurose hat in der Regel einen bestimmten Auslöser. Gab es in Ihrer Vergangenheit ein Ereignis, das dafür in Frage kommt? Ein Schockerlebnis vielleicht? Hat man Ihnen mal eine Pistole in den Mund gesteckt?«

»Ne«, gab Seiji fahrig zurück.

»Oder hat Ihnen ein Karatekämpfer mal mit den Fingern in die Augen gestochen?«

»Wohl kaum!«, Seiji warf ihm einen bösen Blick zu.

»Herr Ino, Sie scheinen wider Erwarten ein recht friedliches Leben zu führen.«

Seiji war empört. »Hören Sie mal, das läuft nicht wie im Film. Schießereien auf offener Straße und dergleichen gibt's so gut wie gar nicht mehr. Die Yakuza heutzutage sind Geschäftsleute. Und wenn's mal zur Sache geht, dann ist meistens Geld im Spiel.«

»Ja, ja, der Kampf ums Brot ist härter geworden.«

Irabu schlürfte geräuschvoll seinen Kaffee. Seiji sackte wieder in sich zusammen. Gewalt schien diesem Menschen überhaupt nicht zu imponieren.

»Wenn Sie sich an nichts Bestimmtes erinnern können, dann gibt es vielleicht irgendwas in Ihrem Unterbewusstsein.«

»In meinem Unterbewusstsein?«

»Ja, irgendwo tief vergraben in Ihrer Seele. Vielleicht wollen Sie ja gar kein Yakuza sein?«

Seiji runzelte die Stirn. Was meinte er damit?

»Einerseits haben Sie diesen rauen Ton am Leib, andererseits sagt Ihnen eine Stimme, dass das nicht Ihr wirkliches Ich ist. Könnte doch sein, oder?«

Seiji verschränkte nachdenklich die Arme vor der Brust. Nein, das konnte unmöglich sein. Das war der Weg, den er selbst gewählt hatte, und noch kein einziges Mal hatte er diesen Schritt bereut. Umso mehr wunderte er sich, dass er diese Fragen einfach so zuließ, ohne auch nur aufzubrausen. Normalerweise hätte er jedem, der ihm so kam, ohne lang zu überlegen eine in die Fresse gehauen.

»Ein Yakuza scheint mir wie ein Igel zu sein. Ihre Tätigkeit besteht darin, die anderen einzuschüchtern, so was ermüdet natürlich auf Dauer. Und schließlich entwickeln Sie als Gegenreaktion eine Abneigung gegen spitze oder scharfe Gegenstände.«

»Herr Doktor, hör'n Sie doch bitte auf, mich zu veräppeln, ja? Ich bin nicht so ein Schwächling.«

»Was halten Sie eigentlich von einer Brille mit dicken Gläsern, durch die Sie Ihre Umgebung nur verschwommen wahrnehmen können?«

Seiji atmete tief durch. Er wollte gehen und nahm seine Sonnenbrille in die Hand. Als er sie aufsetzen wollte, fiel sein Blick auf die spitzen Enden der Brillenbügel. Scheiße, dachte er und schloss die Augen. Aber es war schon zu spät. Das Bild ging ihm nicht mehr aus dem Kopf, er bekam einen Schweißausbruch.

»Was haben Sie denn, Herr Ino?«

»Nichts, ist schon gut.«

Er verstaute die Brille in der Innentasche seines Jacketts

und verließ das Behandlungszimmer. Als Irabu ihm nachrief: »Kommen Sie morgen wieder!«, konnte Seiji die Antwort »Da können Sie aber lange warten« gerade noch runterschlucken.

»Chef, ist was passiert?«

Als er wieder im Büro war, sah Isao ihn mit fragendem Blick an.

»Du weißt wohl auch gar nichts, was! Das ist jetzt modern!«

Unterwegs hatte er eine Skibrille gekauft. Da sie anstelle der Bügel ein Gummiband hatte, konnte er sie aufsetzen, ohne in Panik zu geraten. Die geschlossenen Seiten gaben ihm zusätzlich ein Gefühl der Sicherheit.

»Irgendwie sehen Sie aus wie ein schlecht gelaunter *RoboCop*.« Alle brachen in Gelächter aus.

Eine Handbewegung Seijis brachte sie zum Verstummen.

Er ließ sich grünen Tee bringen und blies Zigarettenrauch in die Luft. Wie ein Igel, erinnerte er sich an Irabus Worte. Verhielt er sich wirklich wie ein Igel? Mit zwölf Jahren fing er an, andere Jungen zu bedrohen. Als Oberschüler handelte er sich deshalb einmal einen Verweis ein; zur Strafe nahm man ihm für ein paar Tage seine Schuluniform weg, was ihm außerordentlich peinlich war. Ohne Uniform fühlte er sich nackt.

Er lehnte sich zurück und legte die Füße auf den Tisch. Sein Blick wanderte über die Tischplatte aus teurem Mahagoni und verweilte auf einer der Ecken. Er schluckte. Diese Kante war ihm bisher nicht aufgefallen. Sie sah ziemlich spitz aus. Nein, er durfte sich nicht davon beeinflussen lassen. Sie konnte seinen Augen niemals gefährlich werden.

Er faltete die Zeitung auf und versuchte, den Zeilen zu folgen, konnte sich aber nicht konzentrieren. Eine seltsame Unruhe ergriff ihn. Er nahm die Skibrille ab und sah noch mal zur Tischkante, merkte aber, dass er nicht lange durchhalten würde.

»Isao! Gibt's im Büro nicht irgendwo 'ne Säge?«

»Es gibt eine ausklappbare im Werkzeugkasten. Warum?«

»Bring die mal her!«

Seiji stand auf und nahm die Säge in die Hand. Sein Puls ging schneller. Hastig machte er sich daran, die Kanten abzusägen.

»Wieso denn das, Boss? Der Tisch hat doch über dreihunderttausend Yen gekostet.« Isao war überrascht und versuchte, seinen Chef davon abzubringen.

»Halt's Maul und verzieh dich.« Mit einer Handbewegung scheuchte Seiji ihn weg.

Er sägte alle vier Ecken ab. Auf seiner Stirn standen Schweißperlen, sein Atem rasselte.

Geschafft! Sofort stellte sich ein Gefühl der Erleichterung ein. Ruhiger atmend blickte er auf die Säge in seiner Hand. Augenblicklich schrie er auf und feuerte die Säge in eine Ecke. Etwas Spitzeres hatte er überhaupt noch nicht gesehen.

Was zum Teufel war nur mit ihm los? Es war ihm einfach unbegreiflich, wie es dazu kommen konnte, dass er sich von einer Tischecke bedroht fühlte.

Als er sich wieder beruhigt hatte, schaute er sich im Zimmer um. Seine Männer standen da und machten betretene Gesichter, sie wagten nicht, ihm in die Augen zu blicken.

»Na ja ... also ... ich dachte, bevor man sich daran stößt, da ...« Er konnte seine Verlegenheit nicht verbergen.

Das Telefon klingelte. Erleichtert über die Unterbrechung nahm er selbst den Hörer ab. Sein Freund Mizutani war am Apparat.

»Ah, Ino, du bist's. Ich ruf wegen der Baufirma Suzuki an. Der Mistkerl vom Hauptbüro hat es sich anders überlegt. Er will unser ›Abo‹ nicht mehr.«

Mizutani gehörte zum Stab einer untergeordneten rechtsradikalen Organisation und war ein alter Freund von Seiji. Wo immer es möglich war, unterstützten sie sich gegenseitig bei ihrer Arbeit.

»Aha«, antwortete Seiji automatisch, »das ist natürlich 'ne Schweinerei.«

»Ich hab mit dem Boss gesprochen, und der sagte, dass wir eine eidesstattliche Erklärung schicken sollen, um denen die Sachlage mal deutlich zu machen. Du bist natürlich auch dabei.«

»Okay, alles klar.«

Im Kioi-Clan war es durchaus üblich, eidesstattliche Erklärungen abzugeben, und daher hatte Seiji ohne zu zögern zugesagt. Erst allmählich wurde ihm klar, was das für ihn bedeutete. Die eidesstattlichen Erklärungen der Yakuza wurden seit jeher mit Blut besiegelt. Dafür ritzte man sich mit dem Dolch in den Finger.

»Komm morgen zum Hauptquartier. Ach ja, der Boss wird übrigens auch da sein.«

»Aha, also um ehrlich zu sein ... ich hab schon was vor. Kann ich mein Siegel nicht einfach mit der Post schicken? Wie wär das?«

»Häh? Du machst wohl Witze? Ein Blutsiegel wird vor den Augen unseres Bosses gesetzt, das ist ja wohl klar!«

»Ach so?«

»Mensch, reiß dich zusammen! Also, bis morgen Nachmittag um drei.«

Ohne eine Antwort abzuwarten legte Mizutani auf. Konsterniert stand Seiji mit dem Hörer in der Hand da. Meine Güte, dachte er, wie sollte er in seiner gegenwärtigen Verfassung einen Dolch auch nur halten können, geschweige denn dabei zusehen, wie sich jemand damit den Finger ritzt. Er würde ohnmächtig werden.

»Boss, geht's Ihnen nicht gut? Sie sehen blass aus«, hörte er Isao sagen.

Ob er eine Vertretung schicken könnte? Nein, das ging wohl kaum. Das wäre respektlos gegenüber dem Oyabun.

»Ist alles in Ordnung?«, fragte Isao erneut.

»Halt's Maul.« Seiji packte ihn am Hemdkragen und verpasste ihm eine Ohrfeige. Gekränkt verließ Isao das Zimmer.

Nun bekam er auch noch Magenschmerzen. Ob er in der

Stadt eine Schlägerei anzetteln sollte, damit er ins Kittchen kam? Mit solchen Gedanken spielte er.

Er beschloss, an diesem Tag nicht mehr zu arbeiten. Ihm fehlte einfach die Energie, die säumigen Schuldner unter Druck zu setzen. War der Beruf des Yakuza tatsächlich nichts mehr für ihn? Er dachte an Irabus Worte und glaubte allmählich schon selbst daran.

Zu Hause angekommen, sah er auf dem Küchentisch einen Immobilienkaufvertrag liegen. »Der Laden im 7. Block. Hab mich entschieden! Ein paar kleine Änderungen sind notwendig, den Tresen kann man so lassen«, hatte Kazumi an den Rand gekritzelt.

»Hast du sie noch alle! Wenn du den Laden aufmachst, gibt's Ärger mit der Yoshiyasu-Familie. Mit Yoshiyasu ist nicht gut Kirschen essen, der macht seine Drohungen immer wahr.«

»Ich hab doch gesagt, dass du dir keine Gedanken zu machen brauchst. Ich werde deinen Namen nicht erwähnen. Wenn du mir nur ab und zu ein bisschen zur Hand gehst, reicht das schon.«

»Sag mal, wo lebst du eigentlich? Hältst du uns Yakuza für Idioten? Das spricht sich doch in Windeseile rum. Und dann stehen die bei uns auf'm Teppich und machen Ärger.«

Seiji war nicht wohl bei dem Gedanken. Ein Bandenkrieg könnte ausbrechen!

»Wir sind nicht verheiratet. Da kann doch gar nichts passieren.«

»Red doch keinen Scheiß! Wo ist denn da der Unterschied? Wir leben zusammen, also sind wir ein Paar, basta!«

Kazumi hob den Kopf und sah Seiji an. »Tja, dann könnten wir eigentlich auch heiraten.«

»Wie? Jetzt wechsle nicht das Thema, ja?«

»Und überhaupt: Wie wär's, wenn du den Laden führst?«

»Also, hör mal! Was soll ich dann bitte schön mit meinem Job machen?«

Das Gespräch hatte eine unerwartete Wendung genommen. »Ich lasse jetzt erst mal ein Bad ein«, sagte er und stand auf.

»Ich fände es eh besser, wenn du damit aufhören würdest!«, bohrte Kazumi weiter.

Seiji stockte der Atem. Das hatte er nicht erwartet.

»Mach keine Witze«, sagte er, ohne sich umzudrehen. Schnell ging er ins Badezimmer, schloss die Tür und atmete tief durch.

»Eigentlich hatte ich gedacht, du würdest ausrasten, wenn ich so was sage«, hörte er sie von der Küche aus rufen.

»Du nervst!«, antwortete er zornig, war aber nicht überzeugend genug.

Was war denn auf einmal mit ihm los? So elend hatte er sich noch nie gefühlt. Seit einigen Tagen kam er sich vor wie ein Hund, der das Bellen verlernt hat.

Er entkleidete sich und betrachtete sich im Spiegel. Sein Körper war übersät mit Tattoos: Auf seinem Rücken prangte ein chinesischer Löwe, auf den Armen Päonien. Kaum war er in die Organisation aufgenommen worden, hatte er sich tätowieren lassen, als Zeichen dafür, dass er den Rest seines Lebens ein Yakuza sein wollte.

Einer seiner besten Freunde hatte sich trotz der Eide und Tätowierungen aus diesem Geschäft zurückgezogen und war nun Transportunternehmer in Asakusa. »So etwas kommt öfter vor«, versicherte ihm dieser mit einem zufriedenen Grinsen.

Ne, ne, aber nicht er! Seiji schüttelte den Kopf. Um so weit zu kommen, hatte er hart arbeiten müssen. Niemand wäre so dumm und würde all das wieder aufgeben. Genug davon! Er musste über den bevorstehenden Bluteid nachdenken. Auf keinen Fall durfte er sich vor dem Boss blamieren, das würde das Ende seiner Laufbahn bedeuten.

Er stieg in die Badewanne und lehnte sich zurück. Da selbst der kleine Hocker und die Waschschüssel rund waren, konnte er sich völlig entspannen. Ihm war, als ob er seinen letzten Zufluchtsort gefunden hätte.

Er badete lange und ausgiebig, so lange, dass Kazumi ins Bad kam, um nach ihm zu sehen.

3

Er klopfte, und wieder ertönte ein fröhliches »Nur hereinspaziert«. Seiji schluckte und öffnete langsam die Tür. Vorsichtig steckte er den Kopf herein und sah sich um. Irabu saß in seinem Sessel, die Krankenschwester lag auf der Sitzbank. Er konnte also bedenkenlos eintreten.

Auch an diesem Tag trugen ihn seine Füße hierher. Hier war jemand, der keine Angst vor ihm hatte. Das war ein ungewohntes Gefühl für Seiji, das er nicht missen wollte. Die Sache mit dem Bluteid war ein weiterer Grund. In seiner gegenwärtigen Verfassung musste er sich an jeden Strohhalm klammern. Nur mit Irabu konnte er über diese peinliche Angelegenheit reden.

Kaum war er drinnen, wurde er von einem Mann, der größer war als er, gepackt. Zwei behaarte Arme umklammerten seinen Oberkörper. Seiji war zu überrascht, um sich zu wehren.

»Hey! Was soll das?« Die Sportbrille flog zu Boden. Er drehte den Kopf und blickte in das Gesicht eines orientalisch aussehenden Mannes.

»Tja, für den dritten Termin mussten wir uns schon etwas Besonderes einfallen lassen«, sagte Irabu mit einem breiten Grinsen auf dem Gesicht.

»Ich habe einen von den Iranern angeheuert, die sich im Ueno-Park rumtreiben. Den hier versorge ich immer mit Medikamenten.«

»Herr Doktor, was soll ich mit dem Herrn machen?«, fragte der Iraner.

»Legen Sie ihn auf den Behandlungstisch. Aber nicht loslassen, ja?«

Jetzt sah er auch das vorbereitete Spritzbesteck.

»Hey! Sie haben doch gesagt, das Konfrontationsverfahren wird nur zwei Mal angewendet!«

»In Wirklichkeit drei Mal. Heute ist das letzte Mal.«

»Und das soll ich glauben? Sie! Wenn Sie nicht augenblicklich aufhören, schicke ich Ihnen täglich ’nen Propagandawagen von den Rechten vorbei!«

»Sie dürfen dem Herrn Doktor keine Schwierigkeiten machen, er will Ihnen doch nur helfen«, sagte der Iraner.

»Du hältst die Fresse! Das geht dich einen feuchten Dreck an!«

Seiji wurde auf den Behandlungstisch gedrückt, die Krankenschwester desinfizierte den rechten Arm an der Einstichstelle. Die Spritze näherte sich, ihm wurde schwarz vor Augen.

»Okay! Ich hab verstanden!« Seiji gab sich geschlagen. Hier waren Einschüchterungsversuche sinnlos. »Ich lasse mich freiwillig spritzen, aber der Typ soll mich loslassen.«

»Fällt mir schwer, Ihnen zu glauben, wenn ich ehrlich bin«, antwortete Irabu.

»Das muss ich mir von Ihnen sagen lassen?«

Nachdem er eine Weile mit Irabu darüber diskutiert hatte, ließ ihn der Iraner los. »Ich habe auch meinen Stolz. Wenn ich mich schon vor Spritzen fürchte, dann kann ich gleich einpacken.« Er sagte das eher, um sich selbst Mut zu machen.

»So, so. Wir werden ja sehen«, erwiderte Irabu. Seiji hätte ihn am liebsten zusammengeschlagen.

Er legte den Arm auf den Injektionstisch und atmete tief durch. Als er die Spritze sah, traten dicke Schweißtropfen auf seine Stirn. Meine Güte, was für eine erbärmliche Figur er hier abgab, dachte er bei sich.

Die Krankenschwester näherte sich mit der Nadel. Er zitterte am ganzen Körper. Kurz vor dem Einstich gab er auf und wendete sein Gesicht ab. Ein kurzer Schmerz, und schon war alles vorbei.

»Na also, ging doch. Sie sind wieder der Alte.«

»Nicht ganz, mir ist speiübel.«

»Im Vergleich zu gestern und vorgestern ist das auf jeden Fall ein Fortschritt. Die Behandlung schlägt an, würde ich sagen.«

Ohne zu antworten drehte Seiji sich auf die Seite. Bestimmt war er leichenblass. Unmittelbar neben ihm drückte Irabu dem Iraner eine paar Geldscheine in die Hand. Seiji wunderte nichts mehr. Der gesunde Menschenverstand zählte hier nicht.

Die Krankenschwester legte ihm ein feuchtes Handtuch auf die Stirn. »Danke«, sagte er. Wieso bedankte er sich eigentlich? So, wie er hier behandelt wurde!

»Sieht ja echt toll aus!« Irabu hob die Skibrille vom Boden auf.

»Die gibt mir Sicherheit.«

»Aha. Noch besser wäre vielleicht ein Sturzhelm oder 'ne Schweißermaske.« Irabu hielt sich den Bauch vor Lachen.

Seiji hatte genug. Er wollte hier raus. Mühsam erhob er sich. Da fiel ihm ein, dass er ja noch etwas mit Irabu besprechen musste.

»Herr Doktor, weswegen ich eigentlich gekommen bin ... ich habe heute noch eine ziemlich unangenehme Sache zu erledigen und brauche Ihren Rat.«

Er erzählte Irabu von der für den Nachmittag festgelegten Zeremonie. Das betagte Oberhaupt der Yakuza sei einer von der alten Garde und bestünde auf einem Bluteid. Seiji wusste, dass er den Anblick des Dolches nicht ertragen würde. Wenn er bei einer solchen Zeremonie versagte, hätte das schwerwiegende Konsequenzen für ihn.

»Haben Sie nicht zufällig ein Medikament mit besonderer Wirkung?«

»Hm, wie wär's mit Morphium? Das würde das Angstgefühl unterdrücken«, schlug Irabu vor, ohne mit der Wimper zu zucken.

»Ich bin doch kein Kamikazepilot, außerdem sind Drogen bei uns tabu.«

»Ich könnte Ihnen auch 'ne Bescheinigung ausstellen, dass Sie Aids haben.« Irabu schien nicht zu spaßen. Seiji sank wieder in sich zusammen.

»Bitte, Herr Doktor. Machen Sie einen Vorschlag, den man auch verwirklichen kann. Mir ist es verdammt ernst!«

»Dann würde ich sagen, dass wir einen Probedurchlauf machen.«

Irabu ließ die Krankenschwester ein Skalpell bringen. Auf einem kleinen runden Tisch lag das hell glänzende Instrument. Augenblicklich verkrampfte Seiji sich und fing an zu schwitzen.

»Also gut, nehmen Sie es in die Hand«, wies Irabu ihn an.

Das Herz schlug ihm bis zum Hals, er atmete heftig. Er unterdrückte den Impuls davonzulaufen und zwang sich aufzustehen. Zögerlich streckte er die Hand nach dem Skalpell aus. Wieder verließ ihn der Mut, er drehte den Kopf zur Seite.

»So wird das nichts! Da merkt ja gleich jeder, was los ist. Sie müssen an etwas anderes denken. Zum Beispiel an ein schönes Erlebnis aus Ihrer Kindheit.«

»Da fällt mir jetzt auf Anhieb nichts ein. Und abgesehen davon hatten meine Eltern keine besonders gute Beziehung. Sie haben gewartet, bis ich achtzehn war, und dann haben sie sich scheiden lassen.«

»Na gut, dann versuchen Sie, ein Lied zu singen. Wichtig ist, dass Sie sich nicht auf das Skalpell konzentrieren.«

»Ich kann doch kein Lied singen, während ich diese Erklärung mit meinem eigenen Blut besiegle.«

Unmöglich. Er schaffte es einfach nicht. Sein Körper versagte ihm den Dienst.

»Hm, sieht schlecht aus. Ihre Hände zittern ja wie Espenlaub«, stellte Irabu fest und räumte das Skalpell weg.

Seiji war deprimiert. Bereits in wenigen Stunden würde er vor den Trümmern seiner Existenz stehen.

»Muss man sich eigentlich selbst in den Finger ritzen?«

»Ja, im Prinzip schon.«

»Wäre es nicht möglich, dass Ihnen jemand diese Arbeit abnimmt?«

Seiji überlegte eine Weile. So könnte es funktionieren.

»Wie wär's, wenn wir Ihre rechte Hand eingipsen?«

Seiji hob den Kopf. Er sah plötzlich einen Hoffnungsschimmer am Horizont.

»Und dann gebe ich Ihnen noch meine alte Brille. Wenn Sie alles verschwommen sehen, geraten Sie nicht so leicht in Panik.«

»Herr Doktor ...« Instinktiv nahm Seiji Irabus Hand, fast hätte er vor Dankbarkeit geheult. Der Plan war nicht perfekt, aber zumindest konnte eine Katastrophe vermieden werden. Mizutani konnte den Schnitt für ihn vornehmen. Seiji wollte Irabus Hand gar nicht mehr loslassen.

Im Hauptquartier des Kioi-Clans war die Führungsspitze vollständig versammelt. Im renovierten Hinterzimmer eines traditionellen japanischen Hauses thronte am Tischende der Oyabun.

»He, Ino! Was ist denn mit deiner Hand los?«, fragte der Stellvertreter.

»Ach das, nichts weiter. Ich hab einen Moment nicht aufgepasst. Tut mir leid.«

Mit ernster Miene verneigte sich Ino.

»Mizutani wird mich unterstützen.«

»Mach ich natürlich«, antwortete dieser, »aber was soll denn dieses Nasenfahrrad da? Die Gläser sind ja fast so dick wie Flaschenböden. Das sind doch mindestens sechs Dioptrien.«

»Ja, meine Augen sind plötzlich schlechter geworden ...«, gab Seiji gequält zurück.

Er hatte Mühe, seine Umgebung wahrzunehmen, noch dazu war ihm schwindlig. Nachdem alle Platz genommen hatten, eröffnete der Oyabun die Sitzung.

»Die Baufirma Suzuki hat die Absicht kundgetan, unsere lange Jahre währende Geschäftsbeziehung ohne unser Einverständnis aufzulösen. Das ist natürlich eine unentschuldbare Respektlosigkeit gegenüber der Kioi-Familie, die sich in der Vergangenheit bei rechtlichen Streitigkeiten und Problemen mit der Gewerkschaft stets mit aller Kraft für die Firma Suzuki eingesetzt hat. Das ist eine Beleidigung, die wir selbstverständlich nicht auf sich beruhen lassen können. Wir müssen uns gegen das Management der Firma Suzuki, deren Philosophie unseren ethischen Grundsätzen widerspricht, entschieden zur Wehr setzen ...«

Der Anführer war nun schon über achtzig Jahre alt, und obwohl er nichts mehr liebte als Geld, spielte er hier den Moralapostel und redete sich in Rage.

»... und deswegen wird die Kioi-Familie mit diesem Bluteid ihren festen Willen demonstrieren, den Versäumnissen des Managements der Firma Suzuki gebührend zu begegnen.«

Kurz gesagt: Man versuchte, sie mit Drohungen einzuschüchtern, und wenn das zu nichts führte, griff man zu drastischeren Maßnahmen. Nach Beendigung der Rede brachte ein Untergebener einen Dolch und einen kleinen Holztisch herein. Währenddessen setzten alle Beteiligten ihre Unterschrift auf das vorbereitete Schriftstück.

Seiji räusperte sich laut. Der Dolch lag da, riesig, größer, als er ihn sich vorgestellt hatte. Gar nicht zu vergleichen mit einer Spritze oder einem Küchenmesser. Wieder musste er alle seine Kräfte aufbieten, um nicht schreiend davonzulaufen.

»Was ist denn los, Ino. Bist ja auf einmal blass wie ein Leichentuch«, flüsterte Mizutani ihm zu.

»Gar nichts.« Nur mit Mühe nahm er wieder Haltung an.

Zuerst war das Oberhaupt dran. Er nahm den Dolch in die Hand, setzte ihn mit einer ausholenden Geste an den Daumen und ritzte ihn ein. Dann presste er die blutende Kuppe auf das Dokument. Unverzüglich wickelte ein junger Gehilfe, der daneben stand, ein frisches weißes Taschentuch um den Daumen.

Als Nächstes war der Stellvertreter an der Reihe. Mit geübter Hand vollführte er den Schnitt. Der Dolch funkelte geradezu im Licht der Deckenlampe. Seiji machte Anstalten, sich zu erheben.

»Was soll'n das?«, erscholl die schneidende Stimme eines Distriktbosses.

»Also ... ich wollte nur kurz mal ... austreten.« Seiji wand sich, das Gesicht schweißüberströmt.

»Nichts da. Du wartest bis zum Schluss, klar!«, wurde er zurechtgewiesen.

Seiji setzte sich wieder. Aber es war ihm dennoch nicht möglich, der Zeremonie zu folgen. Mehrmals war er drauf und dran aufzustehen. Er musste sich ablenken, musste an etwas anderes denken. Was hatte Irabu ihm geraten? Ach ja, ein Lied singen. Laut singen kam nicht in Frage, dann eben nur in Gedanken.

»*Seine süßen Worte zogen mich in seinen Bann / obwohl er Frauen einfach nicht treu sein kann.*«

Ach du Schande, wie kam er nur darauf? Die Southern Allstars aus den achtziger Jahren.

»*Mein Lie-bling! Ich muss nun leider schon gehen.*« – Hiromi Ōta! Es wurde immer schlimmer. Wieso gerade dieses Lied? Na, was soll's! Hauptsache, es lenkte ihn ab.

Voller Verzweiflung ging er Liedtext für Liedtext durch, um die aufsteigende Panik zu unterdrücken.

Es funktionierte nicht. Als der Dolch dem neben ihm sitzenden Mizutani gereicht wurde, funkelte ihn die Klinge derart bedrohlich an, dass er an nichts anderes mehr denken konnte. Irabus Hornbrille half da auch nichts mehr.

Seine Knie begannen zu zittern. Er legte die linke Hand auf den Oberschenkel, doch nun zitterte diese auch noch. »Herrje!«, entfuhr es ihm plötzlich.

»Mensch, Ino! Was ist denn nur mit dir los? Da stimmt doch was nicht!« Mizutani wandte sich ihm nach getaner Arbeit zu. »Du bist dran.«

Alles um ihn drehte sich. Der Dolch war ein ganz anderes

Kaliber als die Spritze. Es war ihm nicht möglich, auch nur einen Finger zu rühren, sein Körper gehorchte ihm einfach nicht mehr. Schließlich versagten seine Beine, und er kippte vom Stuhl.

»Ino! Was soll denn das – vor dem Chef! Wo bleibt dein Respekt!«, rief der Stellvertreter.

»Hast du keine Ehrfurcht vor den heiligen Ritualen?«, ereiferten sich nun auch andere.

Aus und vorbei. Er war erledigt. Bestenfalls müsste er sich den kleinen Finger abschneiden, um einen Ausschluss oder Schlimmeres zu vermeiden, aber auch in diesem Fall wäre ein Messer im Spiel.

»Mizutani!«, schrie er auf einmal aus Leibeskräften, richtete seinen Oberkörper auf und kniete nun vor der versammelten Truppe. »Ich kann's einfach nicht! Das Blutsiegel. Ich kann den Schnitt von keinem anderen ausführen lassen, das geht gegen meine Ehre, das kann ich nicht zulassen!« Die Worte sprudelten einfach so aus ihm raus.

»Sag mal. Was redest du denn da?« Mizutani runzelte die Stirn.

»Ein Bluteid ist Ausdruck einer Überzeugung! Das muss ich selbst machen!«

»Mensch, deine Augen sind ja knallrot!«

»Halt den Mund und hör zu!«, fuhr Seiji den überraschten Mizutani an. »Ich wollte mir von dir helfen lassen. Ich war unvorsichtig und habe mir den Arm gebrochen, und ich war mir nicht zu schade, dich zu benutzen. Das ist erbärmlich und verantwortungslos, das kann und will ich der Kioi-Familie nicht zumuten!«

Fassungslos starrten die Anwesenden ihn an.

»Ich brauche deine Hilfe nicht! Was ich verbockt habe, muss ich auch wieder in Ordnung bringen.«

Seiji nahm den Daumen seiner linken Hand zwischen die Zähne und biss einen Fetzen Haut ab. Er fühlte dabei keinen Schmerz, dafür war jetzt nicht der richtige Moment.

»Gib mir das Dokument!«

»Äh ... ja, hier.« Der völlig perplexe Mizutani reichte ihm das Papier. Seiji presste den blutverschmierten Daumen unter seine Unterschrift.

Keiner im Raum sagte ein Wort. Nur das Ticken der Standuhr war zu hören. Endlich brach der Alte das Schweigen.

»Ino, ich bin stolz auf dich! Du bist ein echter Yakuza!« Sichtlich ergriffen erhob er sich.

Die Revierbosse sahen sich ungläubig an. War die Sache damit erledigt?

»Ihr alle solltet euch ein Beispiel an Ino nehmen.«

»Nicht doch, Boss ... das ist nicht der Rede wert.« Seiji wehrte bescheiden ab, musste aber zugeben, dass er sich geschmeichelt fühlte.

»Ino, das soll nicht unbelohnt bleiben. Komm nachher zu mir!«

»Ganz wie Sie wünschen!«, antwortete er feierlich und senkte höflich den Kopf. Seiji fiel auf, dass er überhaupt nicht mehr schwitzte.

Nachdem der junge Mann das Messer weggeräumt hatte, löste sich seine Anspannung, die Schultern lockerten sich wieder.

Seiji war selbst von seiner Vorführung beeindruckt. Aber so etwas funktionierte nur einmal. Es war bloß eine Frage der Zeit, bis alles rauskommen würde. Schon jetzt spürte er die reservierte Haltung der anderen Revierbosse ihm gegenüber.

Das Gefühl der Erleichterung war nur von kurzer Dauer. Kaum war er in sein Büro zurückgekehrt, kam ein Anruf von Yoshiyasu. Er wusste über Kazumis Pläne bereits Bescheid, noch bevor diese den Kaufvertrag unterzeichnet hatte.

»Du kannst dir doch wohl denken, dass wir sofort spitzkriegen, wenn du hier 'nen Laden eröffnen möchtest. Du bist als Bürge eingetragen. Ino, suchst du Zoff, oder was?« Yoshiyasu sprach betont ruhig, aber es war klar, dass er nicht bereit sein würde, auch nur einen Zentimeter Boden herzugeben.

Seiji seufzte. Diese dumme Gans! Schrieb die einfach seinen Namen in den Vertrag. Trotzdem durfte er nicht gleich den Schwanz einziehen, sondern musste zum Angriff übergehen.

»Ich habe nicht vor, euch in die Suppe zu spucken. Meine Unterstützung beschränkt sich auf Kleinkram wie Lieferungen und Ausbesserungsarbeiten. Ansonsten hab ich damit nichts zu tun.«

»Du hältst mich wohl für bescheuert, was? Die Käuferin ist ja wohl deine Alte, oder! Was würdest du davon halten, wenn meine Freundin bei euch im Revier 'nen Laden aufmacht und ich regelmäßig da aufkreuze? Hab ich dann auch ›nichts damit zu tun‹?«

Da hatte er nicht ganz Unrecht. Trotzdem konnte Seiji nicht einfach einen Rückzieher machen, nicht in seiner Position.

»Und wie soll das jetzt weitergehen?«

»Das ist ja wohl klar wie Kloßbrühe. Der Vertrag wird aufgelöst, außer, du ziehst dich ins Privatleben zurück, dann will ich nichts gesagt haben.«

»Gut, ich hab verstanden. Ihr müsstet mir nur das Geld zurückgeben.«

»Ey, du machst wohl Witze!« Der Ton wurde plötzlich rauer. »Da biste bei mir an den Falschen geraten«, drohte Yoshiyasu ihm.

Mist, dachte Seiji und verzog das Gesicht. Gab es keinen anderen Ausweg? Wahrscheinlich nicht.

»Du riskierst 'ne dicke Lippe. Mach dir wegen so 'nem Scheißladen nicht ins Hemd! Mit eurer Familie scheint's ja ohnehin bergab zu gehen«, konterte Seiji.

»Was sagst du da, du kleiner Wichser? Mal sehen, ob du auch ohne Telefon den großen Macker spielen kannst. Du stehst morgen bei mir auf der Matte! Dann wird sich schon zeigen, wie es weitergeht.«

»Du hältst mich wohl für total bekloppt. Keinen Fuß setze ich in eure verlauste Bude. Wenn du was von mir willst, dann reserviere gefälligst 'ne Hotelsuite für 'n Treffen.«

Sie einigten sich schließlich auf ein Café im Vergnügungsviertel.

Yoshiyasus Spitzname war Yasu »die Klinge«. Er war bekannt dafür, dass er bei jeder Gelegenheit das Messer zückte und damit provozierend herumspielte. Seiji war nicht wohl bei dem Gedanken.

Am Abend stellte er Kazumi zur Rede.

»Sag mal, spinnst du? Einfach so, ohne mich zu fragen, meinen Namen zu benutzen?«

Kazumi blies entrüstet die Backen auf. »Also wirklich ...«, fing sie an und erfand die unterschiedlichsten Ausreden, bis es Seiji zu bunt wurde.

»Jedenfalls kannste den Laden vergessen. Die würden dir nur Ärger machen.«

»Tja, wie wär's, wenn du deine Yakuza-Karriere endlich beenden würdest? Yoshiyasu hatte diese Möglichkeit doch auch angedeutet, oder?«

»Quatsch! Das ist doch nur das übliche Geschwätz. Das hat gar nichts zu bedeuten.«

Obwohl Seiji ihr deutlich machen wollte, dass ihm nichts ferner lag, als sich aus der Branche zurückzuziehen, fehlte es ihm an Überzeugungskraft.

»Seiji, hast du diese Revierstreitigkeiten nicht langsam satt?«

»Das ist eben mein Beruf.«

»Und deine Spitzenphobie? Gib doch zu, dass du mit den Nerven am Ende bist. Nach außen hin gibst du dich stark, aber eigentlich bist du sehr sensibel.«

»Ach, halt den Mund! Was soll denn dieses Geschwafel?«

Wütend stapfte er ins Badezimmer. Nun also auch Kazumi. Sie war derselben Meinung wie Irabu.

Von wegen sensibel. So ein Unsinn! Wenn er jetzt aufhörte,

was sollte er dann in Zukunft tun? Eine Bar eröffnen? Er konnte ja nicht einmal einen Eispickel in die Hand nehmen.

Seiji ließ Wasser in die Wanne einlaufen, schloss die Augen und stieß einen tiefen Seufzer aus.

4

»Oh, Herr Ino! Was machen Sie denn hier?«

Als Seiji ohne anzuklopfen die Tür öffnete, sah Irabu ihn überrascht an. Seiji blieb stehen und lugte hinter die Tür. Keine Helfer zu sehen.

»Ich dachte nicht, dass Sie wiederkommen, sonst hätte ich ihn noch einmal engagiert. Sagen Sie doch bitte vorher Bescheid, wenn Sie kommen!« Irabu schnippte mit den Fingern und machte ein enttäuschtes Gesicht.

Wieder war er in die Praxis gekommen, trotz seiner schlechten Erfahrung mit diesem Arzt. Dass er hier nicht als Yakuza wahrgenommen wurde, war eine wichtige Erfahrung für ihn. Es war lange her, dass jemand Macht über ihn hatte, aber merkwürdigerweise war es kein unangenehmes Gefühl. Zudem befand er sich in Schwierigkeiten. Die Nacht zuvor hatte er kaum ein Auge zugetan.

»Herr Doktor, haben Sie was für mich, das mich ein bisschen aufbaut, irgendetwas zum Einnehmen?«

»Die Auswahl ist groß. Ich habe Tabletten, die den Tiger in Ihnen wachrufen, aber auch solche, die Sie auf Wolke sieben schweben lassen. Welche wollen Sie?«

»Hm, wohl Erstere. Das sind doch Aufputschmittel, nicht?«

Seiji wunderte sich über seine Ruhe. Irabus albernes Gerede machte ihn nicht wütend, nicht mehr. Er, der Igel, wie Irabu sagte, legte die Stacheln an.

»Herr Ino, Sie sehen deprimiert aus! Steht schon wieder ein Bluteid an?«

»So was gibt's zum Glück nicht täglich. Nein, diesmal ist es schlimmer.«

»Tatsächlich? Was denn, was denn?«, fragte Irabu wie ein neugieriges Kind.

Seiji erzählte von den Problemen mit der anderen Yakuza-Organisation. Er hatte das Bedürfnis, sich jemandem mitzuteilen. Seine Kameraden kamen dafür nicht in Betracht. Nicht, solange er selbst das Problem war.

»Gehen Sie alleine hin? Ist das nicht gefährlich?«

»Halb so wild. Wir treffen uns in einem Café mitten in der Stadt.«

»Aha. Wie wär's, wenn ich mitkäme? Als Leibwächter«, meinte Irabu.

Seiji schaute auf. Die Worte trafen ihn unvorbereitet, und er wusste nicht, wie er reagieren sollte. Aber irgendwie gefiel ihm die Vorstellung.

»War nur ein Witz«, grinste Irabu.

»Herr Doktor, ich bitte Sie: Kommen Sie mit!« Seiji verneigte sich. »Es reicht, wenn Sie einfach nur still daneben sitzen.«

»Wirklich?«

»Ja, das meine ich ernst.« Seiji neigte seinen Kopf zur Seite. Bei solchen Verhandlungen war es nicht unwichtig, mit wie vielen Leuten man erschien. War man in der Überzahl, verschaffte man sich in der Regel gleich einen Vorsprung. Zu zweit war natürlich nicht viel Staat zu machen, aber es war immer noch besser, als alleine zu kommen. Außerdem war Irabu ein Koloss von einem Menschen. Wenn man seine Haare mit Gel nach hinten kämmte und ihm eine Sonnenbrille aufsetzte, ging er glatt als undurchsichtiger Gangster durch.

»Okay, dann kriegen Sie noch rasch eine Spritze.«

»Wie?«

»Wenn ich Sie schon begleite, dann sollte zumindest eine Spritze für mich drin sein.«

»Herr Doktor, warum mögen Sie Spritzen eigentlich so sehr?«

»Ich weiß nicht, irgendwie verschafft mir das einen Kick.«
Seiji fasste sich an den Kopf. Da war wohl nichts zu machen. Er war ja selbst schuld, er war freiwillig hier aufgetaucht. Wortlos streckte er seinen linken Arm aus.

»He, Mayumi!«, Irabu sprang vor Freude fast an die Decke.

Wie immer begann Seiji am ganzen Körper zu zittern, Schweiß strömte ihm über den Körper, und ihm wurde übel. Aber er geriet nicht in Panik, sondern biss die Zähne zusammen. Vielleicht gewöhnte er sich irgendwann an die tägliche Injektion.

»Richtig erwachsen geworden«, bemerkte Irabu.

Seiji hatte keine Lust, darauf zu antworten.

Das Café befand sich im Keller eines Hauses in einer kleinen Seitenstraße. Als Seiji sah, dass das Ladenschild nicht beleuchtet war, beschlich ihn ein ungutes Gefühl.

»Herr Doktor, das Café gehört möglicherweise Yoshiyasus Leuten. Mit anderen Worten, wir begeben uns in die Höhle des Löwen.«

»Kein Problem! Wo wir schon mal hier sind.« Irabu strich sich die Haare mit einem Kamm zurück. Kannte dieser Mensch denn gar keine Angst?

Der Arzt trug einen Anzug von Hermès und eine Sonnenbrille von Chanel. Seine Aufmachung zeigte Wirkung: Die Leute auf der Straße wichen zur Seite, wenn sie die beiden sahen.

»Herr Doktor, legen Sie die Stirn in Falten, das verleiht Ihnen ein finsteres Aussehen.«

»Etwa so?« Der Effekt war nicht der erwünschte. Irabu zog ein Gesicht wie ein Grundschüler, der eine Rechenaufgabe nicht lösen konnte.

»Hm, stellen Sie sich vor, jemand schnappt Ihnen ein Stück Kuchen vor der Nase weg.«

»So?« Diesmal klappte es.

»Und Sie sagen kein Wort, damit das klar ist«, erinnerte Seiji ihn zum wiederholten Mal.

Er atmete noch einmal tief durch, dann stiegen sie die Treppe hinunter. Als sie die Tür öffneten, sahen sie, dass sich kein einziger Gast im Raum befand. Nur Yoshiyasu und zwei junge Männer saßen breitbeinig an einem der hinteren Tische.

»Sieh mal einer an, Ino mit Anhang«, rief ihnen Yoshiyasu entgegen.

»Pass auf, was du sagst! Das hier ist Doktor Irabu, mein Psy ... äh mein Syndikus. Er kommt vom ›Verband der aufrechten Patrioten‹, 'ne befreundete Organisation unserer Familie.«

»Aufrechte Patrioten? Nie gehört.« Yoshiyasu musterte Irabu skeptisch.

»Mensch, Yoshiyasu! Lebst du hinterm Mond? Du scheinst aus deinem kleinen Revier ja gar nicht mehr rauszukommen. Kein Wunder, dass du nicht weißt, was draußen in der Welt vor sich geht!«, sagte Seiji mit bissigem Unterton. »Tut mir aufrichtig leid, Herr Doktor, dass ich Sie in so eine heruntergekommene Spelunke geführt habe«, sagte er zu Irabu und deutete eine entschuldigende Verbeugung an.

Irabu steckte seine Hände in die Hosentaschen und streckte seine Brust nach vorne. Diese kleine Demonstration schien Yoshiyasu Respekt einzuflößen, denn er blieb eine Antwort schuldig. Es hatte sich gelohnt, Irabu mitzubringen, dachte Seiji zufrieden.

Bevor sie näher treten konnten, mussten sie sich einer Leibesvisitation unterziehen. Die beiden jungen Gefolgsleute tasteten sie ab und fanden in der Innentasche von Irabus Jackett ein halbes Dutzend Spritzen. Seiji rollte die Augen. Wie lief dieser Mensch durch die Gegend!

»He! Nimm deine Dreckspfoten vom Doktor, klar. Er hat eine Kampagne gestartet, um unseren Nachwuchs über die Gefährlichkeit von Drogen aufzuklären, diese Spritzen dienen als Anschauungsmaterial.« Ihm war klar, dass diese Erklärung an den Haaren herbeigezogen war. Irabu blieb gelassen.

»Ist ja gut! Herr Doktor, Sie haben bestimmt nichts dagegen, wenn ich die so lange in Verwahrung nehme«, sagte Yoshiyasu und nahm die Spritzen an sich.

»He, Yoshiyasu! Ich würde auch gern wissen, was ihr in euren Taschen habt!«

Yoshiyasu warf ihm einen eiskalten Blick zu. »Ino, du scheinst nicht ganz zu kapieren. *Du* hast angefangen.«

»Red keinen Stuss. Du warst es doch, der aus 'ner Mücke 'nen Elefanten gemacht hat. Jetzt sind wir quitt.«

Seiji stellte sich vor Yoshiyasu und tastete ihn nach Waffen ab. Wie erwartet fand er in seiner Hosentasche ein Stilett. Obwohl es sich im Futteral befand, konnte Seiji die kalte Stahlklinge deutlich vor sich sehen, und schon wurde ihm schwindlig. Wenn Yoshiyasu das Messer ziehen würde, bräche er in Panik aus.

»Was ist denn das hier? Ich denke, wir haben bloß 'ne Unterredung. Ich glaube, wir blasen die Sache lieber ab!«, funkelte Seiji ihn mit bösen Augen an.

»Ach, Quatsch! Das ist gar nichts. Nur 'n Talisman«, stammelte Yoshiyasu.

»Wer's glaubt ... Leg deinen Talisman mal schön auf den Tresen.«

Yoshiyasu weigerte sich beharrlich und blinzelte nervös.

»Wenn du auf stur schaltest, dann wird das heute nichts mehr. Und nächstes Mal komm ich bestimmt nicht mit leeren Händen. Der Doktor ist mein Zeuge.« Seiji wandte sich Irabu zu. »Herr Doktor, würden Sie mit Ihren Leuten die entsprechenden Maßnahmen ergreifen.«

Irabu nickte langsam und warf einen bedeutungsvollen Blick in die Runde. Es herrschte nun vollkommenes Schweigen. Yoshiyasu legte schließlich sein Stilett auf den Tresen. Die Unterredung konnte beginnen.

»Wird der Vertrag nun aufgelöst?«, fragte Yoshiyasu.

»Nicht gleich mit der Tür ins Haus fallen, ja? Das wollen wir doch alles der Reihe nach klären.« Seiji steckte sich eine Zigarette an. »Also, zunächst einmal ist meine Frau einfach nur

’ne ganz normale Barbesitzerin. Mit den Yakuza hat sie nichts zu tun. Und zufällig lebt sie eben mit mir zusammen. Du hast mein Wort als Juniorchef der Kioi-Familie: Sie hat keine Ahnung, was ich so mache. Deshalb frage ich mich, warum ihr gleich auf die Barrikaden steigt?«

»Weil es dein Problem ist, wenn du deine Leute nicht unter Kontrolle hast. Dein Fehler.«

»Von wegen Fehler! Du hältst dich wohl für besonders schlau? Was wäre, wenn deine Tussi ihren Hintern in unser Revier setzt und wir ihr ordentlich einheizen? Würde dir das etwa passen?«

»Komm mir nicht so. Ich will wissen, ob du den Vertrag auflöst!« Yoshiyasu blinzelte heftig und wippte nervös mit einem Bein.

»Das hängt ganz von den Bedingungen ab.« Seiji lehnte sich langsam zurück und schlug die Beine übereinander. »Du steckst garantiert mit dem Makler unter einer Decke, auch wenn er vielleicht nicht zu deiner Familie gehört. Er hat bei der Abstandszahlung und den Vermittlungsgebühren ganz schön zugelangt. Das Geld hätt’ ich gerne wieder.«

»Ne, ne, mein Lieber, so nicht! Das hat was mit dem Anstieg der Grundstückspreise zu tun und nicht mit uns. Das waren doch höchstens ein paar hunderttausend Mäuse. Du könntest sie genauso gut beim Pokern verloren haben. Das Geld ist futsch.«

Yoshiyasus Lippen bebten. Er konnte nur mit Mühe einen Wutausbruch unterdrücken.

»Äh, Herr Ino.« Irabu tippte ihn von der Seite an.

Seiji erstarrte. Dieser Idiot, dachte er, ich habe ihm doch gesagt, dass er sich nicht mucksen soll. Er warf ihm einen strengen Blick zu.

»Es geht mir nicht um die Kohle, sondern um meinen Ruf. Das müsste dir ja einleuchten. Streng dein Spatzenhirn doch mal an!«

»Verdammt, wie lang muss ich mir dieses Geschwafel noch

anhören! Wenn du nicht ruckzuck diesen Vertrag auflöst, dann fliegen euch die Kugeln um die Ohren!« Yoshiyasus Bein wippte immer heftiger, und er blinzelte nun ununterbrochen.

»Aha, jetzt wird's interessant. Nur zu! Aber vorher werde ich einem Bekannten aus der vierten Sektion ein paar wertvolle Informationen zukommen lassen.«

»Also, Herr Ino!« Wieder mischte sich Irabu ein.

Seiji stierte ihn wortlos an. Bitte, halt den Mund! Diese Kinderstimme verdarb noch alles!

Er wandte sich wieder Yoshiyasu zu. Der hatte inzwischen ein puterrotes Gesicht. Auf der Stirn standen ihm Schweißperlen, und er knirschte mit den Zähnen. Was war denn mit dem los? War der etwa krank?

»Der hat einen Tick!«, sagte Irabu unbekümmert.

Seiji verstand nicht gleich. »Einen Tick?«

»Ja, einen nervösen Tick, eine Neurose.«

Yoshiyasu konnte es offensichtlich nicht mehr auf seinem Stuhl aushalten und sprang hoch. »Ihr beiden! Geht mal für 'ne Weile raus!«, befahl er zornig seinen beiden Männern.

»Wie ... was ... aber ...«

»Raus, hab ich gesagt!«

»Chef, ist alles okay?« Die beiden machten ein besorgtes Gesicht und rührten sich nicht von der Stelle.

»Ihr sollt euch verpissen!«, brüllte Yoshiyasu nun mit blutunterlaufenen Augen und machte Anstalten, sie rauszujagen.

Verwirrt verließen die beiden das Café. Yoshiyasu sah ihnen nach, bis sie verschwunden waren, drehte sich um, ging zum Tresen und nahm das Stilett an sich.

Seiji war bleich vor Schreck. Ohne zu zögern griff er sich einen Stuhl und benutzte ihn als Schutzschild. Seine Beine begannen zu zittern.

»Ich wusst's doch, du Drecksau! Das war von Anfang an geplant.« Seine Stimme war heiser. »He, Yoshiyasu, ist es dir egal, dass du 'nen Bandenkrieg riskierst?« Seine Kehle war wie ausgedörrt. Wenn Yoshiyasu das Stilett aus dem Futteral nahm, blieb ihm nichts anderes übrig, als das Weite zu suchen.

»Mann, mach dir nicht ins Hemd.« Yoshiyasu steckte das Messer zurück in seine Hose. Er legte die Hände auf die Theke und atmete tief durch. Dann ließ er sich auf einem Hocker nieder. Er sah zur Decke und atmete noch einmal tief durch.

Seiji wunderte sich. Was war los mit Yoshiyasu? Rätselhaft. Als er zu Irabu blickte, sagte dieser schulterzuckend: »Der leidet am *Schmusedeckensyndrom.*«

»Schmusedecken ... syndrom?«

»Genau. Sie kennen doch die Peanuts, nicht? Da gibt's doch diesen Jungen namens Linus, der immer eine Decke mit sich rumschleppt. Daher der Name.«

Seiji verstand nicht, was er meinte, und blieb wie angewurzelt stehen.

»Ohne seine Schmusedecke fühlt Linus sich total unsicher. Schlimmer noch, er gerät in Panik. Die Decke stabilisiert seine Psyche, er ist vollkommen abhängig davon. Bei Ihrem Kollegen übernimmt das Messer diese Funktion.«

Seiji runzelte die Stirn. Was? Yasu, »die Klinge«, war ein Fall für den Psychiater?

»He, Herr Doktor, was sind Sie eigentlich für einer?«, fragte Yoshiyasu, nachdem er sich wieder beruhigt hatte.

»Na ja, ich bin eigentlich Psychiater.«

»Ein Irrenarzt?«, Yoshiyasus Stimme überschlug sich.

»Richtig!«, gab Irabu grinsend zurück.

»Mensch, Ino, da hast du mich ja ganz schön angeschmiert. Ich dachte, der wäre irgendein großes Tier von 'ner rechten Organisation.«

»Schon gut. Mach dir nichts draus. Reden wir lieber über das Geschäft.«

Seijis Schultern entkrampften sich. Die Sache hatte eine glückliche Wendung genommen, er war nicht mit dem Stilett konfrontiert worden.

»Meine Familie hat auch kein Interesse dran, Unruhe zu stiften. Um offen zu sein, ist mir dies alles sehr unangenehm. Als meine Alte mir von dem Vertrag erzählt hat, wollte ich es zunächst gar nicht glauben. Aber, na ja, du weißt ja, wie's ist. Ich muss auch auf meinen Ruf achten.«

Seiji rückte Stuhl und Tisch wieder zurecht und setzte sich. Irabu sah seine Aufgabe anscheinend als beendet an und schob die Sonnenbrille auf die Stirn.

»Also komm, die Abstandszahlung und das Bürgschaftsgeld hätt' ich schon gern wieder. Auf die Vermittlungsgebühren vom Makler kann ich verzichten. Schließlich haben wir den Ärger verursacht. Was meinst du?«

»Na ja, gut. Einverstanden«, antwortete Yoshiyasu bereitwillig.

»Wissen die da oben Bescheid?«

»Nein.«

»Ich hab auch keinem was gesagt. Lassen wir's dabei, okay?«

»Alles klar.«

Sie sahen sich an. Auf ihren Gesichtern machte sich ein Grinsen breit.

»Hab mich ganz schön vor dir blamiert«, sagte Yoshiyasu. »Ich kann das irgendwie nicht kontrollieren. Ich geh mit dem Ding sogar schlafen.«

»Ist schon gut.«

»Bei Waffenkontrollen werd ich immer total nervös. Stell dir das mal vor!« Yoshiyasus Gesichtsausdruck war einen Moment lang weicher geworden. »Du bist ganz in Ordnung, weißt du das?«

»Na ja, ich kann dich besser verstehen, als du denkst.«

»Wie meinst du das?«

Seiji zuckte mit den Schultern. »Ach, ich mein' nur so.«

»Herr Yoshiyasu, kommen Sie doch morgen einfach mal zu mir in die Klinik. Ich habe da die entsprechenden Medikamente für Sie«, mischte Irabu sich plötzlich ein. Er hatte wieder sein schelmisches Grinsen aufgesetzt.

»So was gibt's? Das wär natürlich was.« Yoshiyasu zeigte lebhaftes Interesse.

»Du kannst ruhig hingehen. Mein Hausarzt ist eine Koryphäe.« Kaum gesagt, musste Seiji auf einmal laut lachen.

Er war also nicht allein. Auch Yoshiyasu war ein Igel. Die Symptome waren andere, aber die Ursache war dieselbe.

»Wieso lachst du? Is' irgendwas komisch?« Yoshiyasu blickte erstaunt auf.

Seiji konnte einfach nicht aufhören zu lachen.

Als er nach Hause kam, war Kazumi mit Näharbeiten beschäftigt. Hastig verdeckte sie die Nadel mit ihrer Hand.

»Mach ruhig weiter«, sagte Seiji mit sanfter Stimme.

»Aber ...«

»Lass mal sehen.«

Zögernd streckte Kazumi ihm die Nähnadel entgegen.

Sein Blut geriet in Wallung. Ganz überwunden hatte er seine Neurose offensichtlich noch nicht, aber zumindest hatte er sie unter Kontrolle. Es würde wohl noch einige Zeit dauern, aber irgendwann würde seine Angst verschwinden.

»Oh, es geht ja! Warum so plötzlich?«

»Tja, ich muss dir was erzählen ...« Und Seiji erzählte ihr von dem Treffen im Café.

Es war lange her, dass Seiji und Kazumi sich ausgesprochen hatten.

»Du bist also nicht der einzige empfindsame Yakuza.«

»Jeder hat irgendwo 'nen schwachen Punkt, deshalb tut er alles, was in seiner Macht steht, um das zu kaschieren.«

»Tja, mit anderen Worten, du machst weiter?« Kazumis Gesicht kam näher.

»Du hast leicht reden! Ich meine, das bin ich dem Chef schuldig, nach allem, was er für mich getan hat.«

»Wie alt ist er denn jetzt?«

»Schon über achtzig.«

»Meinst du nicht, dass du ihm lange genug dankbar warst?«

»Also, du ...«

Bevor Seiji wütend werden konnte, küsste Kazumi ihn.

Er roch ihr süßes Parfüm. In diesem Augenblick durchströmte Seiji ein Gefühl grenzenloser Erleichterung.

In ein paar Jahren würde er vielleicht seine Stacheln endgültig anlegen. Und das wäre nicht das Schlechteste, dachte er.

Die Perücke

1

An der Jahrgangsfeier der medizinischen Fakultät der Azabu-Gakuin-Universität nahmen ungefähr achtzig Leute teil; eine gute Beteiligung bei ursprünglich hundertfünfzig Absolventen. Diese Feier fand alle drei Jahre statt. Seit dem Abschluss waren zwölf Jahre vergangen, und selbst die jüngsten Teilnehmer waren nun mindestens sechsunddreißig Jahre alt.

Einer von ihnen war Tatsurō Ikeyama, seines Zeichens Universitätsdozent und Arzt im angegliederten Universitätshospital. Während er an einem mit Wasser verdünnten Whisky nippte, schweifte sein Blick durch den Saal. Nicht wenige hatten sich die Mühe gemacht, von entfernten Präfekturen nach Tōkyō zu kommen.

»Dieses Jahr ist's ja richtig pompös!«, feixte sein Kollege Kuramoto von der Chirurgie und schob sich ein Sushi in den Mund.

Wie immer wurde für die Feier ein Saal in einem erstklassigen Hotel gemietet, doch dieses Jahr hatte man ein besonders exquisites Menü ausgewählt.

»Ach ja?«, meinte Tatsurō überrascht.

»Na hör mal, du tust gerade so, als ob nichts wäre, dabei ist Nomura doch Dekan geworden!«

Auf der Bühne, vor einer goldenen Stellwand, saß der neue Dekan, Eisuke Nomura, Ordinarius für Chirurgie. Dieser

Mann hatte ab nun das Sagen in der medizinischen Fakultät. Und er war Tatsurōs Schwiegervater.

»Damit ist dir die Berufung zum Professor sicher.«

»Ach, von wegen. Viel wahrscheinlicher ist, dass man mich in irgendein abgeschiedenes Provinzkrankenhaus verbannt.« Er lachte kurz auf und machte dabei eine verneinende Geste mit der Hand.

»Red keinen Unsinn. Niemand würde seine geliebte Tochter und den geschätzten Schwiegersohn in die Provinz schicken«, erwiderte Kuramoto mit spöttischem Unterton.

Es war nun fünf Jahre her, dass Tatsurō Nomuras einzige Tochter Hitomi geheiratet hatte. Dabei hatte nicht er um ihre Hand angehalten, sondern ihre Familie hatte sich um ihn bemüht. Als er und einige seiner jungen Kollegen einmal ins Haus des Professors eingeladen waren, hatte Hitomi Gefallen an Tatsurō gefunden. Dass er als zweiter Sohn gegenüber seinem Elternhaus nicht in der Pflicht stand, war dabei wohl auch ein entscheidender Faktor gewesen. Darüber hinaus war Nomura ein sehr nachgiebiger Vater.

Anfangs wusste Tatsurō nicht, was er tun sollte, doch bald fand er Gefallen an dem Gedanken. Eigentlich kam ihm die Heirat zugute. Er würde zur Familie des Professors gehören, und damit eröffneten sich ihm Perspektiven in der akademischen Welt. Nur ein Dozent mit Professorentitel zählte an einer Universität wirklich etwas. Auch wenn Tatsurō kein ausgesprochener Karrierist war, so erkannte er diese Tatsache sehr wohl an.

»In der Neurologie hast du doch ohnehin keinen Konkurrenten, oder?«

»Also hör mal! Deshalb habe ich bestimmt nicht die Abteilung gewechselt.«

Als Tatsurō ihn scharf anblickte, sagte Kuramoto schnell: »War ja nicht ernst gemeint«, und verschlang schulterzuckend ein weiteres Sushi.

Tatsurō hatte zwei Jahre lang ein Praktikum in der Abteilung für innere Medizin absolviert, bevor er zur Neurologie wechselte. Der Grund dafür war sein Interesse an »reiner Medizin«, wie er selbst sagte. Tatsächlich kamen die Forschungen im Bereich der Psychopharmaka zu ausgezeichneten Ergebnissen. Dass man für die Allgemeinmedizin kein Talent hatte und deshalb in eine andere Abteilung floh, war ein gängiges Vorurteil, mit dem Psychiater leben mussten.

»Übrigens, dein Tunfisch sieht lecker aus!«, sagte Tatsurō. Das zarte Filetstück glänzte verführerisch.

»Die gibt's da vorne. Wenn du dich nicht beeilst, gehst du leer aus«, antwortete Kuramoto.

»Zu spät!«, von hinten klopfte ihm der Assistenzprofessor einer Präfekturuniversität auf die Schulter. »Irabu ist hier. Er hat die besten Stücke bereits verspeist.«

»Irabu? Die ›Katastrophe der medizinischen Fakultät‹? *Der* Irabu?« Tatsurō runzelte die Stirn.

»Es gibt nur einen Irabu. Letztes Mal hat er durch Abwesenheit geglänzt, es ist also schon sechs Jahre her, dass wir uns gesehen haben. Inzwischen trägt er eine ganz schöne Wampe vor sich her, und er sieht aus, als ginge er auf die fünfzig zu.«

»Der sah doch immer schon älter aus, als er war. Als ich im ersten Semester war, dachte ich, er wäre ein Dozent«, warf Kuramoto ein.

»Genau, genau! Als ich hörte, dass er in unserem Alter war, wollte ich es nicht glauben«, beteiligte sich nun ein anderer Kommilitone an dem Gespräch.

»Der hat doch von seinem Vater dieses große Krankenhaus übernommen, oder? Ist er nicht Facharzt für Kinderkrankheiten?«, fragte Tatsurō.

»Darauf kann ich euch eine Antwort geben«, vermeldete eine Ärztin und winkte kurz zur Begrüßung. »Man hatte lange nach einem geeigneten Platz für ihn gesucht und ihn schließlich in die Kinderabteilung versetzt, doch das klappte gar nicht. Es gab ständig Streit zwischen ihm und den Kindern, die Beschwerden der Eltern häuften sich, und so wurde er in die Neurologie abgeschoben. Jetzt ist er Psychiater in der *Irabu-Klinik*.«

»Sieh mal einer an. Genau wie du, Ikeyama. Ihr solltet euch vielleicht anfreunden, hättet bestimmt viel zu bereden«, sagte jemand glucksend.

»Also bitte! Stellt mich nicht mit dem auf eine Stufe. Mich wundert, dass der überhaupt den Abschluss geschafft hat! Das hat er sicher der Generalamnestie anlässlich der Hochzeit von Prinz Akishinonomiya* zu verdanken.«

»Da hat wohl sein Vater nachgeholfen. Der hatte zu der Zeit einen wichtigen Posten beim Japanischen Ärzteverband. Es heißt, dass der alte Irabu seine Freimaurerverbindungen bemüht haben soll, um dem Sohn zum Staatsexamen zu verhelfen.«

Jeder in der Gruppe wusste eine Anekdote über Irabu. Schon an der Universität sorgte er für Gesprächsstoff, da alles, was er tat, außerhalb jeglicher Normen war. So malte Irabu etwa ein künstliches Gerippe mit fluoreszierender Farbe an, bestellte sich seidene Arztkittel oder fing Katzen, um ihnen Vitaminspritzen zu verabreichen. Es ging sogar das Gerücht um, dass alle Karpfen im Teich des Universitätsparks Irabus Esslust zum Opfer gefallen waren.

»Seht mal! Jetzt nimmt er das Roastbeef in Angriff«, sagte der Assistenzprofessor, und alle reckten die Hälse.

Mitten im Saal stand Irabu. Sein Körperumfang war enorm. Er ließ sich von einem Kellner das Fleisch schneiden, um dann eine Riesenportion auf seinen Teller zu laden.

»Wie viele Scheiben waren das? Will der das etwa alles essen?«

»Natürlich! Das verputzt der restlos. Habt ihr vergessen, dass das Mittagsbüfett im koreanischen Steakrestaurant vor dem Bahnhof seinetwegen eingestellt wurde?«

Irabu stopfte sich mehrere Scheiben in den Mund, und man sah ihn mit dicken Backen kauen.

»Ach du Schreck, er guckt hierher!«

* Der zweite Sohn des gegenwärtigen japanischen Kaisers Akihito.

»Schau ja nicht zurück! Tu einfach so, als ob du ihn nicht kennst.«

Sie rückten enger zusammen und wechselten rasch das Thema. Alle lachten verlegen und versuchten angestrengt, das Gespräch in Gang zu halten, bis sich ein großer, dunkler Schatten über die ganze Gruppe legte.

»Hallo, alle miteinander. Ist ja schon eine Ewigkeit her!«, grüßte Irabu gut gelaunt. Obwohl ihn alle ignorierten, drängte er sich mit seinem Bauch voran in die Mitte.

»Hallo, Irabu. Dir scheint's ja gut zu gehen«, antwortete Tatsurō schließlich.

»Was ist denn eigentlich los mit euch? Steht hier dicht gedrängt in der Ecke herum. Wollt ihr nichts essen?«

»Eigentlich wollte ich ein paar Sushis essen, doch Tunfisch und Seeigel waren leider schon weg«, meinte die Ärztin sarkastisch.

»So ging's mir auch. Unverschämt, für so viele Leute nur einen Tisch mit Essen aufzustellen!«

Keiner antwortete darauf. Schließlich unterbrach Tatsurō das Schweigen. »Sag mal, Irabu. Hast du schon wieder zugenommen? Du solltest als Arzt eigentlich mehr auf deine Gesundheit achten.« Und Kuramoto fügte hinzu, während er in Irabus feiste Backen zwickte: »Vor allem solltest du weniger Süßes essen.«

Irabu griente. Tatsurō konnte sich erinnern, wie Irabu einmal nach dem Essen einen ganzen Rollkuchen verputzt hatte.

»Übrigens, wie läuft denn das Krankenhaus? Du bist doch inzwischen Direktor, oder?«

»Na ja, es geht so. Ich spiele mit dem Gedanken, ein Bestattungsunternehmen einzugliedern. Dann können unsere Patienten in aller Seelenruhe bei uns sterben. Haha!«

»So, wie du das sagst, könnte man fast glauben, du meinst es ernst«, sagte die Ärztin und zupfte an ihrer Unterlippe.

»Und dann vielleicht noch einen Importwagenhandel. Dagegen werden die Pharmafirmen ja wohl nichts haben.«

Irabu hatte sich nicht verändert. Seine um eine Oktave zu hohe Stimme nahm seiner Umgebung jegliche Energie.

Die Kellner rollten nun kleine Serviertische mit Champagnergläsern heran. »Achtung, der Vorsitzende ist da«, raunten sich die Anwesenden gegenseitig zu.

»Professor Nomura hat um seine Teilnahme ersucht, heißt es.«

»Was soll denn das? Ich wusste gar nicht, dass das eine Feier anlässlich Nomuras Ernennung zum Dekan ist.«

Überall wurden ähnliche kritische Bemerkungen laut, nur die Gruppe um Tatsurō tat so, als ob sie nichts hörte. Sein Schwiegervater Nomura war ein vornehmer alter Herr, aber er war gleichzeitig auch ein geltungssüchtiger Karrierist. Da er nun die Spitze der medizinischen Fakultät erklommen hatte, wollte er sich wohl gebührend feiern lassen.

Die Kellner schenkten Champagner in die bereitstehenden Gläser. Als Tatsurō die perfekt aneinandergereihten Gläser erblickte, musste er schlucken. Nicht weil er Durst hatte. Sondern weil er das Bedürfnis verspürte, sie zu zerbrechen.

Er fühlte, wie seine Knie weich wurden, kalter Schweiß lief ihm über den Rücken. Mist, warum musste das ausgerechnet jetzt passieren! Er schnaufte, als ob er nicht genügend Sauerstoff bekommen würde. Er presste die Zähne zusammen und wandte sich ab. Trotzdem blieb in seinem Kopf dieses klare Bild von den exakt geordneten Gläsern. Ginge er jetzt in diesem Augenblick zu dem fahrbaren Tisch, er würde ihn einfach umstoßen. Er!

»Hey, Ikeyama. Ist alles in Ordnung?«, fragte ihn Kuramoto. Er war wohl blass im Gesicht.

»Nichts, gar nichts. Mir ist nur plötzlich etwas schwindlig geworden«, redete er sich heraus.

»Ist bestimmt wegen Irabu. Der verpestet die ganze Luft.«

»Wie? Hat mich jemand gerufen?«, fragte Irabu.

»Nein«, riefen beide wie aus einem Mund.

Die Gläser wurden verteilt. Jemand stieg auf die Bühne. Es

war der Vorsitzende des Organisationskomitees. Er nahm das Mikrofon in die Hand und begann zu sprechen.

»Verehrte Anwesende. Unser geschätzter Vorsitzender vom Direktorium ist nun eingetroffen, und deswegen möchte Herr Dekan Nomura an dieser Stelle einen Toast ausbringen. Herr Dekan, wenn ich Sie bitten dürfte ...«

»Das ist ja wie auf 'ner politischen Versammlung. Das hat doch mit einer Jahrgangsfeier nichts mehr zu tun!«, sagte Irabu mit gespitztem Mund.

»He!«, Kuramoto wollte Irabu zurechtweisen, wurde von Tatsurō aber zurückgehalten.

»Kümmere dich nicht darum. Das ist nicht unsere Sache.«

Tatsurō verspürte den fast unwiderstehlichen Drang, auf die Bühne zu stürmen. Diesmal waren es nicht die Champagnergläser. Sein Schwiegervater Nomura trug, für alle deutlich zu erkennen, ein Toupet auf dem Kopf. Tatsurō war kurz davor, es ihm runterzureißen. Jedes Mal, wenn Tatsurō Nomura sah, überkam ihn dieses Bedürfnis. In den Korridoren des Krankenhauses, in den Hörsälen der Universität, im Elternhaus seiner Frau. Aber an diesem Abend war es besonders schlimm. Je mehr Menschen anwesend waren, umso größer war der Drang. Es juckte ihn geradezu in den Fingern. Er konnte nicht länger still stehen und trat von einem Fuß auf den anderen.

»Ikeyama, du siehst wirklich blass aus.« Kuramoto sah ihn an. »Was ist denn auf einmal mit dir los?«

»Geh doch mal raus an die frische Luft«, mischte Irabu sich ein.

»Nein, ich kann mich nicht einfach so verdrücken.« Tatsurō schüttelte den Kopf und nahm Haltung an. Nomura hielt viel auf gutes Benehmen. Wenn er mitbekam, dass sein Schwiegersohn während der Ansprache in Richtung Ausgang strebte, würde er ihn sicherlich beim nächsten Treffen darauf ansprechen.

Tatsurō versuchte in der Menge unterzutauchen und vermied den Blick auf die Bühne. Seine widerspenstigen Beine versuchte er mit tief in die Hosentaschen gegrabenen Händen ruhig zu halten.

»Ike-chan, du schwitzt ja«, flüsterte Irabu ihm ins Ohr. »Entzugserscheinungen? Zwangsvorstellungen?«

Als Tatsurō das hörte, wandte er sich unwillkürlich um. »Äh ... wahrscheinlich eine Zwangsvorstellung«, kam es einfach so aus ihm heraus.

»Dagegen habe ich 'ne schöne Spritze«, sagte Irabu und hob dabei aufmunternd die Augenbrauen.

Ach ja, Irabu war ja auch Psychiater. Wie ein Patient behandelt zu werden war ein seltsames Gefühl und sorgte für einen erneuten Schweißausbruch.

»Ist das so offensichtlich?«, fragte er mit zittriger Stimme.

»Du siehst aus, als ob du dringend auf die Toilette müsstest.«

»Mach dich nur lustig über mich.« Aber Irabu hatte Recht. Genauso ein Gefühl war es.

»Komm doch einfach mal bei mir vorbei.«

»Bei dir in der Klinik? Das soll wohl ein Witz sein?«

»Meine Krankenschwester hat Oberweite 95!«, zwinkerte Irabu ihm zu.

Unglaublich, dieser Mensch! Als Tatsurō nichts darauf erwiderte, klopfte Irabu ihm auf die Schulter, »Dann also bis morgen«, und stapfte davon.

Tatsurōs Knie hörten nicht auf zu zittern. Vielleicht war es gar keine schlechte Idee, mit jemandem darüber zu sprechen. Er hatte diese Anfälle nun schon seit dem Frühjahr, aber er konnte weder mit seinen Kollegen noch mit seiner Frau darüber reden. Bei Irabu wäre das etwas anderes.

Als der Toast ausgesprochen wurde, hob er automatisch sein Glas und trank es in einem Zug leer. Wieder fiel sein Blick auf Nomura und dessen unnatürlichen Haaransatz.

In seinem Kopf spielte sich eine Szene ab, so deutlich wie auf einer Leinwand: Er sah sich selbst, wie er auf die Bühne stieg und auf Nomura zusteuerte, der gerade eine Ansprache hielt. Und dann, auf einmal, riss er ihm das Toupet vom Kopf. Im Saal herrschte Totenstille. Keiner der Anwesenden wagte etwas zu sagen. Er selbst verzog das Gesicht und blieb einfach stehen ...

Tatsurō ballte die Faust und kämpfte dagegen an, etwas ähnlich Verrücktes zu tun. Wenn er nicht selbst Psychiater wäre, wäre er nun zweifellos in Panik geraten.

Er entschloss sich, Irabu aufzusuchen. Es war besser, die Meinung eines Kollegen einzuholen. Allerdings konnte er sich mit seinem Problem schlecht an einen Bekannten wenden, und fremde Ärzte kamen schon gleich gar nicht in Frage. Da blieb also nur Irabu, der weder in die eine noch in die andere Kategorie fiel. Irgendwie hatte er bei ihm das Gefühl, es mit einem Arzt aus einer anderen Welt zu tun zu haben.

Die Neurologische Abteilung der Irabu-Klinik befand sich im dämmerigen Untergeschoss des Gebäudes. Dort hatte man also den Erben des Krankenhauses untergebracht. Tatsurō spürte ein Gefühl der Empörung hochsteigen. Es war überall dasselbe, in der Welt der Medizin musste die Neurologische Abteilung ein Nischendasein fristen.

»Nur hereinspaziert!«, hörte er Irabus schrille Stimme, als er anklopfte. Er trat ein und fand sich in einem mit Büchern und Magazinen vollgestopften Sprechzimmer wieder.

»Meine Güte, Irabu. Als Betreiber dieses Hospitals könntest du ruhig in einem etwas helleren Zimmer praktizieren.« Tatsurō ließ seinen Blick durch den Raum schweifen.

»Tja, was soll man machen. Bei diesem erbärmlichen Umsatz!«, erwiderte Irabu und blies seine Backen auf. »He, Mayumi«, rief er die Krankenschwester, »bring mal zwei Kaffee!«

Eine junge Frau in einer hautengen weißen Schwesterntracht erschien mit einem Tablett, auf dem zwei Tassen standen. Tatsurō musterte sie; das tiefe Dekolleté zeigte den Ansatz ihrer Brüste. Allerdings machte sie ein ziemlich unfreundliches Gesicht und sagte keinen Ton.

»Ike-chan, ich hab da gleich mal eine Bitte an dich«, sprach Irabu ihn an. »Könntet ihr nicht einige unserer Patienten aufnehmen? Wir haben ein paar ziemlich nervige Fälle.«

»Wie?« Tatsurō runzelte die Stirn. »Was redest du denn da? Ich dachte, ich bin heute als Patient hier!«

»Ach ja?«

»Hast du schon vergessen, dass du diesen Vorschlag gemacht hast?«

»Hm, kann sein.«

Tatsurō holte tief Luft. Wie konnte er bloß annehmen, dass er es mit einem normalen Erwachsenen zu tun hatte. Irabu war jemand, der sich nicht scherte, was er gestern gesagt hatte.

»Na gut, dann leg mal los«, murmelte Irabu wenig begeistert und schlürfte geräuschvoll seinen Kaffee.

»Also, ich brauche deinen Rat, du hast mehr Erfahrung auf diesem Gebiet. Was hältst du von einer medikamentösen Behandlung bei Zwangsneurosen?«

»Das ist je nach Neurose unterschiedlich«, meinte Irabu und lehnte sich in seinem Sessel zurück.

Angeber, dachte Tatsurō, konnte sich aber eine entsprechende Bemerkung verkneifen. Er schilderte Irabu seine Symptome und versuchte dabei, möglichst unbefangen zu klingen.

»Seit einiger Zeit verspüre ich den Drang, etwas ganz Dummes zu tun. Zum Beispiel gestern auf der Party. Da standen auf den Serviertischen diese teuren Champagnergläser aufgereiht, und ich habe an nichts anderes denken können, als sie zu zerschmettern. Ich konnte mich gerade noch beherrschen.«

»Hm, klingt nach Zerstörungstrieb.«

»Hab ich auch erst gedacht, doch das trifft's nicht ganz. Bei den Bechergläsern oder Reagenzgläsern in meinem Büro habe ich diesen Impuls nicht. Ich glaube eher, dass ich vor aller Augen etwas Unerlaubtes anstellen möchte.«

»Was denn noch, außer Gläser zu zerbrechen?«

»Alles Mögliche, zum Beispiel möchte ich auf einer Konferenz am liebsten im Watschelgang zum Rednerpult gehen ...«

»Mensch, mach das doch mal! Aber lade mich vorher ein, ja!«, Irabu lachte schallend.

»Ich finde das gar nicht lustig. Um ein Haar hätt' ich's tatsächlich gemacht.«

»Gab es noch mehr solche Situationen?«

»Bei einer Feier fiel mir auf einmal der Feueralarmknopf ins Auge. Ich habe eine Stunde mit mir gerungen, um nicht drauf zu drücken.«

»Warum hast du's nicht gemacht und wärst dann einfach abgehauen?«

Irabu schüttelte sich vor Lachen. Für eine Sekunde war Tatsurō versucht, vom Toupet seines Schwiegervaters zu erzählen. Doch dann ließ er es bleiben. Gar nicht auszudenken, wenn sich das herumsprechen würde.

»Du nimmst Medikamente dagegen? Ich kann dir höchstens ein Beruhigungsmittel verschreiben«, meinte Irabu.

»Das habe ich schon alles versucht, das kannst du mir glauben.«

»Übrigens, hast du dir mal über die Ursachen deiner Zwangsneurosen Gedanken gemacht? Oft wird dafür eine zu strenge Erziehung von väterlicher Seite verantwortlich gemacht.«

»Und? Denkst du das auch?«

»Nein, nicht eine Sekunde!«

Sieh mal an. Wer hätte gedacht, dass Irabu so fortschrittlich war? In den letzten Jahren hatte die Hirnforschung erhebliche Erfolge erzielt, und man hatte erkannt, dass ein bestimmter Mangel an Gehirnsubstanz das Nervensystem beeinflusst. Nicht alles war auf psychische Traumata zurückzuführen, was die traditionelle Psychologie gerne tat.

»Ich glaube viel eher, dass hier ein Mangel an Gemüse vorliegt!«

»Wie bitte?«

»Vitaminmangel! Das ruft eine Störung des Sympathikus hervor. Mit anderen Worten: Du brauchst eine Spritze.«

»Unsinn! Medikamente sind dafür völlig ausreichend.«

»He, Mayumi!«

Die Krankenschwester kam hinter dem Vorhang hervor. Tatsurō hatte sich kaum von seiner Überraschung erholt, da hatte sie schon seinen linken Arm auf dem Injektionstisch festgeschnallt.

»Eine Sekunde eben, ja?«, erhob Tatsurō seine Stimme, fand aber kein Gehör. Als ihm die Krankenschwester einen Einblick in ihr Dekolleté gewährte, war er für einen Augenblick so abgelenkt, dass ihn erst der plötzliche Schmerz der Injektion aus seinen Gedanken riss.

»Autsch!« Er blickte zu Irabu, der mit glänzenden Augen auf die Einstichstelle starrte.

Was sollte das? Tatsurō kam wieder zu sich. Er hatte das Gefühl, als ob er für eine kurze Weile in einer anderen Welt gewesen wäre.

»Komm unbedingt regelmäßig für die Vitaminspritze vorbei, ja?«, schmunzelte Irabu.

»Regelmäßig? Erklär mir mal, warum ich ausgerechnet dafür herkommen sollte.«

»Ganz einfach, weil ich dann Kuramoto und den anderen nichts von deinem Problem erzähle.« Irabus Augen funkelten, als er das sagte.

»Was? Also, das ist ja das Allerletzte! Ein Arzt steht ja wohl unter Schweigepflicht!« Tatsurōs Gesicht rötete sich vor Ärger.

»Na, jetzt beruhige dich erst mal. Über die Quittungen können wir gerne reden, du kannst die Summe bestimmt von deinen Forschungsgeldern abzweigen.«

Tatsurō fehlten die Worte. Wo war er da nur gelandet? Es war wie ein böser Traum.

»Ein Zerstörungstrieb ist in letzter Konsequenz immer gegen einen selbst gerichtet. Man muss nur eine Ersatzhandlung finden, dann löst sich das Problem meist von allein.«

Bei diesen Worten horchte Tatsurō auf. Von Ersatzhandlung als Therapie hörte er zum ersten Mal. Das schien ihm gar nicht so abwegig, es war zumindest keine vollkommen schwachsinnige Idee.

»Wie wär's, wenn du Mitglied in einer Motorradgang werden würdest? Mal so richtig Vollgas geben, sich austoben, hinterher fühlst du dich bestimmt wie neugeboren.«

»Grandioser Vorschlag. Das geht so lange gut, bis mich dann die Polizei verhaftet. Abgesehen davon, welche Gang will schon Mitglieder in meinem Alter?«

»Egal, wichtig ist, dass du mal so richtig die Sau rauslässt. Zurück zu den Urtrieben. Ein Watschelgang ist da noch im erlaubten Bereich.«

»Du hast wohl vergessen, dass ich Arzt und Universitätsdozent bin!« Tatsurō schnitt eine Grimasse.

Irabus Vorschlag hatte was für sich. Sich mal so richtig gehen lassen, das klang verführerisch. In seiner Studentenzeit hatte er die Kommilitonen oft zum Lachen gebracht. Jetzt dagegen war er ein zurückhaltender, übervorsichtiger Mensch, der schnell auf die Bremse trat, wenn er zu ausgelassen wurde. Er musste natürlich auf seinen Ruf achten, aber andererseits musste er sich eingestehen, dass er ein Feigling geworden war.

»Also, dann bis morgen!«

Tatsurō nickte gedankenverloren.

Als ob er nicht schon genug gestraft gewesen wäre, wurde das Büro des Dekans in den Innenhof der medizinischen Fakultät verlegt, und zwar genau gegenüber seinem Zimmer. Die Erdgeschosslage eignete sich ideal für den Besucherverkehr, so die Argumentation der Verwaltung.

Der Raum hatte ein großes Fenster, und so war es kaum zu vermeiden, dass Tatsurōs Blick zum Dekan und zu dessen Toupet wanderte.

In der Mittagspause pflegte Nomura sich im Innenhof auszuruhen. Er saß eine Weile lesend im Korbstuhl, den seine Sekretärin für ihn bereitgestellt hatte, bevor er in einen tiefen Mittagsschlaf fiel. Tatsurō wurde jedes Mal von einem starken

Impuls heimgesucht, dem schlafenden Nomura das Toupet vom Kopf zu reißen. Kein Tag verging, an dem er nicht zitternd und schweißüberströmt aus dem Fenster starrte.

Er sah keine andere Möglichkeit mehr, als während der Mittagspause den Vorhang zuzuziehen. Seinem Assistenten und den Studenten erklärte er, dass er sich im Dunkeln besser konzentrieren könnte, doch er erntete nur verständnislose Blicke.

2

Seit der Geburt ihres Kindes war es zur Tradition geworden, an den Wochenenden die Eltern seiner Frau zu besuchen. Tatsurō wollte eigentlich lieber gemütlich zu Hause bleiben, doch der Schwiegervater bestand darauf, seinen Enkel zu sehen. Auch an diesem Samstag fuhr er mit seiner Frau Hitomi und seinem Sohn Takuya zum Anwesen Nomuras ins Nobelviertel Chōfu. Das Grundstück war rund fünfhundert Quadratmeter groß und wies einen prächtigen Garten auf.

Früher oder später würde auch er hier wohnen, dachte Tatsurō. Da Hitomi ein Stadtmensch war, blieb er vorerst davon verschont, mit den Schwiegereltern unter einem Dach zu leben, aber wenn sie das in nicht so ferner Zukunft wünschten, würde man kaum nach Tatsurōs Meinung fragen.

»Takuya! Ich bin's, dein Opa!« Nomura strahlte über das ganze Gesicht und hob den dreijährigen Enkel hoch. Tatsurōs Blick blieb wie immer an Nomuras Haaransatz hängen. Aus unmittelbarer Nähe betrachtet war das falsche Haarteil deutlich zu erkennen.

»Opi!«, krähte Takuya und streckte die Hände aus. Obwohl Nomura es zuließ, dass der Enkel sein Gesicht betastete, wich er geschickt zurück, sobald die kleinen Hände seinen Haaren zu nahe kamen.

Tatsurō verfolgte gebannt die Szene. Sollte Takuya doch einmal Nomuras Toupet zu fassen kriegen, was würde der wohl für ein Gesicht machen? Allein der Gedanke daran ließ Tatsurō erschaudern.

»Habt ihr euch schon für einen Kindergarten entschieden?«, fragte die Schwiegermutter.

»Bis dahin sind es doch noch zwei Jahre«, antwortete Hitomi.

»Ich finde es besser, sich frühzeitig darum zu kümmern. Um in einen privaten Kindergarten mit gutem Ruf aufgenommen zu werden, braucht man ein Empfehlungsschreiben vom Universitätspräsidenten.«

»Ja, ja, ich denk drüber nach.«

Mutter und Tochter führten regelmäßig derartige Gespräche, Tatsurō wurde kaum einbezogen. Er selbst war in einer ganz normalen Angestelltenfamilie aufgewachsen und konnte nur dank eines Stipendiums studieren. Für ihn war das Haus Nomura die erste Begegnung mit der Intellektuellenschicht. Am Abend wurde Wein zum Essen getrunken, allein das hatte ihn gleich zu Beginn eingeschüchtert.

Takuya kletterte auf das Sofa und von dort auf Nomuras Schultern. »Und hopp und hopp«, rief er vergnügt, während er die Hände des Enkels fest umschlossen hielt.

Tatsurō wandte sich ab. Sollte die Perücke auch nur einen Millimeter verrutschen ... er hätte den Anblick nicht ertragen können.

»Takuya! Benimm dich!«, schalt Hitomi ihren Sohn, der augenblicklich aufhörte herumzutoben und seine Aufmerksamkeit auf sein Spielzeugauto richtete.

Hitomi hatte die Perücke ihres Vaters Tatsurō gegenüber noch nie erwähnt. Von sich aus damit anzufangen, dazu brachte er nicht den Mut auf, und so war das einfach kein Thema zwischen ihnen.

Tatsurō blieb nichts anderes übrig, als sich seine eigenen Gedanken zu machen. Er fragte sich schon die ganze Zeit über, ob Nomura wirklich glaubte, dass niemand von seiner Perücke wusste? War er wirklich so naiv? Was dachten eigentlich seine Frau und Hitomi darüber? In Tatsurōs Elternhaus hätte man offen über das Thema gesprochen. Hier dagegen taten alle so, als wüssten sie von nichts. Wahrscheinlich wollten sie Rücksicht auf seine Gefühle nehmen.

Nomura musste die Perücke vor dem Schlafengehen selbstverständlich abnehmen. Seiner Frau war der Anblick bestimmt vertraut, auch Hitomi musste ihren Vater schon mit kahlem Haupt gesehen haben. Doch sie verlor nie auch nur ein Wort darüber. Eine merkwürdige Familie.

»Tatsurō, wie läuft's mit deinen Forschungsprojekten?«, fragte Nomura.

»Ich komme gut voran. Läuft alles ohne Probleme«, antwortete Tatsurō, wobei er sich bemühte, nicht auf den Haaransatz zu schauen.

Nomura sprach mit ihm immer nur über die Arbeit. Tatsurōs Interesse galt dem Baseball, Nomura liebte die Oper. Gemeinsame Gesprächsthemen gab es praktisch nicht.

Das Abendessen wurde im Esszimmer eingenommen. Die Schwiegermutter und Hitomi hatten gekocht. Da es keinen Fernseher gab, unterhielt man sich bei Tisch.

»Neulich war ich im Ueno-Kunstmuseum, sie zeigten die Sammlung des Britischen Museums. Eine empfehlenswerte Ausstellung.«

»Ich war während meines letzten Londonaufenthalts im Britischen Museum. Die Sammlung von Buddhastatuen war beeindruckend.«

»Auch die Sektion Altorientalische Zivilisationen war einmalig! Kunst für die Ewigkeit!«

Tatsurō konnte dem Gespräch nicht folgen und fütterte schweigend Takuya. Im Hause Nomura fühlte er sich immer unbehaglich. Schon die Blumen auf dem Tisch machten ihn nervös.

Völlig unerwartet ließ Takuya einen lauten Rülpser. »Takuya!«, wurde er prompt von Hitomi gescholten und erntete einen vorwurfsvollen Blick.

Der Kleine grinste vergnügt. Plötzlich überkam Tatsurō der Wunsch, es seinem Sohn gleichzutun. In seinem Elternhaus war das völlig normal gewesen. Keiner hatte sich daran gestoßen, keiner wurde dafür getadelt.

Wenn er sich jetzt einfach gehen ließe, was würde geschehen? Was würde Nomura wohl für ein Gesicht machen? Er hatte Bier getrunken. In seinem Hals kribbelte es, sein Puls ging schneller. Nein, unmöglich. Er konnte es einfach nicht. Allein die Vorstellung von der frostigen Atmosphäre, die hinterher herrschen würde, brachte ihn davon ab.

Er setzte sich aufrecht hin und holte tief Luft. Plötzlich spürte er Nomuras Blick auf sich gerichtet. »Der Wein schmeckt ausgezeichnet. Wie wär's mit einem Schluck, Tatsurō?« Er schenkte ihm etwas Wein ein und lehnte sich dabei nach vorne.

Ganz automatisch schielte Tatsurō auf den Perückenansatz. Er wurde geradezu magisch davon angezogen. Unwillkürlich hob er seine linke Hand. Nomura schaute überrascht auf.

Meine Güte. Was tat er da bloß?

»Oh ...« Er stieß das Glas um, Rotwein ergoss sich über die Tischdecke.

»Ach, herrje!«

»Ver...verzeihung«, stotterte er und stand abrupt auf. Dabei geriet er aus dem Gleichgewicht und kippte mit dem Stuhl nach hinten. Seine Beine stießen dabei heftig gegen den Tisch, wodurch die Gläser umkippten und das übrige Geschirr klirrend aneinanderschlug.

»Tatsurō, also wirklich!«, schrie Hitomi auf. Tatsurō schlug mit dem Hinterkopf auf dem Boden auf, und ihm wurde schwarz vor Augen.

»Was machst du denn da? Ist dir was passiert?«, hörte er alle durcheinanderrufen.

Einzig Takuya quietschte vergnügt.

»Also ... das ist mir furchtbar peinlich ... Entschuldigung«, brachte Tatsurō völlig aufgelöst hervor. Er stand schnell wieder auf und rückte hastig den Tisch zurecht. Seine Hände zitterten wie Espenlaub.

»Tatsurō, was ist denn los? Du bist ja ganz blass im Gesicht.«

»Ach nichts, ist schon gut.«

Es lief ihm eiskalt den Rücken herunter. Er hätte fast Nomura das Toupet vom Kopf gerissen. Seine Hände hatten ihm einfach nicht mehr gehorcht. Was dachte Nomura sich nun über das seltsame Benehmen seines Schwiegersohnes?

Tatsurō fürchtete sich vor sich selbst. Der Tag, an dem er seine Gedanken in die Tat umsetzen würde, war nicht mehr weit.

»Dann mach es doch einfach! Rülpsen ist nun wirklich nichts Besonderes.« Um zu unterstreichen, was er sagte, stieß Irabu laut auf und lachte schallend.

»Ein Single wie du hat leicht reden. Die Eltern meiner Frau legen viel Wert auf gute Manieren«, erwiderte Tatsurō naserümpfend.

Er hatte Irabu von den Ereignissen des letzten Wochenendes berichtet, Nomuras Perücke aber nicht erwähnt. Irabu würde sich bloß darüber lustig machen.

»Du willst mir erzählen, dass dir die Hände gezittert haben, weil du einen Rülpser unterdrückt hast?«

»Richtig. Ist das deiner Meinung nach kein ausreichender Grund?«, log Tatsurō.

»Ike-chan, das liegt eben daran, dass du dich nach der Universität zu einem richtigen Softie entwickelt hast.« Geräuschvoll schlürfte Irabu seinen Kaffee. »Kuramoto und die anderen haben mir so einiges erzählt. Nachdem du Nomuras Tochter geheiratet hast, bist du immer ernsthafter und verschlossener geworden. Kaum zu glauben, dass du früher die Studentenpartys organisiert hast.«

»Kuramoto hat das gesagt?«

»Nicht nur er. Du bist langweilig geworden. Und du unterdrückst permanent deine Gefühle.«

Tatsurō dachte nach. Es stimmte. Als Student hatte er gerne mit seinen Kommilitonen einen draufgemacht. Er hatte dabei auch allerlei Schabernack getrieben. Damals markierte er den rauen, ungehobelten Burschen, und er war es gewesen, der die Bronzestatue vom Universitätsgründer mit einem traditionellen japanischen Lendenschurz versah.

»Wie wär's, wenn du versuchst, dich zu ändern, und so wirst wie früher. Du könntest deine Krankenschwestern morgens mit einem freundlichen Klaps auf den Hintern begrüßen.«

»Wie stellst du dir das vor? Da hätte ich gleich eine Beschwerde wegen sexueller Belästigung am Hals.«

»Na gut, dann fang erst mal klein an. Du könntest ihnen zum Beispiel 'ne Gummischlange in die Schublade legen.«

»Das würden sie wohl kaum einfach so hinnehmen.«

»Wenn du das immer wieder machst, dann schon. Irgendwann schreiben sie es deinem Charakter zu und sagen sich, bei dem ist Hopfen und Malz verloren. Damit hättest du gewonnen.«

Tatsurō nippte schweigend an seinem Kaffee. Er konnte Irabu zwar nicht ganz zustimmen, verstand aber, was er meinte. Von Menschen, die permanent unverschämt waren, erwartete man irgendwann nichts anderes, und deshalb wurden sie meistens noch unverschämter. Irabu war auch einer von dieser Sorte. Wenn der Student Irabu wieder einmal einen hatte fahren lassen, dann hieß es bloß: »Irabu, wer sonst«.

»Wie entwickelt sich eigentlich dein Zerstörungstrieb? Schon irgendwelche Notrufknöpfe gedrückt?«

»Sehr witzig.« Tatsurō verzog das Gesicht. »Allerdings mehren sich die Anzeichen, dass bald etwas passieren wird.«

»Zum Beispiel?«

»Wenn mir diese schwer depressiven Patienten mit Weltschmerzstimme ihre Leidensgeschichten erzählen, würde ich sie am liebsten fragen, warum sie nicht einfach Schluss machen.«

»So was würde nicht mal ich sagen.«

»Keiner würde das! Dann kann man gleich aufhören zu praktizieren!«

»Sonst noch was?«

»Nach einer Übung in praktischer Anatomie war ich in Versuchung, die Studenten mit dem Vorschlag ›Gehen wir anschließend gebratene Innereien essen?‹ aufzuziehen.«

»Allmählich verstehe ich dein Problem, mein guter Ikeyama. Du möchtest die Leute mit etwas Anstößigem schockieren.«

»Sieht so aus.« Tatsurō schluckte. »Spesenschwindel, Medikamente unter der Hand verkaufen oder so was interessiert mich gar nicht. Das ist hinterhältig und völlig reizlos. Aber etwas anstellen, das unsere strenge Oberschwester vom Sockel haut – allein der Gedanke daran macht mich ganz kribbelig.«

»Ike-chan, ich hab's dir schon einmal gesagt. Das einzige Rezept dagegen ist, dieses Gefühl nicht andauernd zu unterdrücken. Auch oder vielleicht gerade mit dreißig muss man mal auf die Pauke hauen.« Irabu lehnte sich zurück und schlug seine kurzen Beine übereinander.

»Meinst du wirklich?«

»Kannst du dich noch an irgendwelche Streiche aus deiner Jugend erinnern?«

Tatsurō dachte nach. Wände beschmieren, Mädchenröcke lüpfen, Äpfel aus dem Schreingarten klauen, eigentlich gab es nichts, was er nicht versucht hatte. Beim Stichwort Schrein fiel ihm etwas ein.

»Irabu, kann ich dir mal was ganz Blödes sagen?«

»Nur zu, deshalb bist du hier!«

»Ich bin doch früher auf ein staatliches Gymnasium in Shibuya gegangen. Dort gab's einen Schrein, der hieß *Schrein des goldenen Königs*.«

»Richtig, den kenne ich. Hinter der Namiki-Brücke, nicht?«

»Genau, genau. Wenn man also die Kreuzung an der Namiki-Brücke hinter sich lässt und die Steigung raufgeht, kommt man zu einer Fußgängerbrücke, auf der in großen Schriftzeichen *Schrein des goldenen Königs* steht. Jedes Mal, wenn wir mit dem Bus unter dieser Brücke durchgefahren sind, haben meine Schulkameraden und ich gehofft, dass mal jemand ein paar Striche hinzufügt und daraus *Schwein des goldenen Königs* macht.«

Irabu hielt sich den Bauch vor Lachen. »Und? Hat sich keiner getraut?«

»Nein, das Risiko war doch zu groß. Man hätte ja über das Brückengeländer steigen müssen, ziemlich gefährlich, das Ganze.«

»Tja, was meinst du? Wie wär's dann mit heute Nacht?«, sagte Irabu herausfordernd. »Sozusagen als Kompensationshandlung. Das wird bestimmt lustig.«

»Was?« Tatsurō machte ein verblüfftes Gesicht. »Wir sind doch keine Schüler mehr. Außerdem ist das ein öffentliches Gebäude. Wenn wir erwischt werden – gar nicht auszudenken!«

»Keine Sorge, wir werden schon nicht geschnappt.«

»Was macht dich so sicher?«

»Nenn mir einen Grund, warum wir erwischt werden sollten.«

»Ganz einfach. Du glaubst doch nicht im Ernst, dass es keinem auffällt, wenn wir vom Geländer baumelnd etwas auf die Brücke pinseln! Der Erstbeste ruft doch sofort die Polizei.«

»Pah, wenn wir Helme tragen, glaubt doch jeder, wir wären im Auftrag der Stadt unterwegs.« Irabu zog eine Miene, als ob er kein Wässerchen trüben könnte. »Abgemacht. Seil und Farbe organisiere ich. Wir treffen uns um zehn Uhr vor dem Schrein.«

»Ach ja? Das hast du so mir nichts dir nichts entschieden?«

»Das läuft wie geschmiert«, ignorierte Irabu ihn einfach. »Und jetzt ist's Zeit für unsere Spritze. He, Mayumi!«

Wieder erschien die gelangweilte Krankenschwester und drückte seinen Arm auf den Injektionstisch. Tatsurōs Blick wanderte zu ihrem kurzen weißen Rock. Was war das für eine merkwürdige Frau?

»Sagen Sie mal, Sie sind doch hoffentlich ausgebildete Krankenschwester, oder?« Sie warf ihm einen bösen Blick zu und jagte ihm dann mit Schwung die Spritze in den Arm.

»Aua!«, schrie er auf. Warum ließ er sich das gefallen? Dieses Sprechzimmer war wie ein Riesenrad: Wenn man einmal drinnen saß, war man ihm eine Umdrehung lang ausgeliefert.

Tatsurō konnte selbst kaum glauben, dass er pünktlich um zehn Uhr an der vereinbarten Stelle stand. Er trug bequeme Kleidung, Jeans, Windjacke, Sportschuhe. Die Windjacke war schwarz, zwecks Tarnung. Er hatte das Gefühl, von einer fremden Macht gelenkt worden zu sein. Seiner Frau hatte er erzählt, dass er in der Klinik eines ehemaligen Kommilitonen vertretungsweise den Spätdienst übernahm.

Mit Verspätung erschien auch Irabu, in einem Porsche. Er trug einen Overall, was aber auch ein Fallschirmspringeranzug hätte sein können. Er sah darin aus wie Balu der Bär.

»Hallo! Na, bist du auch so aufgeregt wie ich?«, strahlte Irabu über das ganze Gesicht. »Hier!« Er warf Tatsurō einen Helm vom Katastrophenschutz zu.

»Ach ja, Irabu, was ich noch sagen wollte ... das mit der Farbe ist vielleicht keine so gute Idee. Nehmen wir doch einfach ein schwarzes Klebeband, was meinst du? Ich hab 'ne Rolle mitgebracht.«

Tatsurōs Vorschlag beruhte auf der Überlegung, dass das Klebeband sofort wieder entfernt werden konnte und keinen bleibenden Schaden anrichtete. Sollten sie Probleme mit der Polizei bekommen, würden sie von einer Anklage wegen Sachbeschädigung verschont bleiben.

»Nix da, Ike-chan, nicht gleich den Schwanz einziehen.« Irabu stülpte sich den Helm über. Dieser war natürlich viel zu klein und sah aus wie eine Riesenbeule auf seinem Kopf. »Gerade mit Farbe wird die Sache doch erst interessant. Das hat sozusagen bleibenden Wert!«

»Bleibenden Wert? Also jetzt übertreibst du aber ...«

»Geh'n wir! Du nimmst das Seil.«

Irabu überreichte Tatsurō ein dickes Bauseil. Er selbst trug einen Werkzeugkoffer und marschierte mit festen Schritten in Richtung Brücke. Dass er entscheidungsschwach war, konnte man Irabu nun wirklich nicht nachsagen.

Tatsurō gab sich geschlagen und stapfte hinterher. Sie stiegen die Treppe zur Brücke hoch und machten schließlich in der Mitte Halt. Es waren keine Fußgänger zu sehen, aber unter der Brücke fuhren ohne Unterlass Autos durch. Tatsurō lugte über das Geländer und schluckte.

»Wenn man hier runterfällt, dann gute Nacht!« Der Herbstwind fuhr ihm durch das Haar.

»Mach dir keine Sorgen! Ich halte dich schon fest!«

Tatsurō erschrak. »Wie bitte? *Ich* soll das machen?«

»Klar! Ist doch deine Therapie!«

»Therapie? Dass ich nicht lache ...«, murmelte Tatsurō vor sich hin.

Irabu wäre ohnehin zu schwer gewesen, um von ihm abgeseilt zu werden. Das hätte er sich eigentlich denken können. Was war er doch für ein Trottel!

»Hier! Binde dir das um«, wies Irabu ihn an, und er wickelte sich das Seil um die Hüfte. Da überkam ihn ein seltsames Gefühl. Er war doch ein erwachsener Mensch, er konnte die Aktion jederzeit abblasen. Andererseits war da auch dieses merkwürdige Hochgefühl, das er von früher kannte. Er hatte schon vergessen, wie es war, dieser Nervenkitzel vor so einer Tat.

Irabu öffnete den Farbtopf und tunkte den Pinsel hinein. Er hatte sich offensichtlich nicht lumpen lassen und hochwertige, tropffreie Farbe gekauft. Perfekte Planung, musste Tatsurō zugeben.

Wie gut kannte er Irabu eigentlich? Sie hatten sechs Jahre gemeinsam auf demselben Campus studiert, waren sich aber nie besonders nahe gewesen. Seltsamer Typ, dachte er damals lediglich und schloss sich somit der allgemeinen Meinung an.

Sicherheitshalber befestigte er ein weiteres Seil am Geländer.

»Halte ja das Seil straff, hörst du?«

»Verlass dich auf mich«, antwortete Irabu ausgelassen.

»Irabu, kann ich dich was fragen?«

»Klar! Was denn?«

»Warum lässt du dich eigentlich auf all das hier ein?«

»Warum? Weil's Spaß macht!«

Irabu schnaufte aufgeregt durch die Nase. In diesem Moment vertraute Tatsurō Irabu vorbehaltlos.

Also gut, auf ging's!

Er nahm den Pinsel zwischen die Zähne und seilte sich ab. Wie ein Profikletterer stützte er sich mit beiden Beinen an der Brückenmauer ab. Dann ergriff er mit der rechten Hand den Pinsel und streckte den Arm aus. In diesem Moment fuhr unter ihm ein Taxi vorbei. Der Taxifahrer blickte nach oben, schien aber nicht im Geringsten überrascht zu sein. Wahrscheinlich würde tatsächlich niemand Verdacht schöpfen.

Da er nun schon so weit gekommen war, wollte er die Sache auch zu Ende führen. Behutsam setzte er den Pinsel an und übermalte die entsprechende Stelle. Perfekt.

»Irabu, ich bin fertig. Du kannst mich hochziehen.«

Irabu zog mit seinem ganzen Gewicht an dem Seil und hievte Tatsurō rasch nach oben. »Und jetzt gucken wir uns das Ganze mal von unten an!« Sie rafften ihre Sachen zusammen und eilten die Treppe hinunter.

»Junge, Junge!«, murmelte Tatsurō.

»Du hast es geschafft!«, rief Irabu und hielt ihm die rechte Hand hin. Tatsurō schlug ein.

Er empfand eine seltsame Leichtigkeit, so als ob ihm eine schwere Last abgenommen worden wäre. Die Anspannung in ihm löste sich.

»Mal sehen, vielleicht mache ich nun täglich einen Umweg und sehe mir mein Werk an«, meinte er.

»Sag mir auf jeden Fall, wie die Leute reagiert haben. Hier gibt es viele Schulen, und ich kann mir gut vorstellen, dass die Schüler ihren Spaß dran haben.«

Tatsurō malte sich aus, wie die Kinder vor Vergnügen aufkreischen würden, und er fing an zu lachen. Lange war es her, dass er sich so frei gefühlt hatte!

Eine Weile starrte er auf die Schriftzeichen. Der Abendwind war wohltuend kühl auf seiner Haut.

3

Dem *Schwein des goldenen Königs* war ein dreitägiges Leben beschieden, dann war die Stelle wieder übertüncht worden. Trotzdem hob sie sich durch die frische Farbe nach wie vor auffällig ab, und es war klar, dass hier etwas getilgt worden war.

War ihre nächtliche Aktion zu einem öffentlichen Gesprächsthema geworden? Tatsurō war drauf und dran, sich einen der Schüler zu greifen und ihn auszufragen.

Die Leute sprachen bestimmt darüber. Ganz gleich, ob sie die Aktion witzig fanden oder sich darüber empörten, gewiss rätselten sie über den Urheber dieses Streiches. Tatsurō hätte am liebsten allen zugerufen: »Ich war es!« Verbrecher empfanden nach einer Aufsehen erregenden Tat bestimmt ähnlich – die ganze Welt sollte davon erfahren.

Einige Tage lang hielt dieses Hochgefühl. Abends konnte er tief und fest schlafen, seine Schultern waren nicht mehr so verspannt wie sonst. Er strotzte wieder vor Selbstbewusstsein und fühlte sich zu großen Taten fähig.

»Schade, dass in den Nachrichten nicht darüber berichtet wurde.« Irabu schien nicht ganz zufrieden.

»So Aufsehen erregend war das ja auch nicht. Ein Lausbubenstreich, mehr nicht.«

Tatsurō saß bequem auf der Sitzbank und hatte den Mund voller Teegebäck. Inzwischen kam er drei Mal die Woche in Irabus Praxis. Er fühlte sich fast wie in seiner Studentenzeit: ein lockeres Gespräch in der Bude eines Kommilitonen.

»Aber wenn wir damit weitermachen, kommen wir garantiert in die Nachrichten. Ich habe des Öfteren in der Gegend um Komaba zu tun. Wir könnten aus der *Tōkyō Universität* eine *Tōkyō Perversität* machen. Das wär doch was!« Irabu blickte erwartungsvoll auf Tatsurō.

»Ist das dein Ernst?« Tatsurō lächelte gequält.

»Klar! Darauf springen die Medien garantiert an.«

»Oder, wie wär's mit dem *Prinzen-Finanzamt* im Nord-Bezirk? Daraus ließe sich leicht *Bonzen-Finanzamt* machen.«

»Hm, ich weiß nicht so recht ...«

»Auch aus der *Brunnenstraße* im Shinagawa-Bezirk könnten wir eine *Brunzenstraße* machen.«

Tatsurō spielte in seinem Kopf die Änderung der Schriftzeichen durch, und seine Miene erhellte sich. »Mensch, Irabu, ich wusste ja gar nicht, dass du so ein cleverer Bursche bist!«

»Ach was! Ich durchforste schon seit Tagen den Stadtplan nach geeigneten Ortsnamen.«

»Du alter Tunichtgut ...« Tatsurō kamen fast die Tränen vor Lachen.

Er war erstaunt über sich selbst. Er hatte es nicht für möglich gehalten, dass er mit sechsunddreißig Jahren noch genauso viel Spaß an diesen Kindereien hatte wie damals mit achtzehn, als er noch keine Verantwortung trug und frei von Zukunftssorgen war.

Er war nun viel fröhlicher und aufgeschlossener. Seinen Kollegen gegenüber fühlte er sich überlegen, er genoss es, mal nicht den gewohnten Weg zu gehen.

Er scherzte auch mit den jungen Krankenschwestern.

»Zum Tee ein Schlückchen Milch hinein, dann wird die Arbeit nicht zur Pein!«, reimte er einmal bei Gelegenheit, und alle schienen erstaunt über seinen ungewohnt jovialen Umgangston.

»Aber, Herr Doktor! So kennen wir Sie ja gar nicht!«

»Na ja, ich habe eben auch meine heiteren Seiten.«

»Und wir dachten immer, Sie sind von der hyperkorrekten Sorte.« Sogleich begannen die Krankenschwestern, ungezwungen mit ihm zu plaudern. Er vernahm zum ersten Mal ihre unverstellten Stimmen, die ganz anders klangen als sonst. Tatsurō war überrascht, was ein kleiner Scherz am Rande alles bewirken konnte.

Ihm war nach einem Watschelgang durch den Krankenhauskorridor. Diesmal hatte er keine Hemmungen. »Doktor Ikeyama von der Neurologie, bitte zur Inneren Abteilung!«, ertönte es aus der Lautsprecheranlage. Eine gute Gelegenheit, dachte Tatsurō. »Ja, ja, komme schon!«, antwortete er aufgekratzt und watschelte los. Die Krankenschwestern, denen er unterwegs begegnete, blieben wie angewurzelt stehen.

Trotzig grinste er sie an. Vor der Kinderabteilung machte er kurz Halt und winkte. Als er die fröhlichen Gesichter der Kinder sah, wurde ihm warm ums Herz.

Wieder hatte er eine Hürde genommen. Irgendwann würde er es schaffen und wirklich frei sein.

Doch vorerst blieb der Vorhang in seinem Arbeitszimmer nachmittags geschlossen. Allein die Vorstellung von Nomuras Toupet brachte sein Blut in Wallung.

An diesem Tag wurde er gebeten, an der Fakultätssitzung teilzunehmen. Er sollte bei der Bedienung des Projektors behilflich sein.

Im Sitzungssaal traf er auf Kuramoto von der Chirurgie.

»Bist du etwa auch eingeteilt worden?«

»Ich muss das Protokoll führen. Eigentlich könntest du das übernehmen«, grinste Kuramoto ihn an.

»Nix da. Als technischer Beauftragter kann ich mich mit diesem Kleinkram nicht abgeben.« Da beide aus verschiedenen Abteilungen kamen, zogen sie sich oft auf diese Weise auf.

Allmählich trafen die Professoren aus den anderen Abteilungen ein. Als Tatsurō sie so ansah, fiel ihm auf, wie sehr die medizinische Fakultät politisch geprägt war. Bei der Beförderung zum Professor waren nicht die Veröffentlichungen oder wissenschaftlichen Leistungen entscheidend. Was zählte, waren Vitamin B, Wachsamkeit und ein eigenes Forschungsgebiet, das sich nicht mit dem eines der entscheidungsmächtigen Professoren überschnitt.

Schließlich erschien Nomura. Tatsurō schluckte, sein Puls schlug schneller.

»Tja, wo ist denn noch ein Plätzchen frei?«, fragte Nomura betont jovial.

»Heute gibt es ein Video zu sehen. Von hier aus haben Sie einen guten Blick auf die Leinwand«, schlug der für den Ablauf der Sitzung verantwortliche Professor vor und geleitete ihn zum vorgeschlagenen Platz. Tatsurō machte eine leichte Verbeugung, Nomura nickte kurz zurück. Offensichtlich wollte er Privates und Berufliches strikt voneinander trennen, und es kam kaum vor, dass Tatsurō in der Universität von Nomura angesprochen wurde.

»Ah, genau richtig, ein Logenplatz sozusagen.« Nomura saß nun genau vor dem Tisch mit dem Projektor. Tatsurō wurde es heiß. Nomuras Kopf war unmittelbar vor ihm.

»Na, wollen wir nicht tauschen? Ich schreibe gern das Protokoll«, startete er einen verzweifelten Versuch.

»Mann, was soll das denn? Die Arbeitsaufteilung ist doch klar festgelegt. Wenn wir jetzt tauschen, entsteht nur Chaos!« Kuramoto ließ ihn abblitzen, und die Sitzung nahm ihren Lauf.

Zunächst kamen die Berichte der einzelnen Ausschüsse. Dann ergriff der Leiter der Abteilung für studentische Austauschprogramme das Wort.

Tatsurō wartete unterdessen auf sein Stichwort. In Greifweite präsentierte sich ihm Nomuras Hinterkopf.

Bei genauerer Betrachtung stellte er fest, dass Nomuras Perücke mehr als zwei Drittel seines Kopfes bedeckte. Geschickt waren einige weiße Strähnen untergemischt. So sah es natürlicher aus und passte besser zu dem spärlichen echten Seitenhaar.

Trotzdem, woher nahm der Mann dieses Selbstbewusstsein? Tatsurō begriff das einfach nicht. Selbst ein Grundschüler würde sofort bemerken, dass dieser Mann eine Perücke aufhatte.

Tatsurō konnte sich noch gut an die Zeit erinnern, als Nomura mit einer Glatze herumlief. Dann wurde ihm der Posten des Direktors eines Krankenhauses in der Kansai-Gegend angeboten, und Nomura verschwand vorerst von der Bildfläche. Als er nach drei Jahren wieder an die Universität zurückkam, zierte auf einmal eine Perücke seinen sonst spiegelglatten Schädel. Die Leute wussten vor Verlegenheit nicht, wo sie hinblicken sollten.

Anfangs lachte Tatsurō noch mit den Studenten und Kollegen darüber. Nomura wurde nur noch »die Perücke« genannt. Als aber bekannt wurde, dass Tatsurō mit Hitomi verlobt war, hörten die Witze schlagartig auf. Das war natürlich zu erwarten gewesen, dennoch fühlte er sich ausgeschlossen. Ob Nomura immer noch diesen Spitznamen hatte? Es bedrückte ihn, dass er nicht mehr miteinbezogen wurde.

Plötzlich merkte er, dass er die ganze Zeit über Nomuras Kopf fixiert hatte. Er wurde geradezu magisch davon angezogen.

Inzwischen referierte der Leiter der Verwaltungsabteilung über ein neu errichtetes Privatkrankenhaus in der Provinz. Eine Kooperation der beiden Kliniken war angedacht. Dazu war ein kurzes Video vorbereitet worden.

»Gut, Herr Ikeyama, dann machen Sie mal den Vorhang zu!«

Tatsurō tat, wie ihm vom Verwaltungsleiter geheißen, legte das Video ein und drückte die Wiedergabetaste. Sogleich flimmerten die ersten Bilder über die Leinwand. Der Schatten eines Kopfes ragte ins Bild. »Entschuldigung«, sagte Nomura und machte sich kleiner. Er saß nun tief eingesunken in seinem Sitz, sein Kopf ragte gerade noch über den Tischrand. Wie eine Wassermelone im Feld, dachte Tatsurō.

»Das Krankenhaus macht doch einen ganz guten Eindruck, nicht?«

»Die Umgebung ist auch nicht schlecht.«

»Es gibt auch einen Hafen in der Nähe. Der Fisch dort soll sehr gut schmecken.«

»Ja? Gut zu wissen!«

Die Professoren kommentierten in entspannter Atmosphäre den Beitrag, doch Tatsurō hörte nichts von alldem.

Nomuras Kopf bewegte sich leicht auf und ab. Er war einfach eingeschlafen.

Tatsurō zitterte am ganzen Körper, der Impuls wurde wieder stärker. Jetzt könnte er es wagen. Keiner sah hin.

Vielleicht war es einfacher, als er dachte. Die Perücke war ja wohl kaum angeklebt, sondern bestenfalls mit einer Haarnadel oder etwas Ähnlichem befestigt. »Dekan Billardkugel!« Die Herrn Professoren würden Augen machen!

In seinem Kopf drehte sich alles. Er hatte die Kontrolle über seine Hände verloren. Er konnte nichts dagegen machen, sie griffen nach der Perücke und hoben sie ein wenig an. Es war, als würde er danebenstehen und sich selbst zusehen.

Auf einmal spürte er Kuramotos Blick auf sich gerichtet. Der schien fassungslos, die Hand, mit der er den Stift hielt, war in der Luft erstarrt.

Tatsurō riss seine Hände zurück. Heiß-kalte Schauer durchfuhren seinen Körper.

Kuramoto wandte sich hastig ab.

Nun hatte man ihn also erwischt. Meine Güte! Jemand hatte ihn wirklich gesehen, hatte ihn bei etwas beobachtet, was keiner jemals hätte erfahren dürfen. Sein Herz raste, er atmete schwer. Hier halfen keine Ausreden mehr.

Wäre Kuramoto nicht gewesen, hätte er zweifellos Nomuras Perücke an sich genommen. Ein klares Anzeichen für seine Unzurechnungsfähigkeit.

Tatsurō fühlte sich dem Wahnsinn nahe. Er wusste, dass er es wieder versuchen würde.

Er war klatschnass. Irabus so genannte Kompensationshandlung hatte also nichts gebracht.

»Was ist denn los? Siehst ja richtig blass aus«, meinte Irabu in seiner unbekümmerten Art.

»Wie ich vermutet habe! Dieser Impuls wird von Mal zu Mal stärker. Deine großartige Kompensationstheorie hat bei mir überhaupt nicht funktioniert.«

Tatsurō war gleich nach Dienstschluss zu Irabu geeilt. Alleine wurde er mit diesem Problem nicht fertig.

»Die funktioniert!«, antwortete Irabu und bohrte in der Nase. »Hundertprozentig, sag ich dir. Bestimmt.«

»Also wirklich«, streckte Tatsurō kampfeslustig den Kopf vor, »jetzt nimm mich bitte mal ernst. Wenn das so weitergeht, dann stelle ich bald etwas an, was ich ein Leben lang bereuen werde.«

»Jemanden abmurksen?«

»Quatsch! Das ist ja wohl maßlos übertrieben. So weit bin ich wirklich nicht.«

»Tja, was meinst du dann?«

Tatsurō antwortete nicht. Er brachte es einfach nicht fertig, über Nomuras Perücke zu sprechen. »Na ja, etwas, was mich meinen Job kosten könnte.«

»Wenn du nicht offen bist, kann ich dir nicht helfen«, erwiderte Irabu. »Wenn ein Patient etwas vor seinem Arzt verbirgt, darf er sich nicht wundern, wenn die Therapie nicht anschlägt. Gerade in der Psychiatrie ist gegenseitiges Vertrauen ganz wichtig.«

Tatsurō hörte aufmerksam zu. Er hatte natürlich Recht. Aber nein, er konnte sich einfach nicht überwinden.

»Na gut, dann machen wir vorerst da weiter, wo wir aufgehört haben«, grinste Irabu ihn an. »Heute Nacht ist das *Prinzen-Finanzamt* an der Reihe.«

»Was? Ne, ich hab dazu keine Lust mehr.«

»Komm, sei kein Frosch. Einfach mittendrin aufhören wäre ein Fehler.«

»Ich bitte dich! Verschone mich damit.«

»Die Hände in den Schoß legen hilft niemandem. Die Grundlage der Psychiatrie ist die ›Trial-and-Error‹-Methode, glaub mir.«

»Kann sein ...« Er ließ sich wieder weichklopfen. Tatsurō verachtete sich selbst. Als Forscher erzielte er gute Ergebnisse, aber seine eigenen Probleme konnte er nicht lösen. Schwache Menschen können sich selbst nicht helfen, dachte er.

Eine Stunde vor Mitternacht traf er an der Brücke mit dem Wegweiser zum *Prinzen-Finanzamt* ein. Diesmal befand sich die Brücke über einer stark befahrenen, zweispurigen Bundesstraße.

»Wollen wir das wirklich durchziehen?« Tatsurō war nervös. Sie würden zu sehr auffallen.

»Aufgeben gilt nicht. Jetzt, wo wir schon mal hier sind.«

Irabu begann gelassen mit den Vorbereitungen. Tatsurō blieb nichts anderes übrig als mitzumachen. Wie ein Stück Holz im Strom, dachte er missmutig. Aber eigentlich war ihm diese Abhängigkeit gar nicht unrecht. Er war jemand, der gerne tat, was ihm andere auftrugen.

Sie stiegen die Treppe zur Fußgängerbrücke hinauf, und wieder sicherte Tatsurō sich mit einem Seil. Den in Farbe getunkten Pinsel im Mund, kletterte er über die Brüstung.

»Die Ampel hat gerade umgeschaltet. Jetzt!«

Er war weniger angespannt als beim ersten Mal. Nicht einmal die Fußgänger störten ihn. Da sie beide Helme trugen und in aller Ruhe ihre Arbeit zu verrichten schienen, ernteten sie nur flüchtige Blicke.

Das *Prinzen-Finanzamt* war nun zum *Bonzen-Finanzamt*

geworden. Tatsurō fand sein Werk ziemlich gelungen, aber gleichzeitig war es ihm peinlich. In seinem Alter, was machte er hier eigentlich?

Diesmal hatte es zwar auch Spaß gemacht, doch das Glücksgefühl vom ersten Mal wollte sich nicht wieder einstellen. So ein Gefühl gab es wohl nur einmal.

»Hihihihi«, kicherte Irabu neben ihm. Seine Nasenflügel blähten sich dabei.

»Machen wir gleich weiter mit der Universität!«, sagte Irabu.

»Das ist nicht dein Ernst?«, verzog Tatsurō das Gesicht.

»Doch, klar! Jetzt geht's doch erst richtig los!«

»Ich hab immer mehr den Eindruck, dass wir das alles zu deinem Vergnügen tun.«

»Ach wo, das ist alles Teil der Behandlung.«

Irabu schubste ihn in seinen Porsche. Tatsurō fehlte die Energie, um Widerstand zu leisten.

Am folgenden Tag berichteten die Zeitungen über ihre Tat. Wie erwartet hatte die *Tōkyō Perversität* den Ausschlag gegeben. Auch das *königliche Schwein* wurde in diesem Zusammenhang erwähnt. Die Vorfälle wurden in der Rubrik »Vermischtes« abgehandelt.

»Lausbubenstreich – Graffiti auf Fußgängerbrücken in Shibuya«, lautete die Überschrift.

Daneben war ein Foto von der Brücke abgebildet. Ein Oberschüler hatte das Bild mit seinem Handy aufgenommen.

Ihr letzter Streich war offensichtlich noch nicht entdeckt worden. Tatsurō rutschte bei diesem Gedanken ein trockenes Lachen heraus, was die Krankenschwestern veranlasste, sich überrascht umzudrehen.

»Schwester, bevor ich nach Patienten seh', hätt' ich noch gerne einen Tee.«

Tatsurō brachte wieder einen seiner Reime, doch dieser klang recht bemüht. Aus den Augenwinkeln konnte er erkennen, wie sich die Schwestern bedeutungsvolle Blicke zuwarfen, aber das interessierte ihn nicht. Ihm war das alles schon viel zu viel.

Auch Irabu schien den Artikel gelesen zu haben und rief aufgeregt an. »Das ist doch einfach großartig! Uns bleibt keine Wahl mehr. Die *Brunzenstraße* ist jetzt ein absolutes Muss«, freute sich Irabu wie ein kleines Kind.

»Mensch, beim nächsten Mal werden wir garantiert geschnappt. Jetzt, wo es bereits in der Zeitung steht.«

»Ach was! Und wenn schon, wir würden bestimmt mit 'ner Geldstrafe davonkommen. Als richtigen Sachschaden kann man das kaum bezeichnen. Im Gegenteil, wir tragen doch nur zur allgemeinen Unterhaltung bei. Fast schon ein gutes Werk, würde ich meinen!«

Was für eine Logik, dachte Tatsurō. Straftat blieb Straftat.

»Tja, dann bis heute Nacht.« Wieder wurde einfach über seinen Kopf hinweg entschieden.

Warum ließ er sich schon wieder überreden? Tatsurō seufzte. Er konnte einfach nicht Nein sagen. War das eine Art Selbstzerstörungstrieb? Würde er sich besser fühlen, wenn seine Frau und sein Schwiegervater sich von ihm abwandten?

Als er nach Beendigung seiner Arbeit das Büro in Richtung Aufzug verließ, wurde er unterwegs von Kuramoto aufgehalten. Nach dem, was in der Fakultätssitzung passiert war, machte Tatsurō sich auf ein unangenehmes Gespräch gefasst.

»Du gehst schon nach Hause? Ihr in der Neurologie seid wirklich zu beneiden. Wir Chirurgen machen jeden Tag Überstunden, Operationen und Notfälle ohne Ende«, grinste Kuramoto.

»Ein Acht-Stunden-Tag ist eben das Privileg der Neurologen, wir müssen uns die Hände nicht schmutzig machen.«

»Ja, ja, red du nur«, Kuramoto klopfte ihm dabei auf die Schulter. »Was anderes, hättest du Zeit für 'ne Tasse Tee? Ich möchte etwas mit dir besprechen.«

Für einen Moment war Tatsurō wie versteinert.

Nach kurzem Überlegen sagte er zu. Sie gingen zum Nachbarcampus und setzten sich in eine Studentencafeteria.

»Ich spreche zu dir als Freund, deswegen nimm's mir bitte nicht krumm, was ich sage, ja? Also, es sind einige Gerüchte über dich im Umlauf. Die Schwestern sagen, du wärst seit einiger Zeit etwas merkwürdig«, eröffnete Kuramoto mit gedämpfter Stimme das Gespräch.

»Ach ja? Inwiefern?«

»Du seist geistesabwesend, würdest aus heiterem Himmel seltsame Scherze machen und so weiter. Und überhaupt, was soll eigentlich der zugezogene Vorhang während der Mittagszeit?«

»Mein Büro ist im Erdgeschoss, mit Blick auf den Innenhof. Da kommen andauernd Leute vorbei, und das stört mich eben.«

»Und was sollte dieser seltsame Entengang im Korridor?«

»Ach, der Watschelgang? Das habe ich für die Kleinen auf der Kinderstation gemacht. Die haben sich gefreut.«

»Watschelgang? Was ...« Kuramoto war für einen Moment sprachlos. »Weißt du eigentlich, dass die Schwestern glauben, du hast 'ne Macke?«

»Also, das ist doch wirklich übertrieben.« Tatsurō rang sich ein gequältes Lächeln ab.

»Wie dem auch sei, ich hab auf jeden Fall 'nen älteren Kollegen um Rat gefragt. Er meinte, dass in der Neurologie der Stress am größten wäre und dass es sehr wichtig sei, die Kontrolle zu bewahren. Ich kann dir nur empfehlen, dich mal von einem Spezialisten beraten zu lassen.«

»Offen gesagt, das mache ich schon – bei Irabu.«

»Bei Irabu? Bist du meschugge? Einen größeren Spinner als den gibt's doch gar nicht!«

»Das dachte ich zuerst auch, aber ich muss sagen, dass es mir seitdem besser geht. Ich spiele sogar mit dem Gedanken, einen Aufsatz über die Wirkung der Idiotentherapie zu schreiben.«

»Willst du mich auf den Arm nehmen?« Kuramoto senkte seine etwas laut gewordene Stimme und schaute sich nach allen Seiten um. »Und dann dein Verhalten in der letzten Fakultätssitzung. Auch wenn Nomura dein Schwiegervater ist, kannst du so etwas nicht machen. Abgesehen davon, meinst du, ich wüsste nicht, dass du Nomura aus dem Weg gehst?«

»Ach ja?«

»Klar. Wenn du ihn in der Mensa siehst, machst du einen großen Bogen um ihn. Trotzdem verstehe ich nicht, warum du während des Vortrags versucht hast, die ... na, du weißt schon ...«

»Ja, genau, Nomuras Perücke. Sprechen die Leute eigentlich immer noch darüber?«

»Woher soll ich das wissen? Und selbst wenn die Studenten oder die Schwestern sich darüber das Maul zerreißen, dann ist das ihre Sache. Wir Ärzte haben uns da rauszuhalten.« Kuramoto sah ihn scharf an. »Ich hab dich jedenfalls gewarnt. Und geh zu einem anderen Arzt, ja?«, sagte er abschließend, stand auf und ging.

Tatsurō war erleichtert. Nomuras Perücke war also immer noch ein Thema. Bestimmt machten die Studenten, genau wie er und seine Kommilitonen früher, ihre Witze darüber.

4

Die *Brunzenstraße* bedeutete den Durchbruch für ihre nächtlichen Streifzüge. Das Fernsehen nahm sich nun der Graffiti an. Auch das *Bonzen-Finanzamt* wurde in diesem Zusammenhang der Öffentlichkeit bekannt. Man ging davon aus, dass es dieselben Täter waren.

»Ist doch niedlich!«, hörte Tatsurō Oberschülerinnen in der Stadt sagen und sah das als Bestätigung an. Kritische Stimmen blieben die Ausnahme. Das Interesse richtete sich auf die Identität und die Absichten der Täter.

»Also, Ike-chan! Wo führen wir unser nächstes Verbrechen aus?«, sagte Irabu gut gelaunt und breitete einen Stadtplan vor sich aus.

»Jetzt mach mal halblang, Irabu. Allmählich wird's wirklich riskant. Inzwischen haben sich bestimmt Augenzeugen bei der Polizei gemeldet.«

Tatsurō machte sich nun ernsthaft Sorgen. Er genoss zwar den Nervenkitzel, aber die Angst, erwischt zu werden, war größer.

»Lass dich nicht ins Bockshorn jagen. Sollten die uns wirklich auf frischer Tat ertappen, dann entschuldigen wir uns, und die Sache ist gegessen.«

»Für dich vielleicht! Ich bin Universitätsdozent! Da gelten andere Maßstäbe.«

»Na ja, sollten sie dir wirklich einen Tritt verpassen, kannst du immer noch bei uns anfangen«, meinte Irabu unbekümmert. »Was ist eigentlich aus deinem Zerstörungstrieb geworden? Hat sich das inzwischen gegeben?«

»Schwer zu sagen.« Tatsurō atmete hörbar durch die Nase aus und schüttelte den Kopf. Der Vorhang vor seinem Bürofenster war immer noch zu. Wenn er Nomura sah, hatte er nur eines im Sinn: ihm die Perücke vom Kopf zu reißen.

»Rück doch endlich mal mit der Sprache raus. Was ist denn eigentlich das Problem?«

Er dachte eine Weile nach. Sollte er es ihm sagen? Kuramoto hatte ohnehin schon alles gesehen.

»Also gut. Du weißt doch, dass mein Schwiegervater Dekan an meiner Uni ist.«

»Ja, Nomura, ›Perücken-Nomura‹, besser gesagt«, antwortete Irabu und klatschte sich lachend auf die Stirn.

Tatsurō ließ seine Schultern sinken. Wieso war dieser Mensch so direkt?

»Na hör mal, wie sprichst du denn über den Vater meiner Frau!«

»Wieso? Stimmt doch«, erwiderte Irabu ohne ein Anzeichen von Reue. »Und? Was ist jetzt mit deinem Schwiegervater?«

»Ehrlich gesagt, seine Perücke geht mir einfach nicht aus dem Sinn.«

»Aah, jetzt verstehe ich. Du willst ihm die Perücke stibitzen!«, sagte Irabu mit einem breiten Grinsen. Tatsurō schwieg.

»Ha, Ike-chan, einmalig! Tief in dir drin bist du immer noch derselbe wie früher.«

»Sehr witzig. Kein Grund zur Schadenfreude. *Ich* bin derjenige, der aus Angst, eine Dummheit zu begehen, durch die Hölle geht. Nomura hält jeden Tag im Innenhof seinen Mittagsschlaf. Und jedes Mal ertappe ich mich bei dem Gedanken, wie ich mich von hinten heranschleiche und ihm die Perücke vom Kopf nehme. Ich kann dir gar nicht sagen, wie anstrengend es ist, diesen Drang zu unterdrücken.«

»Hm, kann ich mir vorstellen. Auf jeden Fall kenne ich jetzt die Ursache.«

»Sag das ja keinem weiter, hörst du?«, sagte Tatsurō mit Nachdruck. »Mein Job und meine Familie stehen auf dem Spiel.«

»Jetzt, wo ich die Ursache kenne, ist alles Weitere ein Kinderspiel. Du klaust ihm die Perücke, und schon bist du geheilt!«, fuhr Irabu fort, ohne auf Tatsurōs Einwände zu achten.

»Mach dich nicht über mich lustig! Versetz dich lieber mal in meine Lage.«

»Das machen wir! Unbedingt! Nomuras Perücke ... das wird bestimmt lustig!«

»Vergiss es!«

»Ich sage dir, wenn du das machst, bist du deine Sorgen los. Dein Zerstörungstrieb wäre wie weggeblasen, weil du dein Ziel erreicht hättest.«

»Meinst du, ich wüsste nicht, was dich motiviert? Du willst mich doch nur als Vorwand benutzen, um deinen Spaß zu haben!«

»Und ich kann nur wiederholen: Das Leben ist kurz. Wenn man Dampf ablassen muss, dann sollte man nicht warten.«

»Ein toller Grund! Dafür ruiniere ich mir dann meine Karriere.« Tatsurō hob den Kopf. »Versprich mir: zu keinem ein Wort.«

Statt einer Antwort schnitt Irabu eine Grimasse wie ein bockiger Junge, woraufhin Tatsurō ihn an der Nase zog.

Am nächsten Tag erschien Irabu in der Mittagspause auf dem Campus. Tatsurōs Assistent öffnete ihm die Tür.

»Du hier? Das darf doch nicht …!« Tatsurō fehlten die Worte. Hatte Irabu wirklich die Absicht, seine Drohung wahr zu machen?

»Meine Güte, ist ja ewig her, dass ich hier war! Da fühlt man sich gleich zehn Jahre jünger.«

Irabu ging schnurstracks zum Fenster und zog mit einem Ruck den Vorhang auf.

»Wow! Der Innenhof ist ja inzwischen begrünt, sieht richtig hübsch aus! Tische und Bänke gibt's auch! Wie ein kleiner Park!«

Einige der Studenten und jungen Ärzte nahmen gerade ihr Mittagessen ein, andere lagen auf dem Rasen und schliefen, ein paar spielten Federball. Unter der Tanne saß auf einem Korbstuhl Nomura und las ein Buch.

»Aha, das ist ganz offensichtlich der Ehrenplatz. Sehr majestätisch! Hier macht er also sein Mittagsschläfchen.«

»Irabu, ich bitte dich! Komm ja nicht auf dumme Gedanken! Es geht hier um mein Leben.« Tatsurō machte dabei ein tiefernstes Gesicht. Alles, nur das nicht, flehte er im Stillen.

»Keine Sorge! Wir machen's, wenn er schläft.«

»Wenn er das mitkriegt, bin ich erledigt.«

Irabu gluckste. Aus seiner Tasche zauberte er ein Fläschchen hervor. »Sollte er aufwachen, dann hilft das hier.«

Es war Chloroform. Tatsurō wurde schwarz vor Augen.

»Also, wir heben das Haarteil ganz sachte hoch und zeigen

es den Studenten im Hof. Dann legen wir's wieder an seinen Platz zurück und verduften. Ein geradezu perfekter Plan.«

»Spinnst du? Wo ist der perfekt?«

»Nomura wird es nie erfahren, glaub mir! Wie sollte man es ihm, dem Dekan, auch stecken? Keiner der Professoren wird den Mut dazu haben.«

Tatsurō suchte nach einem Gegenargument, musste aber zugeben, dass Irabu nicht ganz Unrecht hatte. Selbst bei tausenden von Augenzeugen könnte nichts passieren, wenn Nomura schliefe. Die Gerüchteküche würde natürlich kochen. Aber Nomura bekäme davon nichts mit, da keiner es wagen würde, ihm etwas zu sagen.

»Sieh mal! Während wir hier schwafeln, hat Nomura sich schon ins Reich der Träume aufgemacht!«

Tatsurō blickte nach draußen und sah, dass Nomura sein Buch auf den Schoß gelegt hatte und den Kopf langsam auf und ab bewegte.

»Ike-chan, du fotografierst.« Irabu gab ihm eine Digitalkamera.

Ohne etwas erwidern zu können, nahm Tatsurō die Kamera.

»Los, auf in den Kampf!«, sagte Irabu und marschierte los.

»Moment, warte doch mal ...« Tatsurō eilte hinterher.

Der Assistent, der alles mitangehört hatte, blieb mit offenem Mund zurück.

Irabu ging geradewegs auf Nomura zu. Nach der Hälfte der Strecke verlangsamte er seinen Schritt und trat vorsichtiger auf. Er näherte sich dem schlafenden Nomura von hinten. Seine Bewegung verriet nicht das geringste Zögern.

Die ersten Neugierigen blickten bereits zu ihnen hinüber.

Tatsurō blieb wie erstarrt zehn Meter vom Ort des Geschehens entfernt stehen. Wie sollte er sich verhalten?

Irabu stand nun direkt hinter Nomura. Wie ein Dirigent hob er seine Arme, und seine Fingerspitzen näherten sich langsam der Perücke.

Tatsurō überfiel ein Schauder. Jetzt ist es aus!, dachte er. Auch die Zuschauer standen wie angewurzelt da, Tatsurō konnte sogar einen unterdrückten Aufschrei vernehmen.

Irabu hob die Perücke ganz behutsam in die Höhe, zog aber gleichzeitig Nomuras eigenes Haar mit nach oben.

»Ike-chan«, flüsterte Irabu, »das Ding scheint mit Haarclips befestigt zu sein. Kannst du die vielleicht abmachen?«

Dieser Idiot, warum musste er ihn da mit reinziehen?

»Mach schnell!«, deutete ihm Irabu. Alle Blicke richteten sich nun auf Tatsurō.

Mist! Jetzt hielten ihn alle für Irabus Komplizen.

»Alles muss man selber machen.«

Da Tatsurō keine Anstalten machte, ihm zu helfen, nahm Irabu die Haarclips mit seinen Wurstfingern, als ob er Schmetterlingsflügel anfassen würde, und löste sie von der Perücke. Ein leises Klicken war zu hören, als die Clips zuschnappten.

»Ta-taa!«, Irabu hielt die Perücke triumphierend in die Höhe. Nomuras blanker Schädel war nun für alle sichtbar.

Im Hof befanden sich an die hundert Studenten, aber nicht ein einziger unter ihnen brachte den Mut auf einzuschreiten. Niemand wollte glauben, was sich da vor aller Augen abspielte.

»Ike-chan, das Foto!«, sagte Irabu.

Tatsurōs rechte Hand bewegte sich wie bei einer Marionette ruckartig nach oben. Er hatte völlig vergessen, dass ihm Irabu die Kamera aufgezwungen hatte. Mit zittrigen Händen holte er sie aus der Tasche und schaltete sie ein. Er war völlig willenlos. Vielleicht könnte er das Ganze später immer noch als bösen Traum abtun und einfach vergessen.

Irabu stand hinter Nomura und tat es Winston Churchill gleich, indem er mit ausgestrecktem Zeige- und Mittelfinger das Victory-Zeichen machte. Nomura sah kahl eigentlich viel besser aus. Wieso kam ihm ein solcher Gedanke in dieser absurden Situation?, staunte Tatsurō über sich selbst.

Als er mit der Aufnahme fertig war, fragte ihn eine Studentin: »Ist das hier ›Vorsicht, Kamera!‹, oder was?«, worauf Tatsurō nur mit einem gequälten Lächeln antworten konnte.

»Ikeyama!«, hörte er plötzlich jemanden seinen Namen rufen. Er drehte sich um und sah Kuramoto in einiger Entfernung stehen. »Seid ihr von allen guten Geistern verlassen?«, zischte der ungehalten.

»Nein, also ... ich hab nichts damit zu tun«, verneinte Tatsurō und schüttelte heftig den Kopf.

»Hört mit diesem Unsinn auf und bringt das wieder in Ordnung, aber dalli! Du kannst froh sein, wenn du mit einer Entlassung davonkommst.«

»Du, Kuramoto, wie wär's, wenn du mit aufs Bild kommst, als Erinnerung!«, konterte Irabu gelassen.

»Irabu, du Schwachkopf! In was hast du Ikeyama da reingeritten!«

»Wieso, ich hab doch gar nix gemacht.«

Um Nomura nicht zu wecken, verlief die gesamte Diskussion im Flüsterton.

Irabu setzte sich die Perücke auf den Kopf und alberte herum.

»Du Idiot. Hör auf mit dem Quatsch!«

Kuramoto eilte auf Zehenspitzen zu Irabu, um ihn zu stoppen. Tatsurō folgte ihm, ohne recht zu wissen, warum.

Da holte Irabu etwas unter seinem Arztkittel hervor. Einen Knallfächer!

»Hört mal, ich hab eine prima Idee. Wir knallen ihm das hier mit Schwung auf den Kopf und hauen dann alle ab. Bevor er überhaupt weiß, wie ihm geschieht, sind wir längst über alle Berge!«

Irabus Augen funkelten, als er das sagte. Ein Kind, dachte Tatsurō, Irabu ist ein Kind. Nur ein Kind kann so daherreden und keine Angst haben.

»Mensch, Irabu, was ist an dieser Idee denn prima? Ein Knallfächer ist doch 'ne Schnapsidee«, sagte Tatsurō. »Gib's zu, diesen Unsinn hast du doch von Anfang an geplant, oder?«

»Komm, hab dich nicht so. Wenn wir hinter ihm stehen bleiben, hat er nicht mal Zeit, unsere Gesichter zu sehen.«

Irabu hob den Knallfächer.

»Hey!« Kuramoto packte Irabu am Arm. Die Perücke fiel auf die Wiese. »Ikeyama, heb das auf! Mach schnell, sonst sind wir erledigt! Denk daran, was du deiner Familie antust.«

Schlagartig wich alles Blut aus Tatsurōs Gesicht. Mein Gott, was würden seine Frau und sein Sohn dazu sagen? Vor Scham wäre er am liebsten im Erdboden versunken.

Hastig klaubte er die Perücke auf und stellte sich damit hinter den immer noch schlafenden Nomura. Kuramoto und Irabu waren inzwischen in eine Rangelei verwickelt. Tatsurō versuchte, mit zitternden Händen die Perücke wieder auf ihren angestammten Platz zu legen, doch er schaffte es nicht. Die Perücke saß schief auf dem Kopf.

Plötzlich stieß Irabu gegen ihn, und Tatsurō kippte nach vorne. Fast hätte er laut aufgeschrien. Er konnte mit Müh und Not das Gleichgewicht halten, und schließlich gelang es ihm, die Perücke korrekt überzuziehen. Es bedurfte seiner ganzen Konzentration, um die Haarclips zu befestigen. Abermals prallte Irabu gegen ihn, diesmal konnte er dem Druck nicht standhalten. Alle drei fielen auf Nomura, und zusammen mit dem Stuhl kippte die ganze Gruppe um.

»Uaaah ... was ist denn nun los ...«, rief Nomura erschrocken. Gleichzeitig fasste er instinktiv mit einer Hand an seinen Kopf.

»Entschuldigung, wir haben nur ein bisschen herumgealbert«, sagte Tatsurō unverzüglich. Sturzbäche von Schweiß liefen an ihm herab.

Nomura schien die Situation noch nicht erfasst zu haben. Langsam und mit ernster Miene stand er auf. »Tatsurō? Also das ist doch wirklich unerhört!«, sagte er vorwurfsvoll.

»Entschuldigung«, antwortete der mit verkrampftem Gesicht und verbeugte sich. Irabu und Kuramoto rangen immer noch auf der Wiese miteinander.

»Ist das nicht Irabu junior?«, rief er, und schon klang er freundlicher. »Was machen Sie denn hier?«

»Ah, hallo. Wie geht's denn so?«, erwiderte Irabu auf dem Rücken liegend.

»Also, Herr Dekan, das war so ... Irabu war gerade dabei, uns ein paar Ringergriffe zu demonstrieren«, krächzte Kuramoto, ohne Hoffnung, mit dieser Ausrede durchzukommen. »Ich bitte um Entschuldigung. Wir haben uns ziemlich danebenbenommen.«

Beide hatten sich wieder aufgerichtet. Ihre weißen Kittel waren voller Grasflecke.

»Irabu, wie geht es Ihrem verehrten Herrn Vater?« Nomuras Stimme schallte im Innenhof. »Jetzt, wo ich Dekan geworden bin, wollte ich ihm mal einen Besuch abstatten. Es ist ja schon eine Ewigkeit her, seit wir uns gesehen haben.«

»Ach ja? Ich werd's Vati ausrichten.« Irabu klopfte sich das Gras vom Kittel und machte dabei ein Gesicht, als ob er kein Wässerchen trüben könnte.

»Er ist in der Fakultät jederzeit willkommen, und ich würde mich sehr freuen, ihn bei uns begrüßen zu können. Teilen Sie das Ihrem Vater mit.«

»Mach ich doch gerne«, grinste Irabu schelmisch und nickte.

Der hinter Nomura stehende Tatsurō blickte während des Gesprächs zu Boden und sah mit Entsetzen den Knallfächer zu seinen Füßen liegen. Schnell bückte er sich, hob ihn auf und verstaute ihn unter seinem Kittel.

»Bei dieser Gelegenheit kann er gerne unsere Universitätsklinik besichtigen.«

»Klingt gut. Er kann vielleicht auch ein paar hohe Beamte aus dem Gesundheitsministerium mitbringen.«

»Das wäre natürlich schön, wenn der Einfluss Ihres Vaters das möglich machen würde.« Nomura wurde immer lebhafter.

Auf diese Weise plauderten sie noch eine Weile miteinander, bis Nomura sich schließlich verabschiedete und zurückzog.

Tatsurō und Kuramoto waren sichtlich erleichtert und tauschten vielsagende Blicke aus.

»Wenn du etwa glaubst, dass Papis Glanz auch hier scheint, hast du dich geschnitten!« Kuramoto packte Irabu am Hemdkragen.

»Glaub ich doch gar nicht«, sagte Irabu trotzig.

Tatsurō schaute sich um. Die Studenten waren noch da und folgten gebannt dem Geschehen. Es war ihm klar, dass der heutige Vorfall für immer Gesprächsthema auf dem Campus der Azabu-Gakuin-Universität sein würde. Der Einzige, der nie ein Sterbenswörtchen davon erführe, wäre Nomura.

Ganz plötzlich fingen Tatsurōs Unterarme an zu zittern. In Gedanken durchlebte er alles noch einmal. Seine Knie wurden weich, und er musste sich augenblicklich niederhocken. Alles ist gut gegangen – dem Himmel sei Dank! Er jubelte innerlich.

»Irabu! Eins sage ich dir, das war das letzte Mal, dass ich mich auf deine Spielchen eingelassen habe«, sagte er betont langsam.

»Ist schon recht. Irgendwann hat jeder Spaß ein Ende«, antwortete Irabu in aller Gemütsruhe.

Kuramoto ging zu Tatsurō, fingerte den Knallfächer aus der Innentasche seines Mantels, holte aus und schlug ihn mit Schwung auf Tatsurōs Kopf. Ein lauter Knall ertönte.

»Hey, das wollte ich doch tun!« Irabu stürzte sich auf ihn, und wieder gerieten sie aneinander.

Diesmal beteiligte sich auch Tatsurō an der Rauferei und verbündete sich mit Kuramoto gegen Irabu. Während Kuramoto ihn in den Schwitzkasten nahm, malträtierte Tatsurō seine Beine mit Pferdeküssen.

»Jetzt kriegst du, was du verdienst!«

Irabu quietschte ausgelassen.

Der Gong, der das Ende der Mittagspause einläutete, bedeutete das Ende der Rauferei. Es war fast zwanzig Jahre her, seit sie das letzte Mal so ausgelassen waren. Sie hatten sich wie wild im Gras gewälzt und lagen nun mit weit ausgestreckten Armen ächzend und stöhnend nebeneinander. Tatsurō wusste nicht, ob er lachen oder weinen sollte.

Als er am selben Abend mit seiner Familie beim Abendessen saß, brachte Hitomi das Thema »Kindergarten« zur Sprache.

»Ich bin für einen Kindergarten hier in der Nähe«, befand Tatsurō, »andernfalls müsstest du den Kleinen ja jedes Mal mit dem Auto hin- und herfahren.«

»Ja, das stimmt zwar, aber meine Mutter meinte, dass wir ihn in einen guten privaten Kindergarten geben sollten.«

»Takuya ist unser Kind, wir entscheiden darüber. Im Übrigen bevorzuge ich auch eine Grundschule hier im Distrikt.«

»Was? Hier in der Nähe?«

»Richtig. Ich finde, wir sollten ihn nicht zu sehr verwöhnen. Er soll aufwachsen wie Unkraut im Garten.«

»Was ist denn los mit dir? Du bist auf einmal so energisch ...« Hitomi zuckte mit den Schultern und aß weiter.

Plötzlich rülpste Takuya laut.

»Takuya, benimm dich!«, schalt ihn Hitomi.

Da hielt sich auch Tatsurō nicht länger zurück und rülpste extra laut. Der Kleine quiekte vor Vergnügen.

»Also wirklich, Tatsurō! Muss das sein?«

»Jetzt hab dich nicht so. Gute Manieren kann man ihm immer noch beibringen, wenn er größer ist.«

»Das sagt sich so leicht. Wenn er sich so etwas erst mal angewöhnt hat ...«

»Ich will dir mal was sagen. Wenn man immer nur darauf bedacht ist, den Schein und die äußere Form zu wahren, dann hat man's ziemlich schwer im Leben.«

»Und was bitte hat das mit Takuyas Aufstoßen zu tun?«

»Das ist nur ein Beispiel. Wenn man sich schon als Kind immer nur anständig benehmen muss, dann verlernt man irgendwann, sich mal so richtig gehen zu lassen.«

»Aber gute Manieren sind auch wichtig.«

In diesem Augenblick lief im Fernsehen eine Toupet-Werbung. Sofort rief der Kleine aus: »Opa!«

Eine Weile blieb es still im Zimmer.

»Puh«, sagte Hitomi schließlich, »offenbar hat er meinen Vater dabei beobachtet, wie er sich die Perücke aufgesetzt hat.«

»Ach so«, Tatsurō unterdrückte nur mit Mühe ein Lachen. Anscheinend war das auch für seine Frau kein angenehmes Thema.

»Tu so, als ob du von nichts wüsstest, ja?«

»Ja, ja.« Er schlug die Augen nieder und aß weiter.

»Ich seh doch, wie du lachst!«

»Aber du auch!«

Takuya blickte erstaunt zu seinen Eltern hoch. Tatsurō fiel ein Stein vom Herzen. Er und seine Frau waren sich wieder etwas näher gekommen.

Hot Corner

1

»BANDŌ VERLETZT – ERÖFFNUNGSSPIEL OHNE IHN?«
»DRITTER BASEMAN ZUVERSICHTLICH – AUFSTEIGER SUZUKI MELDET ANSPRÜCHE AUF STAMMPLATZ AN!«

In großen Lettern sprangen ihm die Schlagzeilen entgegen, daneben war ein Foto von ihm abgebildet, auf dem er ein verkniffenes Gesicht machte. Natürlich hatte man diese Aufnahme mit Absicht gewählt. Doch es kam noch schlimmer: Wie bei einer Karikatur war sein Kopf umrahmt mit nachträglich eingezeichneten Schweißtropfen, um deutlich zu machen, wie sehr er sich in Schwierigkeiten befand. Typisch Schmierenpresse! Hauptsache, sie konnten einen fertigmachen.

Shin'ichi Bandō atmete tief durch, knüllte die Zeitung zusammen und warf sie nach hinten auf den Rücksitz.

Er startete den Motor, stellte die Automatikschaltung auf D und gab Gas. Sein Mercedes der S-Klasse fuhr langsam an und ließ das Trainingsgelände in Tamagawa hinter sich. Die Frühlingssonne spiegelte sich auf der Kühlerhaube.

Er war vor einer Woche aus dem Trainingslager in Okinawa nach Tōkyō zurückgekehrt. Die Saisonvorbereitung hatte begonnen, und die erste Mannschaft war soeben im Kansai-Gebiet eingetroffen. Zum Trainingsgelände der *Tōkyō Cardigans* kamen nur die Nachwuchsspieler der zweiten Formation, die älteren Spieler und die Verletzten.

Shin'ichi gehörte zur letzten Kategorie. Als er über Schulterschmerzen klagte, wurde er aus dem ersten Kader genommen. Der Vereinsarzt konnte die Ursache der Schmerzen nicht feststellen. Die Röntgenaufnahmen brachten keine weiteren Aufschlüsse, und auch die Bluttests kamen ohne nennenswerte Ergebnisse zurück. Was auch kein Wunder war, denn Shin'ichi hatte gelogen. Die Schulter war in bester Ordnung, keine Schmerzen, nicht mal ein Jucken. Aber ohne diese Notlüge hätten die sensationsgeilen Journalisten Lunte gerochen. Außerdem wollte er verhindern, dass seine Kameraden spitzkriegten, was wirklich mit ihm los war. Er war im zehnten Jahr seiner Profilaufbahn als dritter Baseman und fürchtete nichts mehr als eine Zurückstufung zum ersten Baseman; er sah die schadenfrohen Gesichter bereits vor sich.

Es fing beim Trainingsspiel gegen die *Osaka Breakers* in Okinawa an. Im gegnerischen Team war Yazaki, sein Erzfeind seit seinen Anfängen in der Universitätsliga. Shin'ichi hasste ihn. Er war abstoßend, vulgär und unverschämt direkt, von seinem Pferdelachen gar nicht erst zu reden.

Als ein Tiefball zur dritten Base geschlagen wurde, dröhnte Yazakis Stimme über den ganzen Platz: »Hey, Bandō! Lass doch besser Suzuki ran!«

Shin'ichi ärgerte sich. Suzuki war der Neuling, der über den freien Spielermarkt in die Mannschaft gekommen war. Im Universitäts-Team war er der dritte Baseman, und mit seinem smarten Gesicht, das eher an einen Sänger aus einer dieser Boygroups als an einen Baseballspieler erinnerte, zog er das Interesse der Medien auf sich, für die er der neue Star war.

Im nächsten Augenblick misslang ihm der Wurf zur ersten Base.

Ausgerechnet jetzt! Er sah auf und blickte drohend zur gegnerischen Spielerbank hinüber.

»Mach dir nichts draus! Wenn du willst, stellen wir dir gerne einen Batter deiner Wahl zur Verfügung«, spottete Yazaki und hatte die Lacher auf seiner Seite. Shin'ichi wurde immer wütender. Er war drei Mal mit dem »Goldenen Handschuh« ausgezeichnet worden, so etwas musste er sich nicht bieten lassen.

Auch der nächste Batter schlug einen Tiefball zur dritten Base.

»Siehste! Da laufen sie schon!«, rief Yazaki.

Halt's Maul, dachte Shin'ichi. Er rannte los und nahm den Ball auf. Den Wurf zur zweiten Base würde er nicht schaffen, und so zielte er zur ersten Base.

Diesmal warf er einen Aufsetzer. Zu allem Übel driftete der Ball nach rechts ab und prallte gegen den Sitz des Kameramannes.

Yazaki hielt sich den Bauch vor Lachen.

Shin'ichi konnte es nicht fassen, nicht einmal in der Schülerliga hatte er so schlecht geworfen.

Von der Zuschauertribüne kamen die ersten Buhrufe. »Bandō! Was soll denn dieser Anfänger-Baseball?« – »Wir wollen Suzuki sehen!«, rief ein weiblicher Fan ohne Zurückhaltung. Sofort ahmte Yazaki ihre Stimme nach: »Wir wollen auch Suzuki sehen!« Wieder ertönte schallendes Gelächter.

Shin'ichi bebte vor Wut. Diese Schande – vor allen Leuten!

»Wenn Yazaki an der Reihe ist, dann schieß ihn ab!«, sagte er beim nächsten Wechsel wütend zum Werfer. Doch der junge Spieler machte ein verlegenes Gesicht und erwiderte mit einer kurzen, entschuldigenden Verbeugung: »Das kann ich nicht machen, wir waren früher im selben Team.«

Suzuki saß währenddessen auf der Spielerbank und fühlte sich offensichtlich unwohl angesichts der Situation. Ein attraktiver Kerl, musste selbst Shin'ichi zugeben.

Seit jenem Tag schien es um seine Ballkontrolle geschehen zu sein. Bei einer Defensivübung war es ihm nicht möglich, einen aufgenommenen Tiefball ordentlich zum Schlagmal weiterzuleiten. Immer war der Wurf entweder zu weit rechts oder zu weit links. Auch die anderen merkten bald, dass etwas nicht stimmte, und der Trainer fragte schließlich, was mit ihm los sei.

»Hm, ich weiß auch nicht. Ich hab so ein komisches Ziehen in der Schulter«, log er. Etwas Besseres fiel ihm in diesem Moment nicht ein. Der Trainer sah Shin'ichi an, dem die Farbe aus dem Gesicht gewichen war, und ordnete schließlich eine andere Trainingseinheit an.

Nachdem er nach Tōkyō zurückgekehrt war, vertraute er sich seinem engsten Freund, Fukuhara, an, der Werfer war. »Zu keinem ein Wort, hörst du!«, forderte er mit Nachdruck. Fukuhara war in derselben Saison wie er angeheuert worden, gehörte aber schon seit drei Jahren nicht mehr zu den Stammspielern.

»Jetzt nimm es dir nicht so zu Herzen«, sagte Fukuhara teilnahmsvoll, »denk lieber daran, dass du die Position des dritten Baseman im All-Star-Team praktisch gepachtet hast. Du bist der wichtigste Mann auf dem Spielfeld!«

Shin'ichi schluckte. Je höher man auf der Erfolgsleiter stieg, umso einsamer wurde man. Er konnte sich glücklich schätzen, einen Freund wie Fukuhara zu haben.

Als die beiden in einer Trainingshalle ein paar Schlagübungen machten, verfinsterte sich Fukuharas Miene zusehends. Kein einziger Ball landete im Auffangnetz hinter der ersten Base. »Hierher, Ban! Ist doch nicht dein Ernst?«, rief er mit kehliger Stimme.

Sie beschlossen, den Trainingsverlauf zu filmen, um herauszufinden, woran es lag. Als sie sich das Video anschauten, konnten sie aber nichts Außergewöhnliches feststellen. Sein Bewegungsablauf beim Ballzuspiel war wie immer.

Drei Tage lang trainierten sie, aber es wurde nicht besser. Schließlich legte Fukuhara seinem Freund nahe, einen Arzt aufzusuchen.

»Du wirst sehen, das hilft bestimmt. Bei dir ist es garantiert ein psychisches Problem, du solltest mal mit jemandem reden, der nichts mit Baseball zu tun hat. Einem Arzt kannst du offen sagen, was dich beschäftigt.«

»Ich wüsste nicht, was ich ihm erzählen soll. Ich habe keine Probleme«, erwiderte Shin'ichi eingeschnappt. »Ich schlafe nachts wie ein Baby.«

»Jetzt hab dich nicht so. In drei Wochen beginnt die Saison! In deinem jetzigen Zustand kannst du unmöglich spielen.«

Shin'ichis Schultern sackten nach unten. Sein Freund hatte Recht. Die Medien lauerten ja nur auf eine Gelegenheit, um ihren Liebling Suzuki auf die Titelseiten zu bringen. Da käme es ihnen nur gelegen, wenn man ihn auf die Ersatzbank verbannte.

Widerwillig versprach er, Fukuharas Rat zu befolgen. Aber er wollte keinesfalls zum Mannschaftsarzt gehen, da dieser der Vereinsführung gegenüber nicht an die Schweigepflicht gebunden war. Er musste sich also selbst auf die Suche machen.

Sein silberner Mercedes glitt durch die Stadt. Immer wenn er am Steuer seines Wagens saß, wurde er sentimental. Für viele blieb diese Luxuskarosse ein Traum, er hatte sie in bar bezahlt. Sein Jahreseinkommen betrug hundertfünfzig Millionen Yen. Er hatte eine Villa in bester Lage und eine wunderschöne Frau, die früher als Stewardess gearbeitet hatte. Ohne Baseball wäre er heute ein Niemand.

Noch fünf oder sechs gute Jahre gab er sich in diesem Sport. Ein Karriereknick zum jetzigen Zeitpunkt passte einfach nicht in seinen Plan.

Plötzlich sah er ein großes Schild vor sich: *Irabu-Klinik*. Komisch, das war ihm bisher gar nicht aufgefallen. Aber auf Krankenhäuser achtete man auch nicht, wenn man gesund war. Morgen könnte er ja mal vorbeischauen. Er seufzte. Es war einen Versuch wert, schaden würde es bestimmt nicht.

»Nur herein in die gute Stube!«

Als er an die Tür der Neurologie im Untergeschoss klopfte, ertönte aus dem Inneren eine fröhliche, aber gleichzeitig schrille Stimme. Sie schien Shin'ichi irgendwie fehl am Platze, und er studierte noch einmal das Schild an der Wand. Ohne Zweifel, hier war er richtig. Behutsam öffnete er die Tür.

Er trat ins Zimmer und erblickte einen korpulenten Arzt mittleren Alters, der im Schneidersitz auf einem Sessel hockte. Sein Grinsen war ihm unheimlich. Verunsichert blickte Shin'ichi auf sein Namensschild: *Dr. med. Ichirō Irabu.*

»Die Aufnahme hat mir gesagt, dass Sie professioneller Baseballspieler sind, richtig? Sagen Sie, wär's da nicht möglich, mir ein Autogramm von Ichirō zu besorgen?«

»Wie bitte?« Shin'ichi starrte den Arzt fassungslos an. Er hatte ein Doppelkinn, hinter dem man nur mit Mühe den Hals ausmachen konnte. Seine verfilzten, ungekämmten Haare waren mit Schuppen übersät, und er hatte Finger wie ein Sumoringer. Die Ähnlichkeit mit einem dicken Stofftier war verblüffend.

»Wenn Sie mir ein Autogramm verschaffen können, kriegen Sie zehn Spritzen gratis.«

»Also ... Ichirō spielt zur Zeit in Amerika, wir haben eigentlich keinen Kontakt mehr ...«

»Schade. Na gut, dann eben von Takanohana.«

»Den kenne ich nicht persönlich – außerdem ist er Sumoringer.«

»Wo Sie Recht haben, haben Sie Recht«, lachte Irabu und entblößte seine weißen Zähne.

Shin'ichi fühlte sich unbehaglich. War es üblich, dass Psychiater mit ihren Patienten herumalberten? Er nahm auf dem Hocker Platz.

»Nun gut, weswegen sind Sie eigentlich hier?«, fragte Irabu und schlug seine kurzen Beine übereinander.

»Ach ja, Herr Doktor, bevor ich Ihnen von meinen Problemen erzähle, hätte ich noch eine Frage«, räusperte sich Shin'ichi und senkte die Stimme. »Verstehen Sie etwas von Baseball?«

»Hm, ich kenne Ichirō und Matsui, aber sonst ...«

Er war erleichtert. Was er um jeden Preis vermeiden wollte, war, dass jemand mit seiner Popularität Geschäfte machte und Informationen an die Medien weitergab. Natürlich musste ein Arzt die Daten vertraulich behandeln, aber Shin'ichi wollte jedes Risiko vermeiden.

»Tja, dann wissen Sie auch nicht, wer ich bin?«

»Keine Ahnung. Ihr Gesicht ist mir völlig unbekannt.«

Das hätte man auch etwas weniger direkt ausdrücken können, dachte Shin'ichi. Aber schnell verdrängte er seinen Ärger und begann zu erzählen: von seiner fehlenden Ballkontrolle in letzter Zeit, von seinen Problemen, damit zurechtzukommen, und von der Furcht, nicht beim Eröffnungsspiel dabei sein zu dürfen. Er sagte Irabu auch, was er Fukuhara verschwiegen hatte: dass er vor Aufregung unter starken Atembeschwerden litt, noch bevor er seine Position an der dritten Base einnahm.

»Typischer Yips!«, sagte Irabu geradeheraus. »Der Putter-Yips beim Golf ist ja schon weithin bekannt. Ursprünglich trat dieses Phänomen bei Pianisten auf; ihre Finger wollten ihnen einfach nicht mehr gehorchen.«

Shin'ichi hatte schon davon gehört. Der Baseball-Kommentator Takashi Egami war eines Tages nicht mehr in Lage, beim Golfen den Ball einzulochen, ein unerklärliches Muskelzucken hinderte ihn daran. Auch er litt an Yips.

»Mit anderen Worten, die Befehle des Gehirns werden dem Körper nicht mehr richtig vermittelt, und so kommt es zu Bewegungsabläufen, die im Gegensatz zum eigenen Willen stehen.«

Irabu streckte seinen Hals wie ein Seelöwe und kratzte sich heftig. Mit stolzgeschwellter Brust wartete er die Reaktion des Patienten ab.

»Ihrer Ansicht nach liegt die Ursache offen zu Tage, wenn ich das richtig verstehe: Der Körper gehorcht dem Willen nicht mehr. Aber wir haben mittels eines Videos festgestellt, dass mit meinem Bewegungsablauf alles in Ordnung ist.«

»Aha, gut, dann also kein Yips-Syndrom.«

»Was?«

»Haben Sie vielleicht 'ne Erkältung?«

»Nein, warum ...«

»Ich glaube doch. Ihre Augen sind etwas gerötet. – Mayumi-chan, kommst du mal!«

Auf Irabus Rufen hin teilte sich der Vorhang vor der Patientenliege, und eine junge Krankenschwester in einem weißen Minirock trat hervor. In ihren Händen hielt sie ein Tablett, auf dem das Spritzbesteck lag. Mit missmutigem Gesicht zog sie den Inhalt der Ampulle in die Spritze.

Überrascht von der plötzlichen Wendung der Dinge brachte Shin'ichi kein Wort heraus. Was sollte das denn auf einmal? Er war doch hier in der Neurologie.

»Ein geschwächtes Immunsystem kann die Ursache für viele Krankheiten sein, auch für mangelnde Körperkontrolle.«

Shin'ichis linker Arm wurde auf dem Injektionstisch festgeschnallt.

»Also bitte, eine Sekunde mal, ja?«

»Keine Sorge. Bei uns gibt's die erste Spritze gratis.«

»Nein, das meinte ich eigentlich nicht ...«

Ohne weiter auf ihn zu achten setzte die Schwester die Injektion.

»Autsch!«, verzerrte er das Gesicht. Sein Blick fiel auf den einladenden Ausschnitt der freizügig geschnittenen Bluse. Unmittelbar vor ihm stierte Irabu wie hypnotisiert auf die Nadel, die noch in der Haut steckte.

Wo war er hier? Für einige Augenblicke verlor er das Gefühl für die Wirklichkeit und vergaß den Schmerz.

»Dann sehen wir uns morgen wieder. Ich möchte sicherheitshalber weitere Untersuchungen vornehmen«, drang Irabus Stimme in sein Bewusstsein.

»Hm«, hörte er sich zu seiner Überraschung sagen.

»Das wird schon wieder. Solange Sie den Ball nicht in die entgegengesetzte Richtung werfen und sich die Abweichungen noch innerhalb eines Winkels von neunzig Grad bewegen, besteht noch Hoffnung!«

»Was meinen Sie damit?«

»Keine Sorge, keine Sorge!« Wieder lachte Irabu schallend.

Shin'ichi versuchte, einen klaren Gedanken zu fassen. Er litt an einer Werferpsychose und war deswegen zum Neurologen gekommen. Alles klar, er war wieder er selbst.

»Ach übrigens, Herr Bandō, spielen Sie eigentlich schon seit Ihrer Kindheit Baseball?«

»Ja, sicher. Schon als Kind wollte ich Profi-Baseballer werden.«

»Also ich war ein miserabler Baseballspieler.«

Nur Baseball?, dachte Shin'ichi ungläubig und ließ seinen Blick über Irabus massigen Körper schweifen. Außer als Sumoringer war der doch nicht zu gebrauchen.

»Aber eigentlich hätte ich Lust, mal wieder ein paar Bälle zu werfen. Sie haben nicht zufällig einen Ball dabei, oder?«

»Zufällig doch, im Kofferraum habe ich alles, was man zum Baseballspielen braucht, Bälle, Schläger, Schutzausrüstung.«

»Ehrlich?« Irabus Augen funkelten. »Na los, dann spielen wir doch ein bisschen Fangball, ja?«

»Also, ehrlich gesagt, muss ich allmählich wieder nach Hause.«

»Ach, kommen Sie. Seien Sie kein Spielverderber.«

Er zupfte Shin'ichi am Ärmel und bettelte wie ein kleines Kind.

»Mayumi-chan! Ich mach für 'ne Weile die Praxis zu.«

»Kommt ohnehin keiner«, antwortete die Krankenschwester gelangweilt. Sie lag auf der Wartebank und blätterte desinteressiert in einer Zeitschrift.

Wo war er da nur hingeraten?, fragte sich Shin'ichi. Mit Irabu im Schlepptau verließ er das Behandlungszimmer.

»Junge, Junge! Solche Bälle benutzen also die Profis. Fühlt sich an wie ein Stein.« Irabu befühlte den Ball und klopfte ihn dann ein paar Mal an seinen Kopf. Shin'ichi konnte dabei ein sattes Geräusch vernehmen und fragte sich, wie es im Inneren von Irabus Schädel aussah.

Sie hatten sich im Innenhof der Klinik in Position gestellt.

»Okay, ich fange an!«, rief Irabu und schleuderte den Ball hoch in die Luft.

»Wo werfen Sie denn hin?«, tadelte Shin'ichi ihn und begab sich auf die Suche nach dem Ball.

»Entschuldigung. Hab mich ein bisschen verschätzt.«

Nun war Shin'ichi an der Reihe. Da sein Gegenüber ein Amateur war, warf er den Ball in hohem Bogen, damit er leicht zu fangen war.

»Na also! Wenn das mal kein Strike war!«, rief Irabu.

»Beim Fangball habe ich keine Probleme. Was mir nicht mehr gelingt, ist, den Ball nach dem Fangen weiterzupassen. Den muss ich nämlich schnell, hart und in einer geraden Linie werfen.«

»Aha, verstehe.«

Irabu startete seinen zweiten Wurfversuch. Diesmal schlug der Ball schon ein paar Meter vor Shin'ichi auf dem Boden auf und federte mehrere Meter neben ihm vorbei.

»Herr Doktor, Sie müssen darauf achten, in welche Richtung Sie werfen. Bei dieser geringen Entfernung ist es wirklich nicht nötig, mit aller Kraft zu werfen.«

»Seltsam. Irgendetwas stimmt nicht mit meiner Schulter.«

Von wegen! Shin'ichi hätte fast laut aufgelacht. Es lag wohl eher an mangelnder Bewegungskoordination. Unfassbar, dieser Typ.

Auch danach spotteten Irabus Würfe jeder Beschreibung. Shin'ichi blieb nichts anderes übrig, als die links und rechts neben ihm einschlagenden Bälle aufzusammeln. Er war ein Baseballprofi, dachte er verbittert, wie erbärmlich, dass er hier mit diesem seltsamen Doktor Fangball spielen musste. Die Patienten sahen von ihren Zimmern aus zu und freuten sich über die unverhoffte Abwechslung.

»Herr Bandō, werfen Sie mal einen Tiefball in diese Richtung, ich nehme ihn auf und werfe ihn dann zurück«, rief Irabu und deutet mit dem Finger auf eine zirka fünf Meter entfernte Stelle.

Was sollte das? Dieser Arzt war an Dreistigkeit wirklich nicht zu überbieten. Dabei konnte er noch nicht mal einen Ball geradeaus werfen! Aber gut, er wollte sich nicht auf eine Diskussion einlassen und feuerte einen Tiefball mit Verve nach rechts ab. Irabu hechelte so schnell es ihm möglich war dem Ball hinterher und nahm ihn mit dem Handschuh auf. Rasch wechselte er zur Wurfhand und warf den Ball zurück.

Der Ball schoss auf einer idealen Flugbahn genau auf Shin'ichis Brust zu.

»Mann, ich hab's geschafft!«, rief Irabu und wackelte vor Freude mit seinem massigen Körper.

Shin'ichi starrte den Mann an, der aussah wie ein Nilpferd in einem weißen Kittel. Ein blindes Huhn findet auch mal ein Korn, dachte er.

Beim nächsten Mal rollte er den Ball nach links. Irabu tänzelte zum Ball, schnappte ihn und warf ihn noch während er sich aufrichtete zurück.

Wieder landete der Ball genau in Brusthöhe in Shin'ichis Fanghandschuh.

»Sieh mal einer an! Baseball scheint mein Sport zu sein. Wirklich schade, ich hätte schon als Kind einer Baseballmannschaft beitreten sollen.«

Träumte der? Beim Fangball hatte er nichts, aber auch gar nichts gezeigt.

Sie machten weiter mit der Tiefballübung, und Shin'ichi warf einen Ball nach dem anderen, mal nach links, mal nach rechts. Nahezu alle Bälle wurden von Irabu in bester Strike-Manier zurückgespielt, manchmal sogar als Sprungwurf, auch wenn er ziemlich plump dabei wirkte.

»Vielleicht kann ich auch Profi-Baseballer werden?«, lachte Irabu und wischte sich den Schweiß von der Stirn.

In deinem Alter wohl kaum, dachte Shin'ichi. Trotzdem war er überrascht. Irabu war alles andere als unsportlich.

»Ich bin ganz schön geschafft. Spielen wir lieber wieder Fangball, ja?«

Aber da zeigte sich das alte Problem. Irabu konnte keinen geraden Ball werfen. Shin'ichi war erneut mit Bälle aufsammeln beschäftigt.

Er wurde aus diesem Typ einfach nicht schlau. Wie war das möglich? Schwierige Würfe meisterte er bravourös, aber die einfachen vermasselte er.

»Herr Doktor, wie wär's mit 'ner Pause?«

Irabu war inzwischen ziemlich aus der Puste, und so legten sie eine Pause ein und setzten sich auf die Wiese.

»Irgendwie seltsam. Aus dem Stand kann ich die Wurfrichtung einfach nicht kontrollieren.« Irabu schüttelte ratlos den Kopf.

»Sie hätten einfach da weitermachen sollen, wo Sie bei der Tiefballübung aufgehört haben.«

»Sagen Sie mal, Herr Bandō, was macht eigentlich die Ballbeherrschung aus?«

»Wenn Sie mich so fragen ...« Das traf ihn unvorbereitet. Er hatte sich bisher darüber noch keine Gedanken gemacht.

»Baseball unterscheidet sich von Tennis oder Golf dadurch, dass der Ball mit der Hand geworfen wird. Selbst eine perfekte Haltung garantiert noch lange nicht, dass der Ball da landet, wo man ihn haben will«, sinnierte Irabu weiter.

Genau das war es! Das war sein Problem.

Was machte die Ballbeherrschung aus? Shin'ichi hatte den Eindruck, dass er zum ersten Mal in seinem Leben auf ein Problem gestoßen war, auf das er nicht so einfach eine Antwort wusste.

2

»NEULING SUZUKI DREHT AUF!«
»JUNGSTAR VON ANFANG AN DABEI!«

Diese elenden Schmierfinken. Sie machten einen Riesenwirbel um diesen Schaukampf. Dabei hatte Suzuki gerade mal einen Treffer gegen einen zweitklassigen Werfer gelandet.

Shin'ichi knüllte die Sportzeitung zusammen und warf sie in hohem Bogen in den Mülleimer. Suzuki war ohne Zweifel ein guter Spieler, aber bei Würfen zum Corner zeigte er nicht die nötige Beharrlichkeit, sondern wurde nachlässig. Wenn es hart auf hart ging, konnte er dem Druck nicht standhalten.

Baseball war ein Sport, in dem Erfahrung alles war. Nicht umsonst waren die Profispieler auf dem Höhepunkt ihrer Karriere um die dreißig Jahre alt; man musste einfach eine gewisse Anzahl an Spielen bestritten haben.

Auch an diesem Tag absolvierte er zusammen mit Fukuhara ein Defensivtraining. Natürlich erst, als alle anderen schon gegangen waren.

»Ban, meinst du nicht, dass du deinen Körper etwas schonen solltest?«

Shin'ichi ging darauf nicht ein und forderte stattdessen den nächsten Ball. Wenn er untätig herumsitzen würde, würde er noch unruhiger werden. Er hatte die Hoffnung, dass er durch konstantes Training zu seinem Rhythmus zurückfinden und dass sich so sein Problem von selbst lösen würde. Stattdessen wurden seine Würfe immer unkontrollierter, und manchmal verfehlten sie die erste Base um gute zehn Meter. Fukuhara stand hilflos da und bedeutete ihm mit erhobenen Händen, dass er solche Bälle unmöglich fangen könnte.

»Ach, Ban, was hat der Arzt gesagt? Du warst doch bei einer Beratung, oder?«

»Der meinte, es wäre Yips.«

»Das habe ich auch gedacht! Du leidest an Werfer-Yips.«

»Jetzt erfinde bloß nicht gleich irgendwelche Krankheiten«, sagte Shin'ichi etwas gereizt.

»Nein, ehrlich! Du weißt das vielleicht nicht, aber Yips ist im Baseball weit verbreitet. Zum Beispiel Akigawa, der letztes Jahr aufgehört hat, oder Sekiyama von Nagoya und selbst Tanai, der nach Amerika gegangen ist, sie alle haben diese Erfahrung gemacht, so wahr ich hier stehe.«

»Ja?«

Shin'ichi hörte davon zum ersten Mal. Er war eigentlich davon ausgegangen, dass solche Krankheiten der Öffentlichkeit verschwiegen wurden.

»Auch Tanai hatte Yips als junger Spieler. Den meisten Trainern war das bekannt. Er war zwar als Innenfeldspieler engagiert worden, wechselte dann aber ins Außenfeld. Es heißt, der Grund dafür war Yips.«

»Wie soll ich das verstehen? Willst du damit sagen, dass meine Zukunft im Außenfeld ist?«

»Nicht doch!« Fukuhara verzog das Gesicht. »Ich habe lediglich gesagt, dass du nicht der Einzige bist, sonst nichts.«

Sie machten weiter mit dem Training. Geschlagene Bälle aufnehmen und weitergeben. Es wurde immer schlimmer. Schließlich versuchte er bewusst, Fukuhara abzuschießen, und zielte mit einem vorsichtigen Wurf genau auf dessen Brust, doch auch das ging daneben. Shin'ichi blickte verzweifelt nach oben. Es half alles nichts. Sein rechter Arm gehorchte ihm einfach nicht mehr.

Sie beendeten das Training und räumten auf. Anschließend gingen sie ins Dampfbad. Um die Muskeln zu entspannen, ließen sie sich im Entmüdungsbecken kräftig massieren. Das Clubhaus der *Cardigans* entsprach in puncto Serviceeinrichtungen einem Fünf-Sterne-Hotel.

Ein sanftes Licht breitete sich über den Marmorboden aus.

»Du hast bisher stets im Rampenlicht gestanden, Ban, stimmt doch?«, sagte Fukuhara, während er mit beiden Händen sein Gesicht mit warmem Wasser benetzte.

»Was meinst du damit?«

»Du warst doch schon in der Oberschule ein Star. Damals bei der Schulmeisterschaft hast du das Endspiel noch herumgerissen, daraufhin wurdest du unter die neun besten Spieler gewählt. Und schon im ersten Jahr deiner Profikarriere bist du Stammspieler geworden, seitdem stehst du Jahr für Jahr im All-Star-Team ...«

»Dafür habe ich auch hart gearbeitet!«, meinte Shin'ichi gereizt.

»Natürlich, ich habe nichts anderes behauptet. Aber aus meiner Perspektive ist das eine Karriere, wie man sie sich nur erträumen kann. Und sei ehrlich, du hast in all den Jahren nie auch nur einmal einen Rückschlag erlitten, wenn du verstehst, was ich meine ...«

»Willst du damit etwa sagen, dass ich dank Yips eine wertvolle Erfahrung gemacht habe?«

»So habe ich das nicht gemeint. Aber jemand, bei dem alles nach Wunsch läuft, hat manchmal eine begrenzte Wahrnehmung. Du weißt, dass ich seit Jahren im Reserveteam bin. In gewisser Hinsicht ist Yips dort gang und gäbe. Einige der Jungs schaffen es einfach nicht, auch nur bis in die Nähe der Homebase zu werfen, andere wiederum können keinen angetäuschten Wurf bringen, Fänger scheitern daran, dem Pitcher einen vernünftigen Ball zurückzuwerfen.«

Shin'ichi hörte schweigend zu. Er lehnte sich gegen den Beckenrand und fixierte die Decke.

»Als ich gemerkt habe, dass du noch nie etwas von einem Werfer-Yips gehört hast, war ich ziemlich erstaunt. Aha, Shin'ichi Bandō hat bisher in einer anderen Welt gelebt. Er weiß nicht, wie es denen geht, die sich am unteren Ende der Hierarchie abstrampeln.«

»Du tust gerade so, als hätte ich null Einfühlungsvermögen ...«

»Aber in gewissem Sinne stimmt das doch auch! Einer, dem von Anfang an alles gelingt, denkt doch nicht groß darüber nach, warum es ihm gelingt. Und wenn dann mal ein Rädchen ins Stocken gerät, dann hat er die größte Mühe, die Maschine wieder zum Laufen zu bringen.«

Shin'ichi war überrascht von dieser plötzlichen Ehrlichkeit und spritzte mit einer Hand Wasser in Fukuharas Richtung. Dann schwiegen sie für eine Weile.

»Aber gut, ich bin sicher, du bist in null Komma nichts wieder der Alte. Sobald du erst mal auf dem Spielfeld stehst, gibt es nur dich und den Ball, und dein Yips wird vergessen sein.«

»Schön wär's«, seufzte Shin'ichi. Nichts wünschte er sich sehnlicher. Er schloss die Augen und dachte plötzlich an Irabus Worte.

»Sag mal, Fukuhara, wie definierst du Ballkontrolle im Baseball?«

»Bitte? Was meinst du?«

»Na ja, das fiel mir eben ein. Beim Golf entscheiden die Härte des Schlages und der Winkel die Flugrichtung. Das ist beim Tennis oder Fußball ähnlich. Aber wenn man einen Ball mit den Händen wirft, dann hat dieser Vorgang seine eigenen Gesetze, oder? Schließlich schlägt oder tritt man nicht gegen den Ball, sondern schwingt ihn.«

»Junge, Junge, Ban. Du machst dir vielleicht Gedanken. Man wirft Dinge schon seit Menschengedenken.«

»Gut, aber es gibt Pitcher, die trotz einer optimalen Haltung keine richtige Ballkontrolle haben; wiederum andere pfeffern mit einer katastrophalen Wurfweise die Bälle punktgenau in die Ecke.«

»Jeder, wie er kann, Ban. Jetzt hör aber endlich auf damit, du machst dich noch verrückt.«

Shin'ichi tauchte seinen Kopf unter Wasser und atmete durch die Nase aus. Vor seinen Augen tanzten die Wasserblasen und erinnerten ihn in ihrer Ziellosigkeit an seine Wurfbälle.

»Mensch! Dann können wir ja wieder Fangball spielen!«

Als Shin'ichi nach dem Training bei Irabu vorbeischaute,

strahlte dieser über das ganze Gesicht. Irabu trug ein Parfüm, das nicht zu ihm passte.

»Inzwischen bin ich ein richtiger Baseballfan geworden.«

Dieser Typ war wirklich nicht reifer als ein fünfjähriges Kind.

»Herr Doktor, eigentlich bin ich gekommen, um Sie um Rat zu fragen.«

»Ach, das ist pure Zeitverschwendung. Um durch Reden geheilt zu werden, brauchen Sie keinen Arzt.«

Shin'ichi stutzte. Er versuchte, Irabus Worte in seinem Kopf zu ordnen. Was er sagte, klang absurd, doch andererseits schien daran auch ein Körnchen Wahrheit zu sein.

»Ich gebe Ihnen lieber eine Spritze. Mayumi-chan, kommst du mal eben!«

»Das ist nicht nötig, ich habe keine Erkältung.«

»Heute bekommen Sie eine Vitaminspritze. Vitaminmangel ist die Hauptursache für seelische Störungen.«

Ob dem wirklich so war? Shin'ichi war nicht ganz überzeugt davon, krempelte aber trotzdem widerspruchslos seinen Ärmel hoch. Er ließ die Injektion über sich ergehen, abgelenkt durch die prallen Schenkel der Krankenschwester.

Kaum war das erledigt, wurde er auch schon nach draußen in den Hof gezerrt. Irabu hatte diesmal seinen eigenen Schläger mitgebracht, einen sündhaft teuren Profibaseballschläger.

»Den habe ich mir bei Isetan gekauft«, strahlte Irabu. Shin'ichi fühlte sich auf einmal so kraftlos.

Sie spielten Fangball nach dem gewohnten Muster: Irabu warf, und Shin'ichi hastete nach links und nach rechts und sammelte die Bälle ein.

»Herr Doktor, versuchen Sie doch, den Arm von unten nach oben zu schwingen, dann kommt der Wurf gerade.«

»Etwa so?« Irabu tat, wie ihm geheißen, doch auch dieser Ball landete jenseits von gut und böse.

»Das gibt's doch gar nicht! Sind Ihre Gelenke verdreht?«

»Ich verstehe das auch nicht!«, schüttelte Irabu den Kopf.

»Konzentrieren wir uns lieber auf das Tiefball-Training. Da bin ich besser.«

Shin'ichi ließ den Ball zu Irabu hüpfen, der nahm ihn im Laufen auf und warf ihn pfeilgerade zurück.

Shin'ichi verstand es einfach nicht. Irabu war offensichtlich nicht in der Lage, einen Ball geradeaus zu werfen. Würde man ihm einen Schläger in die Hand drücken, würde er wohl einen in Brusthöhe platzierten Strike nicht treffen, hingegen einen völlig misslungenen Aufsetzer geradewegs in den Himmel schlagen.

»Sagen Sie, Herr Doktor, meinen Sie nicht, dass Sie eine seltsame Begabung haben?«

»Bei mir klappt's einfach besser, wenn ich mich bewege.«

Diese Worte stimmten Shin'ichi nachdenklich. Das, was er sagte, stand in völligem Gegensatz zur landläufigen Theorie. Aber vielleicht war es ja einen Versuch wert? Der legendäre Spieler und spätere Trainer der *Giants,* Shigeo Nagashima, war bekannt dafür, dass er seine Würfe zur ersten Base aus dem Lauf vollführte.

»Herr Doktor, werfen Sie einen Tiefball. Ich möchte etwas ausprobieren ...«

»Aber ja doch!«

Shin'ichi lief los, nahm den heranhüpfenden Ball auf und schleuderte ihn, ohne seinen Lauf zu verlangsamen, zurück.

Es ging schief, was auch zu erwarten war. Er war schließlich weder Nagashima noch Irabu. Moment mal, stutzte er wieder. Nagashima und Irabu? Gab es zwischen den beiden etwa Gemeinsamkeiten?

Er schlug vor, eine Pause einzulegen. Sie holten sich einen Energy Drink vom Automaten und setzten sich auf die Wiese.

»Herr Doktor, woran denken Sie eigentlich im Moment des Wurfes?«

»An gar nichts, warum?«

Natürlich, das hätte er sich denken können. Irabu war ja geradezu die Verkörperung gedankenloser Spontaneität.

»Um wieder auf gestern zurückzukommen, meinen Sie nicht, dass Kontrolle auch gewissen Regeln unterliegt?«, fragte Shin'ichi.

»Diesen Eindruck habe ich eigentlich nicht. Ist Kontrolle nicht viel mehr eine Art Eingebung, eine Inspiration?«

Eine Eingebung also. Daran hatte Shin'ichi auch schon gedacht.

»Einen Ball zu werfen – wenn man genauer darüber nachdenkt, ist das eigentlich ein unglaublicher Vorgang.« Irabu spielte mit dem Ball in seiner Hand. »Von den Schultern bis zu den Fingerspitzen verlaufen unzählige Muskelstränge, alle Bewegungen werden vom Gehirn gesteuert, und das innerhalb eines Augenblicks.«

Shin'ichi blickte auf seinen rechten Arm. Ohne Zweifel, der menschliche Körper, sein Körper leistete Außerordentliches.

»Um einen schnellen und präzisen Wurf abzufeuern, ist die Koordinierung der Muskeln des ganzen Körpers notwendig.«

Shin'ichi bewegte seine Finger. Ein Roboter könnte niemals derart geschickt sein, auch Tiere nicht. Die Hand des Menschen war ein biologisches Wunder.

»Wenn also nur ein Rädchen nicht richtig läuft, dann spielt die ganze Maschine verrückt.«

Da hatte Irabu zweifellos Recht. Nur welches Rädchen lief bei ihm selbst verkehrt? Seine Unruhe wuchs.

»Herr Doktor, ich möchte noch etwas ausprobieren«, sagte er, nahm den Ball in die Hand und erhob sich. Dann holte er weit aus und zielte auf das Wort »für« in der Aufschrift »Parken nur für Notfallpatienten« an der Mauer gegenüber.

Er verfehlte es um drei Meter.

Unfassbar! Er hob den Ball wieder auf und versuchte es erneut. Sein Herz schlug ihm bis zum Hals. Der Ball setzte einmal auf dem Boden auf, noch bevor er die Wand erreichte.

Das gibt's doch nicht!, brüllte es in ihm. Er konnte sich die Flugbahn des Balles auf einmal nicht mehr vorstellen. Es war, als wäre die Festplatte mit einem Schlag gelöscht worden.

»Herr Bandō, was ist denn los?« Irabus Stimme erreichte ihn nicht.

Er versagte beim Zupassen, er konnte noch nicht einmal mehr Fangball spielen. Ihm wurde schwarz vor Augen, seine Hände zitterten.

»ERSTER HOME RUN DER SAISON – SUZUKI TRUMPFT AUF!«
»120-METER-GESCHOSS, SUZUKI ENTSCHEIDET SPIEL«

Das Niveau dieser Schmierfinken sank mit jedem Tag, fluchte Shin'ichi. Wieso war ausgerechnet der Home Run bei einem Schaukampf ein Thema? Musste man so etwas überhaupt an die große Glocke hängen? Wieder knüllte er die Zeitung zusammen und warf sie in Richtung Müllkorb. Wieder daneben.

Shin'ichi ließ den Kopf hängen. Er war frustriert. Ein Baseballspieler, der keinen vernünftigen Ball werfen konnte, war so gut wie erledigt.

Er schüttete Fukuhara sein Herz aus, und als dieser das düstere Gesicht seines Freundes sah, riet er ihm, eine Auszeit zu nehmen. Doch davon wollte Shin'ichi nichts hören. Vom Nichtstun würde die Sache auch nicht besser werden.

»Ban, was hältst du davon, wenn du noch mal bei null anfängst?«

»Bei null?«, sagte Shin'ichi kraftlos.

»Ja. Du könntest aus der Windup-Position werfen, sie gehört schließlich zum Abc eines Pitchers.«

Die Idee hatte etwas für sich, musste er zugeben. Shin'ichi atmete tief durch und stellte sich gerade hin. Den Ball zwischen Fanghandschuh und rechter Hand hob er beide Arme über den Kopf und winkelte das linke Bein in Bauchhöhe an. Blitzschnell sprang er nach vorne und warf gleichzeitig den Ball mit der rechten Hand, noch bevor er mit dem linken Fuß aufkam.

Der Ball landete direkt in Fukuharas Fanghandschuh.

»Mensch! Ich hab's geschafft!« Vor Freude machte er einen

Luftsprung. »Fukuhara, hast du das gesehen!« Seine Stimme zitterte, und er hatte Tränen der Rührung in den Augen.

»Jetzt fang bloß nicht an zu heulen! Okay, jetzt versuchen wir's mal mit einer größeren Distanz.«

Auf Fukuharas Anweisung hin vergrößerten sie den Abstand. Doch die Entfernung spielte keine Rolle mehr. Shin'ichi warf einen Strike nach dem anderen.

»Okay, jetzt gebe ich alles, was ich habe!«

Er holte weit aus und schoss den Ball zu Fukuhara. Als der Ball in dessen Handschuh verschwand, schöpfte Shin'ichi wieder neue Hoffnung.

Die raue Stimme des Trainers Nemoto riss ihn aus seinen Gedanken.

»Na also, Ban! Die Schulter scheint ja wieder in Ordnung zu sein. Ich habe mir Sorgen gemacht und wollte deshalb nach dem Rechten sehen, aber du hast mich ja ganz schön aufs Glatteis geführt«, zwinkerte er ihm lachend zu.

»Na ja, ganz so ist es eigentlich nicht ...«, fing Shin'ichi an zu stottern.

»Der Neue, dieser Miller, ist plötzlich nach Amerika zurück, diese Flasche. Der Vater seiner Frau ist erkrankt, und er musste sie begleiten. Unverbesserlich, diese Amis, nehmen die Frauen wichtiger als ihre Arbeit.«

»Ach ja? Aber um ehrlich zu sein ...«

»Du bist jedenfalls beim Spiel gegen die *Breakers* im Shingû Stadion dabei, und zwar als dritter Baseman. Suzuki spielt zwar nicht schlecht, ist aber kräftemäßig noch auf dem Niveau eines Studenten. Seine Oberschenkel sind vor lauter Anstrengung geschwollen, da er sich übernommen hat. Wenn's hart auf hart geht, dann musst du ran. Zeig denen, wie man ein Spiel gewinnt!« Nemoto strich über seinen ansehnlichen Bauchansatz, lachte auf und stapfte davon.

Shin'ichi und Fukuhara sahen sich schweigend an. Um sicherzugehen, dass der Ablauf saß, warf er noch einen Wurf wie aus dem Lehrbuch. Der Ball verfehlte Fukuhara um Längen.

Kraftlos sank er zu Boden, legte sich mit ausgestreckten Armen auf den Rücken und stieß einen verzweifelten Schrei aus.

Am darauffolgenden Tag war schönstes Wetter. Das Stadion war restlos ausverkauft.

»Bist ja wieder völlig der Alte, habe ich gehört«, der Defensiv-Coach klopfte ihm auf die Schulter.

»Geht so«, erwiderte Shin'ichi mit gequältem Lächeln.

»Zeig Suzuki mal, wie's gemacht wird! Der hat ja immer noch steife Gelenke.«

Schon wieder Suzuki! Shin'ichi schnalzte ärgerlich mit der Zunge. Sogar der Coach wollte von Suzukis Popularität profitieren und sprach permanent von dem neuen Jungstar.

Als dieser gut aussehende Nachwuchsspieler engagiert wurde, war das vor allem von der Geschäftsleitung des Vereins sehr begrüßt worden.

Das Training kurz vor Spielbeginn bestand nur aus Schlagübungen, auf das Defensivtraining verzichtete man. Shin'ichi gab vor, dass sein Schnürsenkel gerissen wäre, und verzog sich in die Garderobe. Da er zu den alten Hasen gehörte, stellte man keine Fragen.

Im Gang stieß er mit Yazaki zusammen. »Sieh an, wieder von den Toten auferstanden«, bemerkte dieser süffisant. »Euer Suzuki ist ja ein richtiger Schönling. Sogar meine Frau verehrt ihn.«

»Aha. Das ist also der Preis, den man zahlt, wenn man mit einem Fernsehstar verheiratet ist. Da muss man wohl immer mit Seitensprüngen rechnen. Und der Jüngste bist du ja auch nicht mehr.«

Yazakis Gesichtsfarbe änderte sich schlagartig. Er schnaufte kurz und heftig durch die Nase, wandte sich ab und ging aufs Spielfeld.

Schließlich war es so weit, das Spiel sollte beginnen. Shin'ichi fühlte sich unwohl. Vielleicht war ein Gewitter in

Aussicht? Keine Wolke war am Himmel, nur zwei vergnügt zwitschernde Lerchen.

Ihr Gegner hatte das Angriffsrecht, und so verteilte sich Shin'ichis Mannschaft auf ihre Defensivpositionen. Als sie sich beim Einspielen die Bälle gegenseitig zuwarfen, nahm Shin'ichi bei jedem Wurf die Grundstellung ein und erntete dafür die verblüfften Blicke seiner Kollegen, die aber nichts weiter dazu sagten.

Kurz vor dem Anpfiff schlenderte Shin'ichi zum Pitcher-Hügel, wo ein Kamerad stand, der gleichzeitig mit ihm verpflichtet wurde und mit dem er sich gut verstand.

»He du, ich hab 'ne kleine Bitte an dich. Kannst du es arrangieren, dass heute kein Tiefball in Richtung dritte Base geschlagen wird?«

»Was?« Sein Gegenüber machte erst große Augen, grinste dann aber breit übers ganze Gesicht. »Immer zu Scherzen aufgelegt, alter Schlawiner!«

»Ne, im Ernst. Erinnerst du dich an Makita und das Superspiel der *Giants?* Er ließ keinen einzigen effektiven Schlag zu. Da kam nichts, aber auch gar nichts zur dritten Base. Damals war Nagashima der dritte Baseman. Makita wollte lieber nichts anbrennen lassen. So spielen echte Profis!«

»Alles klar, Chef!« Sein Teamkollege unterdrückte ein Lachen und nickte nur. Er schien ihn nicht ernst zu nehmen. Bedrückt ging Shin'ichi wieder zurück auf seine Position.

Das Spiel begann. Als der erste Batter sich postierte, fingen Shin'ichis Knie an zu zittern. Lass es einen hohen oder zumindest einen halbhohen Ball sein, alles, nur kein Tiefball, betete er zum Himmel. Er wurde erhört: Der Batter schlug drei Mal ins Leere.

Ihm fiel ein Stein vom Herzen. Doch wie lange mochte die Glückssträhne anhalten?

Der zweite Batter schlug einen Hochball in die Mitte. Bei jedem gelungenen Schlag zog sich Shin'ichis Brust zusammen.

Der dritte Batter war Yazaki. Während er mit dem Schläger

bedrohlich durch die Luft fuhr, warf er Shin'ichi böse Blicke zu. Das Energiebündel Yazaki war bekannt dafür, dass er nicht nur jeden Ball traf, sondern den Schläger auch voll durchzog.

Der erste Wurf des Pitchers flog genau zum Innenwinkel. Der metallische Klang beim Aufprall hallte über den Platz. Ein höllischer Tiefball steuerte auf Shin'ichi zu.

Er reagierte blitzschnell, sprang zur Seite und fing den Ball ab, stand wieder auf, drehte sich um und schleuderte ihn mit aller Kraft in Richtung erste Base.

Der Ball flog viel zu weit rechts. Das war's! Er war erledigt.

Doch es kam anders. Der Ball traf den im Lauf befindlichen Yazaki an der Seite, und zwar mit einer derartigen Wucht, dass er sich niederkauern musste und die schmerzende Hüfte hielt.

Wie? Das gab's doch nicht! Wie angewurzelt stand Shin'ichi auf dem künstlichen Rasen. Die anderen Spieler auf dem Feld waren ebenso erstaunt.

»Diese Drecksau!« Mit hochrotem Kopf erhob sich Yazaki. »Bandō, du hinterfotziger Lump! Das hast du mit Absicht gemacht!« Er schleuderte seinen Helm auf den Rasen und stürmte wie ein Wildschwein auf Shin'ichi los. Das Publikum pfiff und johlte.

Shin'ichi stand noch immer fassungslos da. Wie sollte er sich verhalten?

In einer plötzlichen Eingebung streifte er sich den Fanghandschuh ab und nahm eine Abwehrhaltung ein.

»Na komm doch, du Prolo!« Die Worte kamen einfach aus seinem Mund. Er wusste zwar immer noch nicht, wie ihm geschah, aber er hatte das Gefühl, dass es so am besten war.

Yazaki rammte ihn frontal. Noch während beide zu Boden stürzten, versetzte Shin'ichi ihm mit dem Ellbogen einen Stoß in den Rücken.

Im Nu waren auch die anderen Spieler zur Stelle, und es kam zu einem wüsten Handgemenge, das zu einer Massenschlägerei ausartete. Shin'ichi steckte mehrere Knüffe und Hiebe ein, die er postwendend zurückgab. Es war das erste

Mal, dass er im Zentrum einer Keilerei stand. Seine Mannschaftskameraden zogen ihn schließlich aus dem Gewühl, und augenblicklich hörte er den Schiedsrichter »Platzverweis!« brüllen.

»Was soll'n das. Der hat doch zuerst angefangen!«, fuhr Shin'ichi den Schiedsrichter an.

»Bandō! Das zahl ich dir heim, das schwör ich dir!« Yazaki wurde im Polizeigriff von seinen Teamgefährten weggeführt. Auch er war anscheinend vom Platz verbannt worden.

Ungeachtet der allgemeinen Aufregung freute Shin'ichi sich, dass er noch einmal davongekommen war. Das Spiel war für ihn zu Ende, ohne dass er sich lächerlich gemacht hätte. Die Medien würden zwar über ihn herfallen, aber diese Art von Publicity war immer noch besser, als vor aller Welt als Versager dazustehen.

3

»BANDŌ FÜR 5 SPIELE GESPERRT! –
SKANDAL IM SCHAUKAMPF«
»BANDŌ MIT 500.000 YEN STRAFE BELEGT –
DEADBALL ERREGT ZUSCHAUER«

Sein Foto war auf allen Titelseiten. Das hatte er nicht einmal geschafft, als er in einem Spiel vier Schläge hintereinander hatte, die ihn jeweils zur ersten, zweiten, dritten und dann schließlich zur Homebase brachten. Es war fast schon zum Lachen. Die Vereinsführung hielt sich bedeckt, aber vor Ort war die Stimmung prächtig. Nemoto, der selbst keine Art von Auseinandersetzung scheute, meinte anerkennend: »Mensch, Bandō. Das war nicht von schlechten Eltern!«, und klopfte ihm lachend auf die Schulter. Die Spieler, die Yazaki ohnehin nicht mochten, gratulierten ihm. Ab nun galt er als Draufgänger, der keinem Streit aus dem Weg ging.

Hätte schlimmer kommen können, dachte er. Hauptsache,

dieser Kelch war an ihm vorübergegangen. Die Sperre fasste er als eine Art Bewährung auf und war froh darüber.

Er knüllte die Zeitung zusammen und warf sie in hohem Bogen zum Papierkorb in der Ecke der Vorhalle. Der Ballen prallte von der Wand zurück und fiel auf den Fußboden.

»Na hören Sie mal! Das ist die Zeitung für unsere wartenden Patienten!«, schalt ihn eine ältere Krankenschwester mit grimmigem Gesicht. Mit rotem Kopf entschuldigte er sich.

Irabu hatte im Hof ein Übungsnetz für das Schlagtraining aufgebaut. Und er hatte sich eine vollständige Baseballausrüstung zugelegt. Es schien, als wäre er inzwischen völlig besessen von dem Sport. »Herr Bandō! Heute steht Batting auf dem Programm!«, strahlte er.

Was bildete der sich eigentlich ein? Hatte der nichts zu tun?, dachte Shin'ichi.

»Herr Doktor, ich kann schon seit einigen Tagen nicht mehr richtig schlafen. Können Sie mir nicht ein Schlafmittel verschreiben?«

»Klar doch! Ich gebe Ihnen anschließend eine ganze Jahresration mit. Das Haltbarkeitsdatum ist allerdings schon etwas überschritten. Wir haben mehr als genug davon, Sie können das Zeug haben.«

Shin'ichi verspürte wieder diesen Druck im Kopf. Kopfwehtabletten wären auch nicht schlecht, überlegte er.

»Nun kommen Sie! Lassen Sie uns endlich anfangen.« Irabu nahm seine Stellung ein. Widerwillig ließ Shin'ichi sich auf ein einfaches Schlagtraining ein, bei dem die Bälle nur vorsichtig geworfen wurden.

Behutsam warf er den ersten Ball, und Irabu holte aus. Er schlug ins Leere. Und nicht nur das, der Ball verfehlte den Schläger um gute dreißig Zentimeter.

»Herr Doktor, Sie müssen auf den Ball schauen!«, wies er ihn mürrisch zurecht.

»Ich versteh das nicht. Ich hab den Ball nicht aus den Augen gelassen.«

»Sie halten Ihren Oberkörper nicht richtig, er ist viel zu schlaff. Stellen Sie sich vor, Sie hätten ein Eisenrohr anstelle der Wirbelsäule. Genau in dieser durchgestreckten Haltung müssen Sie den Ball schlagen.«

»Hm, verstehe.«

Aber offensichtlich nicht. Irabus Timing, wenn man davon überhaupt sprechen konnte, war katastrophal. Dazu hatte er einen entsetzlichen Überschwung.

»Stopp! Geben Sie mir mal den Schläger!« Shin'ichi war genervt.

Kurz und hart schmetterte er den von Irabu zugeworfenen Ball ins Netz. Sein ganzer Frust lag in diesem Schlag. Der metallene Klang des Schlägers hallte über das Gelände. Er fühlte sich von Schlag zu Schlag besser. Nun machte er einen großen Schritt, stemmte beide Beine fest auf den Boden und holte zu einem kräftigen Schlag aus. Das neue Fangnetz bog sich weit nach hinten.

»Mann, Wahnsinn! Daran erkennt man den Profi!«, klatschte Irabu begeistert in die Hände. Shin'ichi fühlte sich frischer, nachdem er Dampf abgelassen hatte.

Kein Grund, sich Sorgen zu machen, auch als Batter war er unübertroffen: Er wies innerhalb von neun Jahren drei Mal eine Saisonschlagquote von dreißig Prozent auf.

»Sie haben eben gesagt, dass ich den Ball beim Schlagen nicht aus den Augen lassen soll. Das würde aber bedeuten, dass man ihn bis zum Moment des Aufpralls verfolgt. Würde man dem Ball tatsächlich bis zum Schluss folgen, käme der Schwung um das nötige Quäntchen zu spät.«

Shin'ichi konnte dem nichts entgegensetzen.

»Batting heißt also, dass man einen Ball, der mit hundertfünfzig Kilometer pro Stunde unterwegs ist, bis zu einem gewissen Punkt mit den Augen verfolgt und dann instinktiv schlägt, richtig?«

Instinktiv? Besaß Irabu tatsächlich fundierte Kenntnisse, oder war es einfach nur dummes Geschwätz?

»Ich meine, die Wahrscheinlichkeit, den Ball mit dem Kern des Schlägers zu treffen, also an der Idealstelle, liegt doch bei eins zu hunderttausend, oder etwa nicht?«

Shin'ichi wurde mulmig zumute. Der Schläger in seiner Hand wurde plötzlich zu einem merkwürdigen Instrument. Wer in aller Welt hatte so ein Ding erfunden? Warum übernahm man nicht die Form des Tennisschlägers? In seinem Kopf breitete sich ein dunstiger Schleier seltsamer Empfindungen aus. Er schluckte, und wieder ergriff ihn eine böse Vorahnung.

»Herr Doktor, werfen Sie noch einmal, bitte.«

Er heftete seine Augen auf den Ball, holte aus und schlug vorbei.

Ein Schauer lief ihm über den Rücken. »Noch einmal!« Seine Stimme zitterte.

Auch der nächste Schlag ging ins Leere. »Noch mal!«, rief er panisch.

Wieder daneben. »Noch mal!« Nun brüllte er.

Es half nichts. Der Ball flog an ihm vorbei.

»Verflucht!« Ein Schrei der Verzweiflung entrang sich seiner Kehle. »Sie sagen nur Dinge, die mich verrückt machen! Durch Ihr Geschwätz bin ich inzwischen voller Selbstzweifel!«

»Das ist doch nicht meine Schuld!« Irabu schürzte die Lippen.

»Was soll ich denn morgen tun?«

»Keine Sorge, ist ja nicht das Ende der Welt.«

Ihm wurde schwindlig, und er musste sich niederhocken. Nun traf er noch nicht einmal mehr einen leichten Ball. Er war ein Versager. Wie konnte es nur so weit kommen? Noch vor wenigen Wochen war er der wichtigste Spieler im Team.

Er ließ sich auf den Rücken fallen und streckte Arme und Beine weit von sich, bedeckt von den unwissenden Strahlen der Frühlingssonne.

»Ich habe dir doch gesagt, du sollst dich ausruhen!«, sagte Fukuhara und blickte ihn vorwurfsvoll an.

»Wenn sich dadurch irgendetwas ändern würde, würde ich deinen Rat befolgen. Aber wenn ich zu Hause herumhocke, vergesse ich womöglich, wie man Baseball spielt. Verstehst du? Ich kann mir den Ablauf nicht mehr bildlich vorstellen, so weit ist es inzwischen mit mir gekommen. Wenn ich gar nichts mache, dann kann ich mir irgendwann nicht einmal mehr die Baseballschuhe ordentlich zubinden.«

»Du denkst einfach zu viel. Wie lange spielst du jetzt schon Baseball? Zwanzig Jahre? Du hast vielleicht eine mentale Blockadc, aber dein Körper vergisst nicht, glaube mir. Zur Zeit ist dein Kopf deinem Körper einfach im Weg.«

»Das kann schon sein ... aber lassen wir das jetzt, trainieren wir lieber. Ich fang noch mal ganz von vorne an.«

Mit geschultertem Baseballschläger ging er zum Schlagplatz. Fukuhara schüttelte stumm den Kopf.

Sie begannen noch einmal mit dem Grundlagentraining, dem so genannten Tee-Batting. Er legte einen Ball auf die Spitze des Baseballschlägers, warf ihn hoch und schwang den Schläger. Er traf. Ein zentnerschwerer Stein fiel ihm vom Herzen. Grundwürfe und einen stillliegenden Ball schlagen, das waren also seine derzeitigen Möglichkeiten.

»Ban, jetzt hör aber mal auf.« Fukuhara verzog das Gesicht.

In diesem Augenblick kam eine lärmende Gruppe in die Trainingshalle. Es waren der Coach und die neu engagierten, jungen Spieler.

»Hallo, Ban. Du hast bestimmt nichts dagegen, wenn wir uns ein bisschen breitmachen, ja? Wir wollen mal ungestört trainieren. Draußen stehen wir andauernd unter Beobachtung, überall sind Presseleute, da können sich die armen Jungs ja gar nicht richtig konzentrieren.«

»Natürlich, bitte ...« Er räumte die Bälle weg und verließ den Schlagplatz.

Suzuki verbeugte sich zurückhaltend. Er nahm dabei höflich seine Kappe ab, und Shin'ichi sah, wie sein hellbraun gefärbtes Haar auf die Schulter fiel.

Die Zeiten haben sich geändert, dachte Shin'ichi. Früher war es undenkbar, als Neuling mit langen Haaren herumzulaufen. Und dass man die älteren Spieler vom Platz schickte, um die jüngeren trainieren zu lassen, das gab es schon gleich gar nicht. Die Vereinsführung verwöhnte die Jungspunde einfach zu sehr.

Ein junger, unverheirateter Spieler hatte automatisch eine Schar weiblicher Fans. Für die Geschäftsabteilung war das manchmal wichtiger als seine Leistung auf dem Platz. Shin'ichi setzte sich auf eine Bank seitlich vom Netz und schüttete einen Energy Drink in sich hinein. Er sah sich das Defensivtraining der Neulinge an. In unmittelbarer Nähe stand Suzuki an der dritten Base und fing Bälle.

Die Grundlagen hatte er intus, aber die Fanghand war noch zu steif. Auch die Würfe gingen ihm nicht glatt von der Hand. Er hatte noch nicht genügend Spielpraxis. Das Fangen des Balles und die Weitergabe mussten eine einzige fließende Bewegung sein.

Shin'ichi selbst erging es in seinem ersten Jahr nicht anders. Der damalige Trainer hatte bei seinen Fehlwürfen beide Augen zugedrückt, und nur deswegen konnte er so schnell zum Stammspieler aufsteigen.

Ein weiterer Ball wurde geschlagen. Diesmal sprang er kurz vor Suzuki auf und drehte die Richtung. Der junge Spieler schätzte die Flugbahn des Balles falsch ein, und der Ball flog an seinem Handschuh vorbei und traf ihn mitten ins Gesicht.

Shin'ichi erstarrte. Es schien, als hätte der Ball Suzuki direkt am Auge getroffen. Suzuki hielt beide Hände vor das Gesicht und glitt zu Boden.

»Hey, Suzuki! Was ist passiert?«, brüllte der Coach und kam sofort angelaufen. »Wasser und ein Handtuch, schnell!«, ordnete er an.

Einer der Neulinge lief zu Suzuki, und auch die anderen Spieler fanden sich ein und bildeten einen Kreis um den verletzten Kameraden.

Shin'ichi stand nun auch auf. Er streckte sich kurz und ging schließlich zu der Menschentraube, um zu erfahren, was los war. Eine Verletzung am Auge konnte das Ende der kaum begonnenen Karriere bedeuten.

Kaum hatte er den Gedanken zu Ende gedacht, machte sich in ihm ein Gefühl der Erleichterung breit. Er hob den Ball auf, der Suzuki getroffen hatte, und warf ihn ohne weiter nachzudenken zum Fänger, der an der Homebase stehen geblieben war. Der weiße Ball beschrieb einen schönen Bogen und landete genau im Fanghandschuh. Ein glatter Strike!

Nanu? Shin'ichi hielt inne. Für einen Augenblick herrschte in seinem Kopf völlige Leere. Er hatte ohne auf seine Haltung zu achten geworfen, ein müheloser, noch dazu gelungener Wurf. Ein unglaubliches Glücksgefühl durchströmte seinen Körper.

Hastig schaute er sich nach Fukuhara um. Der war gerade dabei, hinter dem Netz die letzten Sachen zusammenzuklauben. Shin'ichi lief zu ihm hin, packte ihn am Trikot und bat ihn, ein paar Bälle mit ihm zu werfen.

»Wieso jetzt?«, antwortete dieser und zog leicht genervt die Augenbrauen hoch.

»Ich hatte gerade so ein Gefühl, als wär ich da auf etwas gestoßen. Ich will mich nur schnell vergewissern, bevor es wieder weg ist.«

Neugierig geworden streifte sich Fukuhara wieder den Fanghandschuh über und folgte dem Freund.

Ohne auf die Grundstellung zu achten, schleuderte Shin'ichi den Ball und warf einen Strike. Der Ball landete genau da, wo er ihn haben wollte. Er warf den nächsten Ball aus der Seitenposition, einen weiteren aus dem Handgelenk. Jedes Mal ein Strike! Ihm wurde von Wurf zu Wurf leichter ums Herz.

»Mann, ich bin wieder da!«, rief er und führte einen Freudentanz auf.

Fukuharas Miene hellte sich auf. »Sieh mal einer an. Ein Comeback aus heiterem Himmel. Du bist mir vielleicht einer.«

Shin'ichi glaubte, dass er nun auch in der Lage war, einen geschlagenen Ball zu fangen und zu werfen. Nein, er war sich sicher. Er sah es deutlich vor sich.

Vom Spielfeld drang lautes Gelächter herüber.

»Mensch, Suzuki. Da hast du uns aber einen schönen Schrecken eingejagt. Wir dachten schon, es hätte dein Auge erwischt«, sagte der Coach erleichtert.

Shin'ichi und Fukuhara gingen zurück und sahen, wie Suzuki sich mit einer Verbeugung entschuldigte. Die Spieler um ihn herum waren wieder guter Dinge

»Solange es nur 'ne Beule ist, ist's ja nicht weiter schlimm. Soll ich vielleicht ein bisschen Spucke draufmachen?«, grinste der Coach seinen Schützling an.

»Nein, danke. Es geht schon wieder.« Suzuki brachte schnell etwas Abstand zwischen sich und den Coach, der Anstalten machte, seinen Vorschlag in die Tat umzusetzen. Die Menge um sie herum johlte.

Also nur eine Beule, dachte Shin'ichi. Und deswegen machte der hier so einen Aufstand. Er seufzte. Aber gut, es war vielleicht besser so. Ein Jungstar, der schon zu Beginn seiner Karriere strauchelte, wäre wohl für die ganze Baseballwelt ein Verlust.

Er warf einen Ball. Dieser zischte in einiger Entfernung an Fukuhara vorbei.

»Was denn? Schon wieder?«, wunderte sich Fukuhara und lief zum Ball, um ihn aufzuheben. Shin'ichi war innerhalb eines Augenblicks wieder da, wo er vor ein paar Minuten gewesen war.

Er ließ den Kopf hängen und fühlte sich unendlich schlapp.

Er spürte eine Unruhe in der hintersten Ecke seines Herzens, die er bisher ignoriert hatte. Sein Stolz hatte es nicht erlaubt, sie wahrzunehmen. Aber jetzt konnte er nicht mehr davonlaufen, er musste sich zu ihr bekennen.

Als Suzuki zu den *Cardigans* stieß, empfand Shin'ichi diese Unruhe nur undeutlich. Er verfolgte die Anfänge seines Erfolges im Fernsehen, sah, wie sich die jungen Moderatorinnen an ihn ranschmissen. Da fühlte er zum ersten Mal so etwas wie Ärger hochsteigen. Für die Medien war ein junger und noch dazu so gut aussehender Spieler wie Suzuki ein gefundenes Fressen, und sie berichteten fast nur noch über den neuen Star. Shin'ichi blieb dabei links liegen, und er konnte nicht akzeptieren, dass seine sportlichen Leistungen plötzlich uninteressant geworden waren.

Er war eifersüchtig. Aber nicht nur das: Er hatte Angst.

»Das müssen Sie sich unbedingt ansehen!« Im Behandlungszimmer breitete Irabu sein neues Trikot aus. Auf der Brust stand in großen Lettern *Doctors*. Sollte das ein Witz sein? An den Ärmeln befand sich das Logo von Louis Vuitton.

»Bei uns im Krankenhaus gibt es ein Baseballteam, und da bin ich jetzt Mitglied. Ich habe aber eine besondere Uniform.«

»Aha, na das ist ja schön für Sie«, antwortete Shin'ichi teilnahmslos.

»Die gesamte Ausrüstung habe ich mit Geldern aus dem Krankenhausbudget finanziert und gesponsert. Dafür darf ich im nächsten Spiel als dritter Baseman mitmachen.«

»Da spielen Sie ja in einem tollen Team.« Die Ironie in Shin'ichis Worten prallte an Irabu ab wie an einem Baum.

»Herr Bandō, warum denn so düster?«

»Ich habe ja wohl allen Grund dazu!«, fauchte Shin'ichi ihn geradezu an. »Dieser Yips macht mich fertig, ich bin am Ende meiner Kräfte, sehen Sie das nicht!«

»Nehmen Sie das doch nicht so schwer.«

»Ich nehm's aber schwer!«, erwiderte er und warf Irabu einen zornigen Blick zu.

»Wenn Sie so weitermachen, vergessen Sie noch, wie man geht.«

»Bitte? Was meinen Sie?«

»Ich hatte mal einen Patienten, der hatte das Gehen verlernt. Immer wenn er das rechte Bein nach vorne setzte, streckte er gleichzeitig seinen rechten Arm aus. Er ging wie ein Roboter aus meiner Praxis.«

Shin'ichi stellte sich das bildlich vor. Er schluckte. Nein, besser schnell wieder verdrängen, in seinem jetzigen Zustand reichte allein schon der Gedanke an etwas, um davon infiziert zu werden.

»Herr Bandō, gehen Sie doch mal herum, nur zum Spaß. Sind Sie sicher, dass Sie's noch richtig können?«

»Warum sagen Sie so etwas?« Er schob den Unterkiefer protestierend vor, aber um sicherzugehen, wollte er es gleich mal ausprobieren.

Er erhob sich, sah auf seine Füße. Also, zuerst den rechten Fuß nach vorne. Er tat einen Schritt, aber automatisch bewegte sich sein rechter Arm mit.

»Das gibt's doch nicht!«, schrie er auf. Er bewegte sich wie ein Roboter.

Irabu hielt sich den Bauch vor Lachen. »Ich hab's doch gesagt. Sie sollen sich nicht alles so zu Herzen nehmen.«

»Warum tun Sie mir das an!« Shin'ichis Gesicht glühte.

»Mayumi! Komm doch mal, bitte. Und bring 'ne Spritze mit, die größte, die wir haben.«

Die Krankenschwester kam mit einem Ungetüm von einer Spritze, die für einen Elefanten gereicht hätte.

Shin'ichi bekam es mit der Angst zu tun und nahm Reißaus.

»Da kenn sich einer aus! Er soll bloß gehen, und nun rennt er sogar.«

Shin'ichi besann sich und blieb an der Tür stehen. Wieder fühlte er sich unendlich ausgelaugt.

»Herr Doktor, würden Sie bitte damit aufhören!«, sagte er unbeherrscht.

»Yips zeigt sich vor allem bei Leuten, die zu einer negativen Haltung tendieren.«

»So können Sie dennoch nicht mit Patienten umspringen.

Ich bin schließlich hergekommen, um von Ihnen beraten zu werden.«

»Was denn, Herr Bandō? Haben Sie mir etwas mitzuteilen?«

»Hatte ich. Aber jetzt nicht mehr. Ich suche mir einen neuen Therapeuten.«

»Ach bitte! Sagen Sie doch so etwas nicht.« Irabus Stimme war auf einmal wieder ganz sanft. Er zupfte Shin'ichi am Ärmel und sah ihn flehend an, sodass der sich augenblicklich unbehaglich fühlte.

»Jetzt, wo wir schon Freunde geworden sind!«

»Wer ist hier wessen Freund?« Shin'ichi riss sich los.

»Na gut. Ich gebe Ihnen ein altes Endoskop. Das können Sie für heimliche Aufnahmen benutzen.«

»Brauch ich nicht!«

»Einen Röntgenapparat?«

»Auch nicht!«

Shin'ichi hatte das Gefühl, gleich zu kollabieren. Mit beiden Händen rieb er sich das Gesicht. Irabu konnte man schon nicht mehr als Sonderling bezeichnen. Er befand sich jenseits jeglicher Normen, die der gesunde Menschenverstand für wichtig erachtet.

War er überhaupt mit menschlichen Maßstäben zu messen? War er nicht vielmehr ein Gespenst, das im Keller des Krankenhauses sein böses Spiel mit den Patienten trieb, die sich in den Tiefen verirrt hatten?

Er hob den Kopf und blickte in Irabus Gesicht. Der grinste ihn breit an.

»Kommen Sie, erzählen Sie's mir!«

»Na ja, das ist so ...« Und die Worte sprudelten nur so aus ihm heraus.

»Na also! Da haben wir ja einen triftigen Grund!« Irabu verschränkte die Arme hinter dem Kopf und lehnte sich in seinem Sessel zurück. »Profis haben's wirklich nicht einfach.«

Shin'ichi hatte ihm seine Antipathie gegenüber dem Neuling Suzuki gebeichtet; wie er sich ärgerte, dass dieser weniger mit seinen sportlichen Leistungen als mit seinem Aussehen zum Liebling aller wurde; über seine Unzufriedenheit mit dem Management, das die verdienstvollen Spieler vernachlässigte. Shin'ichi ließ nichts aus. Was wohl auch damit zu tun hatte, dass sein Zuhörer Irabu hieß. Bei einem normalen Arzt hätte er sich wohl in ein besseres Licht gerückt und seine Schwächen verschwiegen. Es störte ihn nicht, dass Irabu nun seine geheimsten Gedanken kannte.

»Jetzt, wo wir die Ursache kennen, ist alles Weitere ein Kinderspiel. Wir müssen einfach die Ursache beseitigen.«

»Beseitigen?« Shin'ichi horchte auf. »Gibt es da entsprechende Methoden?«

»Klar. Die einfachste wäre, wenn dieser Neuling sich verletzen würde.«

»Wie soll man denn das bewerkstelligen?«

»Nichts leichter als das – mit einem Überfall. Wir heuern irgendeinen Ausländer aus dem Ueno-Park an, geben ihm dreißigtausend Yen, und der erledigt das für uns.«

Shin'ichi sah Irabu an. Dieser schien nicht zu scherzen.

»Uns liegt natürlich nicht daran, dass er nie wieder spielen kann, doch ein Jahr oder zwei könnte man ihn schon aus dem Verkehr ziehen. Die Medien werden bald das Interesse verlieren. Diesem Grünschnabel muss man gleich am Anfang den Zahn ziehen, danach verschwindet er von selbst.«

»Also hören Sie mal ...«

»Wir leben in einer Welt, in der der Starke den Schwachen frisst. Die Netten sind heutzutage die Verlierer.«

»Schön und gut, aber wie man's dreht und wendet, ein Überfall kommt ja wohl kaum in Frage.«

»Wir könnten ihm ein bisschen was ins Essen mischen?«

»Ausgeschlossen!«

»Tja, dann kann man nichts machen. Dann bleibt alles, wie es ist.«

Shin'ichi schwieg. Was dachte der sich eigentlich? Das war ein Kapitalverbrechen. Wenn das rauskäme, wäre das ein Skandal, wie ihn die Welt noch nicht erlebt hätte.

Trotzdem musste er zugeben, dass er im Grunde seines Herzens nicht abgeneigt war. Tatsächlich war es das, was er sich schon die ganze Zeit gewünscht hatte.

»Na ja, Grübeln allein hat noch nichts verändert. Spielen wir ein bisschen?«

»Schon wieder?«

»Warum nicht! Kommen Sie, sehen Sie es als Sondertraining!«

Im Innenhof absolvierten sie ein Schlagtraining. Shin'ichi war derjenige, der die Bälle warf. Irabu zeigte nicht die geringsten Fortschritte. Die meisten Schläge gingen ins Leere, sein Überschwung war nicht zu korrigieren. Trotzdem schien es ihm Spaß zu machen. Seine Augen funkelten vor Begeisterung.

4

»NORIKO FUJIWARA SCHARF AUF SUZUKI? – HEISSE BLICKE AUF DEN JUNGSTAR«
»FOTO ZU ZWEIT – MAG NORIKO JÜNGERE MÄNNER?«

Die Zeitungen waren voll mit Meldungen dieser Art. Dabei hatte sich der Fernsehstar lediglich ein Training angeschaut. Und das wohl auch nur, um in die Schlagzeilen zu kommen.

Shin'ichi seufzte, faltete die Zeitung zusammen und legte sie neben sich auf die Bank.

Kurz vor dem eigentlichen Beginn der Saison kam das Team nach Tōkyō und bereitete sich in aller Ruhe auf das erste Spiel vor. Während dieser Zeit gab es nur einige Schaukämpfe in der Umgebung von Tōkyō. Auf dem Trainingsgelände der *Cardigans* waren die erste und die zweite Mannschaft versammelt. Shin'ichi war nicht mit von der Partie. Diesmal hatte er vorgegeben, dass sein Handgelenk schmerzte. Bei Gelenkproblemen war man sowohl vom Schlag- als auch vom Defensivtraining befreit. Als er Irabu um Hilfe bat, stellte der ihm ein Attest mit der Diagnose Sehnenscheidenentzündung aus. Der Coach nahm es zur Kenntnis und wünschte ihm ohne große Anteilnahme gute Besserung.

Der Trainer Nemoto dagegen machte ein mürrisches Gesicht. »Ich bin zwar jemand, der auch mal wegsieht, wenn ein Spieler Probleme hat oder etwas über die Stränge schlägt, aber man sollte meine Gutmütigkeit nicht ausnutzen. Ich kann keinen Spieler gebrauchen, der seinen Körper nicht fit hält.«

Das war zu erwarten. Ihm blieb die Antwort im Halse stecken. Selbst ein Stammspieler wie Shin'ichi durfte nicht ewig auf Verständnis hoffen. Da er nicht einfach faul herumsitzen konnte, machte er mit Fukuhara ein leichtes Lauftraining auf dem Außenfeld.

»Ban, warum sagst du ihnen nicht einfach, was wirklich mit dir los ist? Wer weiß, dann findet sich vielleicht sogar eine Lösung für dein Problem.«

»Machst du Witze? Damit alle darüber Bescheid wissen? Dann hör ich besser gleich mit dem Baseball auf!«

Tatsächlich hatte er schon mit diesem Gedanken gespielt. In seiner momentanen Verfassung schien ihm das der einzige Ausweg zu sein. Mit seinen Ersparnissen könnte er ein Restaurant eröffnen.

Am selben Abend gab es ein Festessen für die Spieler, um den Teamgeist zu stärken. Shin'ichi wollte zwar absagen, doch der Spielerratsvorsitzende ließ sich erst gar nicht darauf ein. »Wo kämen wir denn da hin, wenn der wichtigste Innenfeld-Spieler fehlen würde.«

Widerwillig nahm er teil. In einem chinesischen Restaurant in der Innenstadt von Tōkyō saßen sie an mehreren runden Tischen verteilt beieinander. Shin'ichi gegenüber saß Suzuki.

Suzuki sah ihm nicht in die Augen, er schien sich unwohl

zu fühlen. Es lag wohl daran, dass ihm bewusst war, wie er die ganze Aufmerksamkeit der Medien auf sich zog.

Aber wenn man es sich recht überlegte, traf Suzuki eigentlich keine Schuld. Sein gutes Aussehen konnte man ihm schwerlich zum Vorwurf machen, und die langen Haare waren für einen Zweiundzwanzigjährigen heutzutage nichts Ungewöhnliches.

Der junge Spieler aß schweigend die aufgetragenen Speisen. Er hatte ein schmales Gesicht, schön geschwungene Nasenflügel, kräftige Augenbrauen, er erfüllte alle Kriterien, die ein Idol ausmachten. Es war nur allzu verständlich, dass der Verein mit ihm Werbung machen wollte. Schließlich spielten sie professionellen Baseball, da war ein Spiel mehr als nur ein Wettstreit zwischen zwei Teams. Es war eine Show, die das Publikum anziehen sollte. Werbewirksame Spieler gehörten einfach dazu.

Shin'ichi wurde immer mutloser. War seine Zeit schon gekommen? War Yips vielleicht eine Fügung des Schicksals?

»Na los, Kleiner, nicht so zaghaft! Nimm noch 'nen Schluck!« Shin'ichi hielt Suzuki eine Flasche mit chinesischem Schnaps hin. Er gab sich betont gelassen, auch wenn es ihm schwerfiel.

Zögerlich hielt Suzuki ihm sein Glas hin, ließ sich einschenken und trank es in einem Zug leer. Nicht schlecht für einen Jungspund, dachte Shin'ichi beeindruckt.

»Aber holla! Sehr vielsprechend, unser Nachwuchs«, ertönte es nun auch vom Nebentisch.

»An der Uni wurde ich abgehärtet«, murmelte Suzuki.

»Na wenn das so ist, dann trinken wir gleich noch einen. Morgen ist kein Training.«

»Ich muss aber spätestens um zwölf zurück sein ...«

»Ach was, ich klär das mit denen da oben schon ab.«

»Ach ja? Danke.« Wieder leerte er das Glas in einem Zug.

»Ich glaube, da brauchen wir wohl ein größeres Glas.« Shin'ichi rief der Kellnerin.

»Sag mal, Suzuki. Wie viele Pralinenschachteln hast du eigentlich am Valentinstag bekommen?«

»Mal überlegen, so um die dreihundert.« Suzuki machte ein verlegenes Gesicht.

»Schau dir diesen alten Schwerenöter an. Ich habe gerade mal ein paar Schachteln von den Bardamen in Ginza bekommen, aber auch nur, weil das mehr oder weniger zu ihrer Arbeit gehört.«

»'tschuldigung.«

»Wie sieht's übrigens mit Frauen aus? Hast du 'ne feste Freundin?«

»Äh ja, zurzeit schon ...«

»Gut zu wissen. Das werde ich gleich mal an die Presse weitergeben. Am besten mit einem Foto, damit wir die Anzahl deiner Fans um die Hälfte reduzieren.«

Alle brachen in Gelächter aus. Auch Suzuki wirkte nun etwas gelöster.

Viel sprach er nicht, aber er machte einen guten Eindruck auf Shin'ichi. Suzuki erzählte ihm, dass er an der Universität Kapitän seines Teams war, aber nur deshalb, weil er so populär war.

Er trank, was ihm vorgesetzt wurde. Shin'ichi war überrascht, wie gut er den Alkohol zu vertragen schien. Seine Gesichtsfarbe blieb unverändert.

Nach dem Essen gingen einige der Spieler noch in eine Bar im Ginza-Viertel. Auch Suzuki war dabei. Als die Bardamen den Jungstar erkannten, gerieten sie in helle Aufregung. Suzuki trank offensichtlich auch gerne Whisky, er kippte ein Glas nach dem anderen.

Danach zogen sie weiter in andere Bars. Die Bardamen waren jedes Mal hocherfreut, und die Stimmung war ausgelassen, genauso, wie es Shin'ichi und seine Kameraden mochten.

Schließlich war es zwei Uhr nachts, und man beschloss, nach Hause zu gehen. Auf der Straße verabschiedeten sie sich voneinander und bestiegen die bereitstehenden Taxis. Nur Suzuki war nicht zu sehen.

»Was ist denn mit Suzuki?«

»Der wird wohl auf der Toilette sein.«

Einer nach dem anderen verschwand in die Nacht, bis am Schluss nur noch Shin'ichi übrig blieb. Er war gerade im Begriff, in sein Taxi zu steigen, als er plötzlich laute Stimmen hörte.

»Willst du mich verarschen, oder was?« Die Stimme klang erregt und zornig, sie gehörte Suzuki. Shin'ichi drehte sich um und sah in der Seitenstraße Suzuki mit zwei Männern stehen, die dem Aussehen nach Yakuza waren.

»Was soll'n das überhaupt? Ich hab euch kaum berührt, und schon heißt's ›Das klären wir draußen‹. Wer seid ihr überhaupt, ihr Straßenrowdys!« Suzuki schwankte und wollte es offensichtlich drauf ankommen lassen.

Was war mit dem Kerl? War der etwa völlig besoffen? Oder machte ihn der Alkohol aggressiv? Shin'ichi schwante Fürchterliches. Ein Profibaseballer, der auf offener Straße in einen Streit geriet, war ein gefundenes Fressen für die Medien.

»Was fällt dir eigentlich ein, du Rotzjunge? Was glaubst du, wen du vor dir hast!« Die beiden Männer nahmen eine drohende Haltung ein.

»Ey, dich hab ich doch schon mal gesehen! Du bist doch der Suzuki von den *Cardigans*.«

Mist, die wussten, wer er war. Yakuza sollte man nicht unterschätzen, sie könnten behaupten, verletzt worden zu sein, und horrenden Schadenersatz fordern. Er musste unbedingt einschreiten. Aber er bewegte sich nicht vom Fleck. Ein Monat Disziplinarstrafe war eigentlich nicht so schlimm. Man durfte in der Zeit an keinem Spiel teilnehmen, aber das war zu verschmerzen. Schlimmer war die öffentliche Schelte, die Suzuki einstecken müsste. Sein Ruf wäre ruiniert. Das alles bliebe ihm erspart, wenn Shin'ichi sich einfach zurücklehnen und den Dingen ihren Lauf lassen würde. Schließlich hatte Suzuki selbst diese Situation provoziert.

Er räusperte sich, sein Mund war staubtrocken.

Irabu hatte es ja gesagt: Der Starke frisst den Schwachen, die Netten sind die Verlierer. Er wollte nicht zu Letzteren gehören.

Ein kleiner Teufel flüsterte Shin'ichi ins Ohr: »Tu so, als hättest du nichts gesehen! Dadurch kommst du wieder an den Platz, der dir gebührt. Dein Yips ist nur eine Frage der Zeit.«

»Wenn das nicht Herr Bandō ist!«, klopfte ihm plötzlich jemand auf die Schulter.

Shin'ichi schrie auf und sprang zur Seite. Als er sich umdrehte, sah er Irabu, links und rechts jeweils eine Bardame im Arm.

»So ein Zufall! Ich bin heute Abend von einem Pharmakonzern eingeladen worden, als kleines Dankeschön sozusagen. Habe seine Medikamente immer großzügig an meine Patienten verschrieben.«

Shin'ichis Herz klopfte bis zum Hals, Schweiß brach ihm aus allen Poren. Einen ungünstigeren Zeitpunkt konnte es kaum geben. Oder war alles bloß Einbildung? Womöglich stand der Doktor schon länger hinter ihm und hatte ihn beobachtet?

»Sind Sie auf dem Heimweg? Wir könnten uns ein Taxi teilen, da wir die gleiche Richtung haben, nicht?«

In seinem Kopf drehte sich alles, er zitterte am ganzen Körper. Irabus Vorschlag kam nicht von ungefähr, das war Schicksal!

»Herr Doktor, beehren Sie uns bald wieder!«, sagte eine Bardame mit süßlicher Stimme und pikste Irabu in die Wange.

»Tja, dann werde ich wohl unseren Bestatter zu einer Einladung nötigen müssen.« Vor seinen Augen schmiegten sich die Bardamen an Irabu. Eine von ihnen winkte ein Taxi heran, und Shin'ichi wurde von ihnen mit Irabu ins Taxi gedrängt.

»Ach ja, das habe ich Ihnen ja noch gar nicht gesagt. Morgen spielen die *Doctors*. Hätten Sie nicht Lust vorbeizuschauen?«

»Ja sicher«, antwortet Shin'ichi geistesabwesend.

»Toll! Dann kann ich Sie als Ersatzbatter einsetzen.«

»Aha ...« Shin'ichi hörte schon gar nicht mehr zu.

Verhielt er sich richtig? Er war im Begriff, einen Neuling, der in seinem Zustand links von rechts nicht mehr unterscheiden konnte, einfach so stehen zu lassen. Und das aus niederen Beweggründen. War er wirklich so ein gemeines Schwein?

Nein, das hatte Suzuki sich selbst zuzuschreiben. Ihm aus der Patsche zu helfen, war nicht seine Aufgabe. Auch das war Teil der Welt der Profis. Und Irabus plötzliches Erscheinen war Schicksal. Die Götter hatten das Schreckgespenst Irabu gesandt.

»Das morgige Spiel wird bestimmt lustig. Unsere Gegner sind die Kurpfuscher vom Bürgerhospital. Der Verlierer muss einen Monat lang die Notfallpatienten übernehmen.«

Shin'ichi schloss die Augen. Wie erbärmlich er doch war. Ihn schauderte.

»Wir gewinnen auf jeden Fall. Sollte es aber eng werden, dann bespritzen wir die anderen mit Chloroform.«

Shin'ichi öffnete die Augen und schüttelte den Kopf. Nein, er konnte es einfach nicht. Er war ein Sportler und hatte bisher immer fair gespielt. Eine feige Ratte wollte er nicht sein.

»Halten Sie bitte an! Ich steige aus«, sagte er zum Fahrer.

»Was ist denn plötzlich los, Herr Bandō?«

Er kümmerte sich nicht um den verdutzten Irabu und sprang aus dem Taxi. Er rannte die inzwischen menschenleere Straße zurück, so schnell er konnte. Hoffentlich kam er noch rechtzeitig. Sein Herz pochte.

Er bog um die Ecke. Hier hatten sie sich verabschiedet. Während er nach Luft rang, sah er sich um.

»Dir werd' ich's zeigen, du!«

Das war Suzuki. In einer Gasse standen sich die drei immer noch gegenüber. Dem Himmel sei Dank. Noch war es nicht zu Handgreiflichkeiten gekommen.

»Eine Sekunde!« Shin'ichi eilte auf die Gruppe zu und drängte sich dazwischen. »Ich muss mich für das ungehörige

Benehmen unseres Jungstars entschuldigen. Er ist betrunken und weiß nicht, was er sagt. Bitte haben Sie Nachsicht.«

»Wer bist'n du?« Die beiden Yakuza waren verärgert, aber sie erkannten schnell, dass sie nun kein leichtes Spiel hatten, da sie plötzlich zwei kräftig gebaute Männer vor sich hatten.

»Gut, zwei gegen zwei. Kommt schon!«, sagte Suzuki mit glasigen Augen.

»Jetzt sei mal still, du Dummkopf!« Shin'ichi wurde nun seinerseits wütend und gab Suzuki einen Klaps auf den Kopf.

»Ey, ist das nicht Bandō?«, erhob einer der Yakuza die Stimme, »Bandō von den *Cardigans*!«

»Genau der bin ich. Ich besorge euch Freikarten für das nächste Spiel, und wir vergessen das Ganze. Was meint ihr?«

»Schnauze. Deine Karten kannste behalten.« Einer der Yakuza machte einen Schritt nach vorne. »Du hast doch vor kurzem unserem Yazaki eins mit dem Ball verpasst.«

»Eurem Yazaki?«

»Wir sind Fans von den *Osaka Breakers,* falls du's noch nicht gemerkt hast.« Die beiden Yakuza redeten sich immer mehr in Rage.

»Ach das? Also das war eigentlich keine ...«

»Interessiert uns 'nen Scheißdreck. Das hier ist für Yazaki!« Und ohne abzuwarten versetzte einer der Gangster Shin'ichi einen Schlag. Shin'ichi hatte keine Zeit mehr, sich zu ducken, und dic Faust explodierte in seinem Gesicht.

»Du Drecksau!«, schrie Suzuki und stürzte sich auf die beiden. In letzter Sekunde konnte Shin'ichi ihn zurückhalten.

»Lass mich los! Die mach ich fertig!«, brüllte Suzuki.

»Mensch, lass den Scheiß und beruhige dich!« Er hatte seine liebe Mühe mit dem aufgebrachten jungen Mann.

Wo war er da nur reingeraten! Sein Zorn wandelte sich in Selbstmitleid. Niemand hatte ihn gezwungen, zwischen einem betrunkenen Nachwuchsspieler und zwei Schlägertypen zu vermitteln.

»Hey, Bandō, ihr solltet euer Jungvolk mal besser an die Kandare nehmen. Die wissen wohl nicht, was sich gehört.«

»Wenn ihr gegen die *Breakers* einen Home Run schlagt, zünden wir dir die Bude an, damit du's nur weißt.«

Die beiden zogen ihre Jacketts in Form und gingen davon.

Shin'ichi und Suzuki setzten sich auf den Boden. Shin'ichi war fix und fertig, aber er hatte das Schlimmste verhindert. Ein Gefühl der Erleichterung durchströmte ihn.

»Eins sag ich dir, Suzuki. Dafür schlägst du beim nächsten Training tausend Bälle.« Er versetzte ihm einen leichten Klaps auf die Backe. Aber Suzuki zeigte keinerlei Reaktion. Er lehnte mit geschlossenen Augen an der Wand, sein Mund stand halb offen. »Hey, du Idiot, du kannst hier nicht pennen!« Er versuchte ihn wachzurütteln, aber vergeblich.

Shin'ichi streckte beide Beine von sich und stieß einen tiefen Seufzer aus. Er betrachtete den Schlafenden. Das Gesicht eines professionellen Baseballspielers. Aus ihm würde ein guter Spieler werden. Langsam erhob er sich, nahm Suzuki auf seine Schulter und ging die nächtliche Straße entlang. Er konnte den Jungen nicht einfach liegen lassen.

Shin'ichi lag ausgestreckt auf der Bank. Am Ende der Bank, zu seinen Füßen, saß die Krankenschwester, zog ihr übliches gelangweiltes Gesicht und rauchte eine Zigarette. Sie trug ein Trikot und gehörte offensichtlich zum Team.

»Herr Irabu, ich bitte Sie! Lassen Sie sich Zeit beim Werfen. Es besteht kein Grund zur Eile.«

Vom Wurfhügel ertönte die verzweifelte Stimme des Pitchers. Irabu hatte gerade einen auf ihn zufliegenden Tiefball aufgenommen und meterweit an der ersten Base vorbeigeworfen. Das gegnerische Team hatte anscheinend sehr schnell die Schwachstelle bei den *Doctors* ausgemacht.

»Ihr Quacksalber vom Bürgerhospital! Ist das alles, was ihr draufhabt? Schlagt doch mal einen richtig schweren Tiefball!«, fluchte Irabu völlig unmotiviert.

Es war ein friedlicher Feiertag. Bei schönstem Wetter spielten sie auf einem Sandplatz am Ufer Baseball. Männer im mittleren Lebensalter mit nicht zu übersehendem Bauchansatz, ungelenke Burschen und junge Frauen tummelten sich auf dem Spielfeld.

Das nächste Missgeschick passierte im Außenfeld. Ein ganz normaler Flugball prallte vom Fanghandschuh eines Spielers ab und fiel zu Boden. Die wenigen Zuschauer brachen in schallendes Gelächter aus. Selbst die Lerchen in der Luft schienen zu lachen. Es war einfach schön.

Alle amüsieren sich, dachte Shin'ichi. Er verfolgte das Spiel, als wäre es das erste seit langem. Er hatte vergessen, dass man Baseball auch auf diese Art spielen konnte. Bereits in der vierten Klasse kam er in die Kinderbaseballmannschaft, und von da an ging es nur noch ums Gewinnen. Das Training wurde mit zusammengebissenen Zähnen absolviert, denn alle anderen im Team waren potenzielle zukünftige Rivalen.

Sobald er sich vom professionellen Baseball zurückzog, würde er Mitglied in einem Freizeitteam werden. Ob Sieg oder Niederlage, das würde keine Rolle mehr spielen, Hauptsache, alle hatten ihren Spaß.

Aber das war Zukunftsmusik. Mindestens fünf Jahre gab er sich noch als Profi. Seinen Yips würde er nicht mehr verleugnen, sondern mit allen ihm zur Verfügung stehenden Mitteln bekämpfen. Wie sagte Irabu: Es war nicht das Ende der Welt.

Er war froh, dass er letzte Nacht umgekehrt war. Fairness gehörte zu den obersten Geboten in der Sportwelt, und er wusste, dass er das Richtige getan hatte, auch für sein Gewissen. Und er war froh darüber, dass er Suzuki besser kennen lernen konnte. Ein sturzbetrunkener Bursche war eben doch keine ernst zu nehmende Bedrohung. Sein weiches Gesicht zeugte noch von Unreife und Unkenntnis, und es war das erste Mal, dass Shin'ichi sich aufgrund seines Alters und seiner Erfahrung für Jüngere verantwortlich fühlte. Er hatte seine eigenen Bedürfnisse in diesem Moment zurückgestellt.

Unweit der Bank spielte ein Kind mit einem Baseball, ein Junge von vielleicht fünf Jahren. Er warf den Ball gegen eine Betonmauer und imitierte bei jedem Wurf die Haltung eines Pitchers.

»Hallo! Soll der Onkel für dich den Fänger spielen?«, sprach Shin'ichi den Jungen an. Dieser nickte verlegen.

Shin'ichi ging fünf Meter vor ihm in die Hocke. »Okay, dann wirf mal!« Der Wurf ging in eine völlig falsche Richtung.

Erneut dachte Shin'ichi an Irabus Worte. Was machte die Ballkontrolle aus?

Auf diese Frage würde es wohl nie eine klare Antwort geben. Man konnte kaum mehr sagen, als dass sie eine den Menschen vorbehaltene seltsame Fähigkeit war, die irgendwie erlernt werden musste.

Der kleine Junge warf nun einen sehr hohen Ball, der aber trotzdem bei Shin'ichi landete. »Toll hast du das gemacht!«, lobte er den Kleinen, der ihm mit leuchtenden Augen dankte.

»Komm, gleich noch mal, genauso wie vorher!«

Wieder flog der Ball in Shin'ichis Richtung, auch wenn er diesmal einen Meter hinter ihm landete. Trotzdem, auch das war ein Strike, wenn man so wollte.

»Herr Bandō, was machen Sie denn da?«, fragte Irabu, der den Wechsel nutzte, um zur Bank zurückzukommen. »Mann, die Verteidigung schlaucht einen ganz schön. Ab dem nächsten Inning stehe ich nur noch als Batter zur Verfügung. Sie sind für die dritte Base eingeteilt.« Irabu ließ sich auf die Bank fallen und klopfte Shin'ichi auf die Schulter.

Unfassbar! Was dachte der sich eigentlich?

»Das läuft nicht. Ich hab 'nen Wurf-Yips, falls Sie es vergessen haben sollten.«

»Wieso? Ich habe Sie eben Fangball spielen sehen. Sie scheinen es überwunden zu haben.«

»Nun übertreiben Sie nicht. Ich habe einem Kleinkind die Bälle, noch dazu einfache Aufsetzer, zurückgeworfen, mehr nicht.«

»Aber solche Würfe sind doch viel schwieriger. Damit das Kind sie fängt, müssen Sie jedes Mal im selben Winkel an dieselbe Stelle werfen.«

Shin'ichi staunte nicht schlecht. So gesehen hatte Irabu Recht. Das war ihm beim Werfen gar nicht bewusst gewesen. Weil sein Gegenüber ein Kind war, hatte er automatisch vorsichtig geworfen. Schlagartig verbesserte sich seine Laune. Er sog die Abendluft ein und fühlte sich gut.

»Auf geht's! Jetzt schlage ich einen Home Run!« Irabu schnaufte und trabte zur Home Base.

War er wirklich wieder der Alte? War dieser Fluch vorbei? Shin'ichi hatte fast den Eindruck. Das Gefühl der Unruhe, das sich so lange in seinem Herzen eingenistet hatte, war verschwunden. Zu seiner Freude war sein Vorstellungsvermögen wieder da. Er schlug, er warf, er rannte!

Von der Bank des gegnerischen Teams kam Gelächter. Irabu verfehlte wiederholt einen genau in der Mitte platzierten Ball. Dabei schwang er den Schläger so wild, dass er das Gleichgewicht verlor und auf den Hintern fiel.

Shin'ichi rief über das Feld. »Hey, Pitcher! Dieser Batter holt selbst bei einem angetäuschten Wurf aus. Es reicht, wenn du einen gemütlichen Hochball wirfst.«

Die anderen johlten und platzten beinahe vor Lachen. »Seht, ist das nicht Bandō von den *Cardigans*?«, hörte er dazwischen jemanden sagen. Genau! Das war er! Shin'ichi Bandō, mehrfacher Gewinner des »Goldenen Handschuhs«. Er war der Starspieler, der seit neun Jahren die schwierigste Position im Feld verteidigte, die dritte Base, auch *Hot Corner* genannt!

»Herr Bandō, auf wessen Seite sind Sie eigentlich?«, erregte sich Irabu auf der Batterposition.

Der Pitcher warf einen hohen Ball, um den Batter zu ärgern. Irabu machte eine rasche Vorwärtsbewegung und schlug. Der Ball beschrieb einen schönen Bogen und flog über den Zaun.

Mit offenen Mündern sahen sie zu, wie der Ball im Dunkel der Nacht verschwand.

Die Schriftstellerin

1

»Der Protagonist hat auch diesmal eine unheilbare Krankheit, richtig?«

Am anderen Ende der Leitung bemühte sich der Lektor Arai um einen möglichst lockeren Ton. Die Schriftstellerin Aiko Hoshiyama fühlte sich durch das Wort »auch« provoziert und gab mit eisiger Höflichkeit zurück: »Wäre Ihnen ein Verkehrsunfall lieber?«

»Aber nein, so habe ich es doch nicht gemeint«, beeilte sich Arai zu sagen, der bemerkt hatte, dass sich ihre Laune verschlechterte. »Mir fiel nur auf, dass der Text thematisch an Ihre beiden letzten Romane anschließt, in denen Leukämie und Knochenkrebs im Mittelpunkt stehen.«

»Und? Das passt doch prima. Zusammen mit dem Thema Kollagenerkrankung wäre die Trilogie ›Liebe am Krankenbett‹ perfekt.«

»Ah, wenn Sie das so sagen. Auf den Gedanken bin ich gar nicht gekommen.«

»Also wirklich. So etwas müsste eigentlich von Ihnen kommen! Unsereins hängt schließlich von Ihren Marketingstrategien ab.«

Sie unterdrückte eine weitere bissige Bemerkung und legte auf. Was fiel dem eigentlich ein? Wenn ihm ihr Text nicht passte, dann sollte er ihn eben ablehnen. Es gab genügend Verlage, die nur darauf warteten, ihre Bücher zu verlegen. Sein Verlag brachte ja noch nicht einmal eine vernünftige Auflagenhöhe zustande!

Sie fluchte und spürte, wie sich ihr Magen zu melden begann und ein leichtes Gefühl der Übelkeit in ihr aufstieg. Sie verzog das Gesicht. Dieser unsensible Lektor!

Sie ging in die Küche, nahm eine Flasche Mineralwasser aus dem Kühlschrank und trank daraus in großen Schlucken. Seit einiger Zeit nahm sie Unmengen von Flüssigkeit zu sich. Es kam immer häufiger vor, dass sie aufstoßen musste, und dann bekam sie jedes Mal großen Durst. Sie kehrte an ihren Schreibtisch zurück und setzte sich vor den Computer. Der Abgabetermin für die nächste Geschichte stand vor der Tür. Da es eine Serie war, musste sie sich um die Story keine großen Gedanken machen. In den Frauenzeitschriften wurde die Geschichte hoch gelobt. Keine Autorin der Gegenwart, hieß es da, ergründe die Tiefen einer Beziehung zwischen Mann und Frau in der Großstadt so eindrucksvoll wie sie. Im Mittelpunkt der nächsten Folge stand das Thema »Trennung«. Ein japanischer Geschäftsmann, der nach New York versetzt worden war, und eine in Tōkyō lebende Museumskuratorin entfremdeten sich zusehends aufgrund eines Missverständnisses in einer E-Mail.

Aiko war eine schnelle Schreiberin. Mit achtundzwanzig veröffentlichte sie ihren Debütroman, nun war sie im achten Jahr ihrer Schriftstellerkarriere. In dieser Zeit entstanden über dreißig Romane und Essaysammlungen. In den Buchhandlungen lagen ihre Bücher stets in großen Stapeln auf den Tischen, und die Bibliotheksexemplare waren voller Eselsohren, was vom großen Interesse ihrer Leser zeugte. Ihre engste und älteste Freundin, die freiberufliche Redakteurin Sakura Nakajima, war allerdings der Meinung, dass ihre Bücher »in jeder Hinsicht recht dünn« seien.

Das war der Neid derjenigen, die selbst noch keine Bücher veröffentlicht hatten. Sie dagegen war eine Bestsellerautorin.

Einige ihrer Romane waren sogar verfilmt worden. Sie konnte mit Fug und Recht behaupten, dass sie berühmt war.

Die Tasten klackten nur so unter ihren Händen. Innerhalb weniger Sekunden war sie eingetaucht in die Welt der Geschichte. Schon als Kind neigte sie dazu, sich Fantasiewelten zu schaffen, und so gesehen war der Beruf der Schriftstellerin ihr Traumberuf. Der Wechsel von ihrer Tätigkeit als Kolumnistin bei einer Zeitschrift zur Schriftstellerin war ihr leicht gefallen.

Eine Stunde verging, und gerade als sie dabei war, den Alltag ihrer Heldin zu beschreiben, hielt sie inne. Eine Kuratorin? Hatte sie das nicht schon einmal geschrieben? Eine plötzliche Unruhe befiel sie.

Sie griff zum Telefon und wählte die Nummer von Sakura. Diese war genau wie sie ledig und lebte zusammen mit ihrer Katze in einer Wohnung in Tōkyō.

»Hallo, Sakura, tut mir leid, dass ich dich noch so spät störe, aber ich brauche deine Hilfe. Kannst du dich erinnern, ob in einem meiner früheren Romane eine Kuratorin vorkommt?«

»Schon wieder?«, antwortete die Freundin genervt. Sakura nahm ihr gegenüber kein Blatt vor den Mund, und Aiko konnte offen mit ihr sprechen.

»In deinem letzten Buch war es eine Aromatherapeutin, soweit ich mich erinnern kann. Und was deine früheren Sachen betrifft, da musst du schon entschuldigen, die meisten habe ich gar nicht gelesen.«

»Na gut, aber zumindest quer gelesen, oder? Schließlich schicke ich dir ja immer ein Gratisexemplar.«

»Durchgeblättert, mehr nicht. Aber das mache ich mit anderen Büchern genauso. Ich habe einfach kein Interesse an Gegenwartsliteratur.«

»Du bist wirklich eine treulose Tomate.« Aiko blies enttäuscht die Backen auf. Sakura hatte schon früher kaum moderne Literatur gelesen. Wahrscheinlich war sie deshalb nie neidisch auf Aikos Erfolg.

»Heißt das, du bist schon wieder mit den Berufen deiner Figuren durcheinandergeraten?«, zog Sakura sie auf. »Ich habe dir doch gesagt, du solltest originellere Figurenkonstellationen nehmen wie ›der junge Milchmann und das Mädchen von der Tankstelle‹. Das merkt man sich leichter.«

»Toller Vorschlag. Ich darf dich daran erinnern, dass ich Großstadtromane schreibe.«

»Und? Auch in der Großstadt gibt es Milchmänner.«

»Komm, du weißt genau, was ich meine. So was passt nicht in das Milieu meiner Geschichten. Noch eine andere Frage: Einen Geschäftsmann als Geliebten hatte ich auch schon mal, oder?«

Noch während sie das sagte, beschlich sie das Gefühl, dass dem so war. Eine solche Figur bot sich bei dieser Thematik geradezu an.

»Keine Ahnung. In deinen Romanen kommen doch meistens Bankangestellte, Werbetexter, Designer, Models und so weiter vor.«

»Du hast sie also doch gelesen!«

»Bei dir geht es doch immer um Beziehungen zwischen gut aussehenden Menschen in den oberen Gehaltsklassen. Dazu brauche ich keine einzige Seite zu lesen, um das zu wissen.«

Jetzt war Aiko tatsächlich gekränkt. Sakura war wohl die Einzige, die ihr nicht den geringsten Respekt entgegenbrachte.

»Sag mal, Sakura, was machst du eigentlich gerade?«, fragte sie hämisch. Bestimmt wieder einen von diesen schlecht bezahlten, uninteressanten Jobs, dachte sie.

»Ein Sonderheft zum japanischen Film. Ich habe neulich ein Interview mit einem jungen Regisseur gemacht.«

Wie vermutet, ein Projekt ohne Aussichten auf einen finanziellen Erfolg.

»Wenn du willst, kann ich auch einen kleinen Beitrag schreiben. Ich war zu der ein oder anderen VIP-Premiere eingeladen.«

»Danke, aber das muss nicht sein. Wir wollen dafür professionelle Filmkritiker gewinnen.«

Die Antwort wurmte sie. Wieso war diese Frau, die eine berühmte Schriftstellerin ihre Freundin nennen durfte, so herablassend?

Sie legte auf und atmete tief durch. Was soll's! Sie war jedenfalls eine Gewinnerin. Aber jetzt wieder zurück an die Arbeit. Sie schloss die Augen und versuchte sich zu erinnern. Eine Kuratorin war eigentlich etwas Außergewöhnliches, eher unwahrscheinlich, dass sie schon einmal in einem ihrer Romane vorgekommen war. Dann war es wohl das erste Mal, andernfalls hätte Sakura sich bestimmt erinnert.

Sie fing wieder an zu tippen, und das Klacken der Tasten hallte durch das Zimmer. Ihre Heldin kehrte auf dem Nachhauseweg in ihrem Stammlokal, einem Bistro im Stadtteil Azabu, ein und erzählte dem Besitzer von ihren Problemen bei der Arbeit.

Wieder beschlich Aiko das Gefühl, diese Szene schon einmal geschrieben zu haben. Sie sah auf und ließ ihren Blick über das Bücherregal schweifen, wo ihre Romane fein säuberlich aneinandergereiht standen. Mehr als die Hälfte der Bücher war mit einem hellen Buchumschlag versehen. Irgendwo da drinnen war so eine Szene, nur wo? Sie wurde immer unruhiger.

Schließlich erhob sie sich, ging zum Regal und überflog die Titel. Wenn, dann war es wohl in einem ihrer neueren Bücher. Von dem Beruf des Kurators hatte sie vor zwei Jahren zum ersten Mal gehört.

Sie blätterte durch die Seiten. Ein Aktfotograf und eine zugeknöpfte Redakteurin, ein erfolgloser Jazzmusiker und eine Ministerialbeamtin, ein junger Meisterkoch und eine selbstsüchtige Schauspielerin ... Als die Figur eines erfolglosen Künstlers auftauchte, überlief es sie eiskalt, aber seine Freundin entpuppte sich als Stewardess.

Sie überprüfte fünf Bücher auf diese Weise. Keine Kuratorin. Gut. Sie hatte sich das wohl nur eingebildet, dachte sie und ging zurück zu ihrem Schreibtisch. Sie drückte die Enter-Taste und las noch einmal, was sie bis jetzt geschrieben hatte.

Wieder stand sie auf. Vielleicht kam die Figur der Museumsverwalterin vor? Ihre Befürchtungen wuchsen aufs Neue. Sie nahm ein Buch in die Hand. »Mist«, sagte sie laut. Erst letzten Monat hatte sie, von ähnlichen Zweifeln geplagt, ihr Gesamtwerk durchgesehen. Hätte sie damals doch nur eine Liste angefertigt!

Sie hockte sich vor das Bücherregal und sah ihre Werke eins nach dem anderen durch. Anhand der Inhaltsverzeichnisse konnte sie sich mehr oder weniger an die Protagonisten erinnern, aber sie wollte auf Nummer sicher gehen. Es gab ja immer noch die Möglichkeit, dass sie eine Kuratorin als Rivalin in einer Dreiecksbeziehung verwendet hatte.

Wieder hatte sie Durst. Sie holte die Flasche aus dem Kühlschrank und stellte sie neben sich. Während sie hin und wieder einen Schluck daraus nahm, vertiefte sie sich in die Bücher. Der Kapitän eines Rugby-Teams und die Angestellte einer PR-Agentur, ein arroganter Musikproduzent und eine zurückhaltende Haarstylistin, ein Zeitungsreporter mit ausgeprägtem Gerechtigkeitssinn und eine hübsche Abgeordnetensekretärin ... Diesmal machte sie sich Notizen. Ein erfolgreicher Geschäftsmann kam drei Mal vor, aber zumindest war keiner nach New York versetzt worden.

Unter den Büchern befand sich auch eines mit einem schwarzen Einband, das dicker war als alle anderen. Das blätterte sie nicht durch. Es war kein Liebesroman.

Eine Stunde benötigte sie, um alle Bücher zu überprüfen. In keinem war von einer Kuratorin die Rede, und das erleichterte sie. Dem Himmel sei Dank! Ihr Gedächtnis hatte ihr wieder einen Streich gespielt. Aber als sie die Notizen durchsah, stellte sich abermals eine leichte Übelkeit ein, so als hätte sie etwas Schlechtes gegessen. Eine böse Vorahnung befiel sie.

Sie trank viel Wasser, um ihren Magen zu beruhigen. Bis

zum Wochenende musste sie fünfzig Seiten schreiben. Noch hatte sie genügend Zeit, aber da sie in der kommenden Woche viel zu tun hatte, wollte sie den Teil schon vorher abschicken.

Sie setzte sich an den Computer und tippte weiter, doch die Unruhe blieb. Hatte sie nicht etwas übersehen? Erneut stand sie auf und ging zum Regal. In fliegender Hast raste sie durch die Seiten ihrer Werke. Was machte sie hier? Ihr Verhalten war doch nicht normal.

Plötzlich wurde ihr speiübel. Sie stürzte zur Toilette und übergab sich. Herrje, nicht schon wieder, dachte sie. Es war erst zwei Jahre her, dass sie an psychogenem Erbrechen gelitten hatte.

Schon wurde sie von einem erneuten, noch heftigeren Brechreiz überwältigt, und sie erbrach nahezu ihren gesamten Mageninhalt. Ihr Kopf dröhnte, Tränen liefen ihr über die Wangen. War das ein Rückfall in jene Zeit, wo jeder Tag die Hölle für sie war?

Sie ging ins Wohnzimmer und legte sich auf die Couch. Im Zimmer herrschte vollkommene Stille. Hier in der Wohnung gab es nur sie. Während sich ihr Schwindelgefühl allmählich legte, wurde sie von einer grenzenlosen Einsamkeit gepackt.

Da sie keinen anderen Ausweg mehr wusste, entschloss sie sich, einen Neurologen aufzusuchen. Sie schlug das Branchenbuch auf und stieß auf die *Irabu-Klinik,* ganz in der Nähe des Bahnhofs. Jetzt, wo sie den Namen las, erinnerte sie sich an ein gleich lautendes Werbeplakat im Zug.

An der Aufnahme füllte sie zunächst ein Formular aus, dann wurde ihr der Weg ins Kellergeschoss gewiesen. Als sie die Treppen heruntersticg, empfing sie ein saurer Geruch. Sie ging den Gang entlang zum Behandlungszimmer und klopfte an. »Kommen Sie nur herein!«, ertönte gleich darauf eine sehr grelle Stimme. Sie öffnete die Tür und erblickte einen ziemlich dicken Arzt im mittleren Alter, der sie mit einem breiten Grinsen zu sich heranwinkte.

Ach, sie hatte wirklich kein Glück! Nicht nur, dass sich Schriftstellern selten Möglichkeiten boten, neue Leute kennen zu lernen. Die Hoffnung auf eine Romanze mit einem ledigen, gut aussehenden Arzt konnte sie jedenfalls an dieser Stelle schon begraben.

Sie sah auf das Namensschild auf dem weißen Ärztekittel, das ihn als *Dr. med. Ichirō Irabu* auswies. Er schien der Chef dieses Hospitals zu sein, was nichts zur Sache tat, da ihre gesellschaftliche Stellung und ihr Ruhm in jedem Fall höher einzuschätzen waren.

»Frau Ushiyama, wieso steht denn der Name Hoshiyama in Klammern?«, fragte Irabu mit einer Kinderstimme und zeigte auf das Formular.

»Das ist mein Künstlername, Aiko Hoshiyama. Lesen Sie keine Romane?«, sagte Aiko mit aufgesetztem Lächeln. Männer seines Alters kamen als Leser ihrer Werke ohnehin nicht in Frage.

»Ich lese Comics, aber sonst ...« Er kratzte sich am Kopf, auf dem die Haare kreuz und quer standen, und schürzte die Lippen. »Mayumi-chan! Ist dir Aiko Hoshiyama ein Begriff?« Frechheit, einfach die Anrede »Frau« zu vergessen!

Der Vorhang teilte sich, und eine junge Krankenschwester erschien. Ihr weißer Minirock verblüffte Aiko. Noch dazu hatte sie eine Zigarette im Mundwinkel!

»Nö, nie gehört«, antwortete die Krankenschwester träge. Aiko konnte es nicht fassen. Sie, die »Liebesexpertin«, war dieser jungen Frau unbekannt?

»Auch wenn Sie keine Romane lesen, haben Sie meinen Namen bestimmt schon in Frauenzeitschriften gelesen. Ich schreibe nämlich auch Kolumnen und Essays.«

»Ich lese nur Magazine wie *Rockin' on*«, entgegnete sie, stellte einen Injektionstisch vor Aiko ab und zurrte ihren Arm darauf fest. Dann zog sie den Inhalt einer Ampulle mit einer Spritze auf. Aiko verfolgte das Prozedere mit großen Augen.

»Sagen Sie mal ... bekomme ich jetzt etwa eine Spritze?«

»Keine Sorge. Sie leiden doch unter psychogenem Erbrechen, nicht? Dagegen haben wir ein wirksames Mittel. Das hier«, prustete Irabu und lehnte sich nach vorne. Ohne auch nur einen Ton zu sagen, stach die Krankenschwester zu.

»Aua. Das tut doch weh!«, schrie Aiko unwillkürlich auf. Irabu beobachtete mit glasigen Augen, wie die Nadel die Haut durchstieß.

War dieser Mann wirklich ein Arzt? Aiko fehlten die Worte.

»Frau Ushiyama, wie wird man eigentlich Schriftstellerin?«, fragte Irabu, als wären sie alte Bekannte.

»Würden Sie mir einen Gefallen tun und mich Frau Hoshiyama nennen? An diesen Namen bin ich nämlich gewöhnt«, erwiderte Aiko gereizt.

Tatsächlich war ihr die Möglichkeit, sich einen Künstlernamen zuzulegen, nicht ungelegen gekommen. Als Kind war sie dick gewesen, und die Jungen hatte sie immer »Ushi« – fette Kuh – gerufen.

»Als Psychiater bekommt man einiges zu hören und zu sehen, ich hätte da ein paar tolle Storys über meine komischen Patienten auf Lager. Ich habe schon oft mit dem Gedanken gespielt, die mal zu Papier zu bringen.«

Wer war hier komisch? Vor allem du selbst, hätte Aiko fast laut gesagt, konnte sich aber gerade noch beherrschen.

»Sie könnten ja an dem Nachwuchsautoren-Wettbewerb teilnehmen«, schlug Aiko süffisant vor.

»Einfacher wäre, wenn Sie mich einem Verlag vorstellen würden!«, bedrängte Irabu sie.

Aiko hatte allmählich genug. Menschen, die selbst keine Bücher lasen, aber Romane schreiben wollten, gab es wie Sand am Meer.

»Mir wäre es eigentlich recht, wenn wir mit der Behandlung beginnen könnten.«

»Ach ja, das Erbrechen. Sie verspüren einen Brechreiz, der

dazu führt, dass Sie sich übergeben, richtig? Dann geht es also darum, den Grund für Ihren Brechreiz herauszufinden.«

»Den Grund für meinen Brechreiz?«

»Genau! Ursachenforschung und -beseitigung, sozusagen das Einmaleins der Psychotherapie.«

Das klang ja wider Erwarten vernünftig. Vielleicht hatte sie etwas vorschnell geurteilt.

»Wenn die Ursache die Arbeit ist, dann kündigt man einfach, bei Problemen mit den Nachbarn zieht man eben weg, und die Sache hat sich. Bei zwischenmenschlichen Problemen lässt man den Partner einfach verschwinden«, sagte Irabu, als gäbe es nichts Einfacheres auf der Welt. »Wenn Sie dafür entsprechende Mittel brauchen, ich kann Ihnen ein paar nette Medikamente empfehlen«, zwinkerte ihr der Arzt verschmitzt zu.

Also wirklich! Aiko fühlte, wie die Kraft aus ihrem Körper wich. Eben weil es nicht so einfach war, litten die Menschen.

»Ich glaube, es hat mit dem Stress zu tun, den das Schreiben bei mir verursacht.«

»Ach ja, natürlich. Das ist bestimmt hart. Sich Tag für Tag neue Geschichten ausdenken zu müssen. Dazu kommt noch der Druck, den Abgabetermin einzuhalten. Wie wär's, wenn Sie einfach ein Bild malen und das abgeben mit den Worten ›Mehr gibt's diesen Monat nicht‹.«

»Ah, das ist wirklich eine grandiose Idee. Ich könnte das Ende der Geschichte einfach zeichnen. Wieso bin ich da nicht selbst draufgekommen?« Aiko schlug sich mit der flachen Hand auf das Knie.

»Sehen Sie, so einfach ist das!«, meinte Irabu lakonisch.

»Danke für die Beratung. Ich gehe!« Aiko machte wieder ein ernstes Gesicht und erhob sich. Ihre Zeit war zu kostbar, um sie an diesen Schwachkopf zu verschwenden.

»Aber nicht doch! Bleiben Sie doch noch ein bisschen. Ich habe schon seit drei Tagen keinen Patienten mehr gehabt«, sagte Irabu mit süßlicher Stimme und zupfte Aiko am Ärmel.

»Fassen Sie mich nicht an!«, herrschte sie ihn an und schüttelte seine Hand ab. Was bildete sich dieser Kerl ein? Es kam ihr vor, als wäre sie der Arzt und Irabu ihr durchgeknallter Patient.

»Sagen Sie, wie schreibt man eigentlich Romane?«

»Man bringt das, was man denkt, so aufrichtig und objektiv wie möglich zu Papier«, rutschte es ihr heraus.

»Und wie konstruiert man die Handlung?«

»Wichtiger als die Handlung ist die Atmosphäre. Die Figuren müssen überzeugend sein, das Milieu muss stimmen.«

»Wenn das so ist, würde ich mir auch zutrauen, etwas zu schreiben.« Er lehnte sich in seinem Sessel zurück und bohrte in der Nase. Aikos Widerstandskraft erlahmte. Der dralle Kerl kam ihr vor wie ein fünfjähriges Kind.

»Frau Hoshiyama, kommen Sie von jetzt an öfter her, ja? Ich habe noch viele Fragen an Sie.«

»Ich bin sehr beschäftigt. Morgen muss ich einen Essay abgeben.«

»Dann übermorgen!«

Aiko atmete hörbar durch die Nase aus. Na gut, warum nicht, dachte sie. Sonderlinge wie er boten zumindest Stoff für Geschichten. Dieser Nilpferd-Doktor ließe sich bestimmt irgendwann einmal in eine Szene einbauen.

»Ach ja, noch etwas ...« Aiko hätte es fast vergessen. Nicht nur wegen des Brechreizes war sie gekommen, auch wegen ihrer ständigen Sorge, sich zu wiederholen, wollte sie sich beraten lassen.

»Ja, was denn?«, fragte Irabu.

»Also ... ach nein, es ist nichts.« Sie hatte ihre Meinung geändert. Eine Erklärung wäre zu kompliziert gewesen, und noch dazu wollte sie sich einem Fremden gegenüber nicht derart entblößen. Außerdem gab es wohl ohnehin keine Lösung für dieses Problem.

Sie bekam ein Beruhigungsmittel und verließ das Krankenhaus.

»Bis dann!«, winkte Irabu ihr zum Abschied, und ohne es eigentlich zu wollen, winkte sie zurück.

Irgendwie war sie völlig aus dem Takt. So einem Menschen war sie noch nie begegnet.

Als sie wieder zu Hause war, machte sie sich einen Kaffee und ging damit in ihr Arbeitszimmer. Sie setzte sich, lehnte sich zurück und ließ ihren Drehstuhl nach links und rechts rotieren. Ihr Blick fiel auf das Bücherregal. Da standen sie, ihre Werke, und mittendrin ein ganz besonders voluminöses. Das war es! Die Ursache ihres Leidens. Ein Buch mit über tausend Seiten, es trug den Titel: *Morgen.* Das Buch war ihr eine Herzensangelegenheit gewesen, und sie war überzeugt, ihr bis dahin bestes Werk geschrieben zu haben. Sie kannte den Grund für ihren Brechreiz. Das Buch hatte sich nicht verkauft, und darunter litt sie immer noch.

Sie hatte es im fünften Jahr ihrer Karriere geschrieben. Es handelte von einer Familie, die durch tragische Umstände getrennt wurde und erst nach vielen Jahren wieder zusammengefunden hat. Sie hatte dafür gründlich recherchiert, alle Details sorgfältig zusammengetragen und den Roman innerhalb weniger Monate niedergeschrieben. Sie wollte endlich weg von den seichten Liebesromanen und eine Geschichte schreiben, die Tiefe hatte. Kaum war das Buch erschienen, wurde es im Feuilleton sehr wohlwollend rezensiert. Sogar ihre sonst sehr scharfzüngige Freundin Sakura rief an und gratulierte ihr zu diesem Meisterwerk. Aiko selbst war überwältigt von dem Gefühl, es geschafft zu haben. Das würde der Wendepunkt ihrer Karriere sein, war sie überzeugt.

Doch das Buch verkaufte sich nicht. Ihre bisherigen Leser zeigten nicht das geringste Interesse daran. Es kam auch zu keiner zweiten Auflage, sodass nicht einmal die Druckfehler korrigiert werden konnten. Sie musste der brutalen Wirklichkeit ins Auge sehen und akzeptieren, dass ein positives Presseecho kein Garant war für einen Verkaufserfolg.

Aiko war danach am Boden zerstört. Der Schock war so groß, dass sie ein halbes Jahr lang nicht mehr schreiben konnte.

Selbst jetzt war es ihr kaum möglich, das Buch ohne ein Gefühl der Verbitterung in die Hand zu nehmen. Der Stachel saß zu tief in ihrem Herzen.

Wieder rumorte es in ihrem Magen, und ein nicht zu unterdrückender Brechreiz stieg in ihr hoch.

Verdammt! Sie stürzte zur Toilette und erbrach den gerade erst getrunkenen Kaffee.

2

Obwohl ein Abgabetermin kurz bevorstand, willigte Aiko ein, einer Frauenzeitschrift ein Interview zu geben. Anders als viele ihrer Kollegen scheute sie die Öffentlichkeit nicht, sie genoss diese Auftritte sogar.

Zuvor vereinbarte sie einen Termin bei ihrem Lieblingsfriseur in Harajuku. Sie hatte zwar die Redaktion um einen Friseur gebeten, doch dort war die Antwort nur, »Kommen Sie einfach so, wie Sie sind«. Was dachten die sich eigentlich? Sie war doch keine Krimiautorin! Sie hatte sich extra für diesen Anlass ein neues Kleid gekauft. Shoppen war eines ihrer wenigen Vergnügen.

Beim Interview, das bei ihr zu Hause durchgeführt wurde, war auch ihr Lektor anwesend.

»Frau Hoshiyama, ich freue mich schon auf die nächste Kurzgeschichte.« Tanaka hieß der junge Mann, der dies mit einer leichten Verbeugung sagte. Aikos Lektoren waren, egal von welchem Verlag, ausnahmslos junge Männer. Man nahm wohl an, dass ihr das schmeicheln würde. Im Laufe ihrer Karriere hatten ihre Lektoren mehrfach gewechselt. Eingriffe in den Inhalt ihrer Bücher hatte es praktisch nicht gegeben, da man sie wie ein rohes Ei behandelte. Dabei sehnte sie sich geradezu nach einer deftigen Auseinandersetzung. Stattdessen redeten ihr alle nur nach dem Mund.

Das Interview drehte sich um Formen der Liebe, ein Thema, zu dem sie schon mehrere Interviews gegeben hatte und wo sie durchaus als Expertin galt. Es machte sich eben bezahlt, in den Medien präsent zu sein.

»Die kühle Unnahbare zu spielen bringt gar nichts, um die Männer zu kriegen! Seid ihr, liebe Leserinnen, wirklich so attraktiv, um euch das leisten zu können? Seid ihr so überzeugt von euch? Am Ende kommt eine andere, die nicht so zimperlich ist, und schnappt euch den Mann einfach weg!«

Aiko war in ihrem Element. Anfangs war sie bei solchen Interviews noch verlegen gewesen, aber inzwischen hatte sie sich an dieses Sich-zur-Schau-stellen gewöhnt. Eine Stunde lang zu reden brachte ihr fünfzigtausend Yen ein. Eine normale Angestellte konnte von einem solchen Stundenlohn nur träumen.

Das Foto wurde auf ihre Anweisung hin von rechts vorne im Fünfundvierzig-Grad-Winkel geschossen. Das war ihre Schokoladenseite. Es stellte sich allerdings heraus, dass dafür nicht die richtige Ausrüstung zur Verfügung stand. Der für diese Porträtaufnahme notwendige Reflektor fehlte. Sie beschwerte sich bei Tanaka.

»Tut mir wirklich leid. Wenn Sie vielleicht weißes Zeichenpapier hätten, dann könnte ich das als Aufheller verwenden.«

»Glauben Sie, mein Haus ist ein Papierwarengeschäft?«

Ergeben zog Tanaka sein weißes Hemd aus und verwendete es als Reflektor. Angesichts seiner demütigen Haltung ließ Aiko noch einmal Gnade vor Recht ergehen.

»Ach übrigens, dürfte ich vielleicht den Inhalt Ihres neuen Romans erfahren? Wir bräuchten ein paar Stichworte für die Vorankündigung.«

»Die Stewardess Junko geht ein Verhältnis mit einem Geschäftsmann ein, der aber eine Familie zu Hause hat.« Aiko sagte das, was ihr in dem Moment gerade einfiel. Aber sie würde kein Problem haben, daraus eine Geschichte zu basteln.

»Alles klar«, antwortete Tanaka und machte sich eine Notiz.

»Einen Moment ...«, erhob Aiko plötzlich ihre Stimme. »Habe ich das nicht schon letztes Jahr geschrieben?«

»Nein, nicht dass ich wüsste.«

»Sind Sie sicher? Irgendwie habe ich doch den Eindruck.« Aiko spürte wieder diese Unruhe in ihrer Brust. »Tanaka, wie lange sind Sie jetzt schon mein Lektor?«

»Zwei Jahre.«

»Dann habe ich die Geschichte vielleicht vor Ihrer Zeit geschrieben.«

»Ich habe alle Ihre Bücher gelesen, die bei uns erschienen sind.«

»Aha. Dann vielleicht in einem anderen Verlag. Haben Sie die auch gelesen?«

»Ähm, um ehrlich zu sein, nur einige ...« Tanaka machte ein verlegenes Gesicht.

Aiko blickte ihn kühl an. Das hätte sie sich ja denken können. Diese jungen Lektoren!

»Sie können jetzt gehen. Ich habe noch viel zu tun«, sagte sie barsch und ging zurück in ihr Arbeitszimmer. Sie nahm die Liste zur Hand, die sie zwei Tage zuvor angefertigt hatte, und sah sie durch. Es half nichts. Mehr als die Berufe hatte sie nicht aufgeschrieben. Sie hatte einige Ehebruchgeschichten verfasst. Es war gut möglich, dass eine ähnliche Konstellation darin vorkam.

Als sie daran dachte, konnte sie nicht mehr still sitzen. Obwohl sie genug zu tun hatte, war an ein Weiterkommen nicht zu denken, solange sie das nicht geklärt hatte.

Sie setzte sich vor das Bücherregal und ging ihre Bücher durch. Wieder meldete sich ihr Magen.

War es möglich, dass sie ihre eigenen Geschichten vergaß? Nach gerade mal acht Jahren. Oder war etwas mit ihrem Erinnerungsvermögen nicht in Ordnung?

Sie überflog die Titel auf den Buchrücken und kämpfte gegen die aufsteigende Übelkeit an.

»Toll, dass Sie wieder den Weg in meine Praxis gefunden haben!« Irabu breitete seine Arme aus und ging ihr entgegen. Es hatte den Anschein, als ob er sie umarmen wollte. Aiko trat unwillkürlich ein paar Schritte zurück. Der Geruch von Parfüm stach ihr in die Nase. Unmöglich, dieser Typ!

Sie hatte eigentlich nicht vorgehabt, noch einmal zu kommen, aber ihre Füße hatten sie wie von selbst hergetragen. Vielleicht, weil sie sich nicht in der Lage fühlte, mit ihrem Problem alleine fertig zu werden.

»Ich habe seit unserem letzten Treffen einen kleinen Roman geschrieben! Und da dachte ich, Sie könnten mir vielleicht den Kontakt zu einem Verlag herstellen.«

Was redete der da? Aiko runzelte die Stirn. Es waren gerade mal zwei Tage seit ihrem Besuch vergangen.

»Wie viel Seiten haben Sie geschrieben?«

»Ungefähr dreißig. Das ging ruckzuck!«

Stolz hielt Irabu ihr sein Manuskript entgegen, und automatisch nahm Aiko es an sich.

Es war handgeschrieben. Die Zeichen sahen aus wie sich windende Regenwürmer. Obendrein zierten bizarre Zeichnungen den Text.

»Die Illustrationen sind von Mayumi-chan.«

»Aha ...« Sie sah zur Krankenschwester, die auf der Sitzbank thronte und in einer Zeitschrift blätterte.

Ihr Kopf begann zu schmerzen. Wenn sie das hier niederschreiben würde, wer würde ihr glauben?

»Und wann könnte ich mit der Veröffentlichung rechnen?«, fragte Irabu.

»Daran brauchen Sie gar nicht zu denken! Bei gerade mal dreißig Seiten.«

»Wie viel müsste ich Ihrer Meinung nach noch schreiben?«

»Hören Sie, die Seitenzahl ist nicht das Problem. Zunächst einmal müssen Sie von einem Lektor grünes Licht bekommen. Dann erst können Sie an weitere Schritte denken.« Aikos Ton wurde immer schärfer. Der hatte keine Vorstellung, wie hart diese Arbeit war.

»Tja, dann geben Sie das schnell einem Ihrer Lektoren zum Lesen.«

Aiko atmete tief durch. Ruhe bewahren! An was für einen Einfaltspinsel war sie da geraten!

»Ich kann's kaum erwarten!« Er ließ seinen Blick in die Ferne schweifen, als ob er dort sein Buch im Schaufenster stehen sehen würde.

Um weitere Diskussionen zu vermeiden, steckte sie das Manuskript in ihre Tasche. Sie würde es Arai oder Tanaka geben und sie bitten, Irabu persönlich zu kontaktieren. Wenn es über sie lief, würden die Herren sich verpflichtet fühlen, es anzunehmen.

»Übrigens, Herr Doktor, eigentlich bin ich wegen einer anderen Sache zu Ihnen gekommen.«

»Ja, worum geht's?«

Sie erzählte ihm von ihrer zunehmenden Zerstreutheit und von ihrer ständigen Sorge, sich zu wiederholen. Obwohl sie ihre Bücher daraufhin überprüfte, würde diese Sorge einfach nicht verschwinden.

»Ich verstehe. Das hat aber nichts mit Ihrem Erinnerungsvermögen zu tun, Sie leiden an einer Zwangsvorstellung.«

»Eine Zwangsvorstellung?«

»Genau. Kommt häufig vor. Vielleicht kennen Sie das Gefühl, dass man in beständiger Sorge ist, ob man seine Haustür abgeschlossen hat.«

»Aha.« Das klang nicht sehr vielversprechend. Jetzt hatte sie neben ihrem Brechreiz auch noch eine Zwangsvorstellung. Wie konnte es nur so weit kommen?

»Wie wär's, wenn Sie eine Weile ausspannen? Sie sehen aus, als ob Sie wohlhabend wären, da könnten Sie doch ein bis zwei Jahre Urlaub machen, oder?«

»Sie haben leicht reden. In meiner Branche wird man schnell vergessen!«, widersprach Aiko heftig. So war es nun einmal. Wer sich aus der Öffentlichkeit zurückzog, brauchte nicht damit zu rechnen, dass man auf ihn warten würde. Der Wettbewerb unter den Schriftstellern war groß, schnell war man weg vom Fenster.

»Und wenn die eine oder andere Seite zu füllen ist, helfe ich gerne aus.«

»Also, hören Sie mal ...« Aiko senkte ihre Stimme. »Ich sage Ihnen das jetzt im Guten. Machen Sie sich nicht zu viele Hoffnungen. Bei einem Wettbewerb für Nachwuchsautoren ist mit über tausend Einsendungen zu rechnen.«

»Stört mich gar nicht. Ich bin zuversichtlich«, antwortete Irabu fröhlich.

War dieser Mensch einfach nur naiv, oder war er irre?

»Beneidenswert, so ein Schriftstellerleben. Wenn ich mir vorstelle, von Tantiemen zu leben ...«

»Das tun nur die Wenigsten. Der Großteil ist auf Autorenhonorare angewiesen. Ein normales Jahreseinkommen liegt unter dem eines Angestellten einer großen Firma.«

»Wirklich?« Irabu staunte.

»Wenn ich es sage! Das ist alles nicht so prächtig, wie Sie sich das vorstellen.«

»Ach so. Ja, dann lasse ich es lieber bleiben.« Irabu streckte seine kurzen Beine nach vorne.

»Na ja, es gibt natürlich auch andere, die mit einem Bestseller Millionen verdient haben.«

»Dann mache ich doch weiter!« Irabu zog seine Beine wieder an.

Warum gab sie sich mit so einem Menschen überhaupt ab? Dem konnte es doch unmöglich ernst sein mit seiner Schriftstellerei.

»Herr Doktor, würden Sie mal bitte nicht abschweifen? Wie könnte man meine Zwangsvorstellung heilen?«

»Ach ja, die Zwangsvorstellung.« Irabu kratzte sich am Kopf. »Da die Ursache mit der des Brechreizes identisch ist, müssten Sie sozusagen etwas anderes ausspeien.«

»Ich verstehe nicht ganz.«

»Anstelle eines angestauten Gefühls kommt Ihnen der Mageninhalt hoch. Ihre Zwangsvorstellung hängt damit zusammen. Gehen Sie doch mal auf den Balkon und schreien Sie sich den Frust von der Seele, schimpfen Sie auf die Leute, die Sie nerven.«

»Herr Doktor, wenn ich das mache, klopft binnen kürzester Zeit die Polizei an meine Tür. Sie haben wohl vergessen, dass ich einen Ruf zu verlieren habe.«

Ganz Unrecht hatte er nicht. Es gab niemanden, mit dem sie reden oder bei dem sich über dieses und jenes beschweren konnte. Alle ihre ehemaligen Lektoren wurden versetzt oder hörten auf. Sie hatte zwar Bekannte unter ihren Schriftstellerkollegen, aber keinem von ihnen wollte sie ihre Schwächen offenbaren. Und Freunde hatte sie schon lange keine mehr.

Auch an diesem Tag bekam sie eine Injektion von der Krankenschwester mit dem mürrischen Gesicht.

»Mayumi, haben Sie mal die anderen Krankenschwestern über mich befragt? Die kennen mich doch bestimmt.« Diese Frage war natürlich etwas aufdringlich, aber Aiko ließ die Ignoranz dieser Krankenschwester keine Ruhe.

»Ich hab niemanden gefragt«, erwiderte diese von oben herab.

Aiko ärgerte sich. Für wen hielt die sich eigentlich? Zugegeben, sie war ausgesprochen hübsch, aber das war schon alles, was man von ihr sagen konnte.

»Tja, ich habe noch ein paar signierte Bücher zu Hause. Die können Sie ja mal verteilen.«

»Bitte, ganz wie Sie wollen.«

Normalerweise kam nach so einem Angebot doch »Das ist aber nett. Vielen Dank«, auch wenn es nur aus Höflichkeit war. Dumme Nuss, dachte Aiko.

Ihr wurde heiß, ein brennendes Gefühl im Magen stellte sich ein. Was war denn mit den beiden los? Hatten die noch nie etwas von Respekt gegenüber anderen gehört?

Sie unterdrückte mit Mühe ihren Brechreiz und verließ die Praxis.

Sie entschied sich schließlich, Irabus Manuskript ihrem Lektor Arai zu geben. Sie selbst hatte keinen Blick hineingeworfen.

»Kein Problem. Eine Empfehlung von Ihnen ist mir immer willkommen«, antwortete dieser bereitwillig. Das war vorauszusehen. Hätte er gezögert, wäre sie bereit gewesen, ihn unter Druck zu setzen.

»Das ist keine Empfehlung. Das wurde mir von einem penetranten Arzt geradezu aufgedrängt.« Sie erklärte ihm kurz die Sachlage und schickte das Manuskript anschließend per Fahrradkurier an Arai, natürlich mit dem Vermerk »Empfänger zahlt«. Ihre Aufgabe war erfüllt, alles Weitere interessierte sie nicht.

Am Abend traf sie sich mit Sakura zu einem gemeinsamen Dinner. Eigentlich ging sie ihr oft auf die Nerven, aber sie war die einzige Freundin, die sie noch hatte. Mit ihr konnte sie offen über alles reden.

»Ich bin beeindruckt! Du hast eine Reservierung für diesen edlen Schuppen bekommen. Ich betrachte mich natürlich als eingeladen.« Sakura sah sich in dem französischen Restaurant in Azabu um. Sie trug ein Sweatshirt zu einer Kordhose und sah nicht aus, als ob sie sich geschminkt hätte. Obwohl sie schon Mitte dreißig war, stand ihr das Outfit, und Aiko ertappte sich dabei, wie sie sich darüber ärgerte.

»Und? Wie läuft die Arbeit?«, fragte Sakura.

»Überhaupt nicht. Ich gehe zur Zeit zum Psychiater«, erwiderte Aiko trotzig.

»Warum das denn?«, rief ihre Freundin überrascht aus, und Aiko klärte sie über ihren gegenwärtigen Zustand auf. Sie verschwieg nichts. Da Sakura ohnehin in einer anderen Welt lebte, musste sie kein Blatt vor den Mund nehmen.

»Siehst du, ich hab's dir doch gesagt! Du hättest eben doch

den Milchmann und das Mädchen von der Tankstelle nehmen sollen.«

»Ja, ja, mach dich nur lustig. Ist ja nicht dein Problem.«

»Na gut, dann werde ich das mal analysieren, meine liebe Aiko. Du hast allmählich die Nase voll davon, Romane nach Schema F zu schreiben, wo du immer wiederkehrende Handlungsmuster mit ähnlichen Figurenkonstellationen verwendest.«

»Was soll denn das? Romane nach Schema F!« Diese Aussage kränkte Aiko. Was fiel ihr ein, so über ihre Arbeit zu sprechen!

»Wieso? Das stimmt doch. Deine Romane sind wie eine Folge der Fernsehserie *Mito Kōmon*: Man weiß schon am Anfang, wie es ausgehen wird.«

»Das stimmt doch gar nicht! Mal gibt es eine Trennung, mal einen Neubeginn.«

»Das sind doch nur Variationen. Das Muster bleibt dasselbe. Man hat nie das Gefühl, dass deine Figuren lebendig sind.«

»Das wagst du mir so einfach ins Gesicht zu sagen!«

»Jetzt werd nicht gleich pampig. Sei froh, dass ich dir meine ehrliche Meinung sage. Um dich herum gibt es doch ohnehin nur Speichellecker.« Sakura nahm einen Schluck Wein. »Edler Tropfen, muss man schon sagen.« Sie hielt kurz inne und fuhr dann fort: »Aiko, warum schreibst du nicht mal wieder so was wie *Morgen*. Das war wirklich große Literatur, das meine ich ernst.«

»Das Buch lag aber wie Blei in den Regalen«, sagte Aiko und senkte den Blick.

»Moment mal, vielleicht nach deinen Maßstäben. Mit einer Startauflage von dreihunderttausend Exemplaren können sich nur die wenigsten Autoren rühmen.«

»Ich habe gedacht, das wird ein Bestseller und gleichzeitig der Wendepunkt meiner Karriere.«

Tatsächlich hatte Aiko damals keine Sekunde daran gezweifelt. Sogar ein neues Apartment wollte sie sich kaufen.

»Na ja, ich kann verstehen, dass es eine herbe Enttäuschung für dich war. Mindestens zweihunderttausend verkaufte Exemplare hätte man bei einem solchen Buch schon erwarten dürfen.«

»Siehst du! Das habe ich auch gedacht. Ich habe das Buch schließlich mit Herzblut geschrieben.«

»Ich weiß, ich weiß. Wer es liest, merkt, dass du alles gegeben hast.«

»Und keiner hat es mir gedankt. Glaubst du, da könnte man einfach zur Tagesordnung übergehen und das nächste Werk schreiben?«

»Zugegeben, aber andererseits hast du danach nicht gerade am Hungertuch genagt.« Sakura stieß einen Seufzer aus. »Das Filmbuch, das ich gerade mache, kann noch so toll sein, aber mehr als fünftausend Exemplare werden trotzdem nicht gedruckt. Und wenn es vergriffen ist, wird es keine Neuauflage geben, von Werbung für das Buch ganz zu schweigen.«

»Ehrlich? Warum denn das?«

»Flaute in der Verlagswelt, nehme ich mal an. Heutzutage lautet die Devise, knapp kalkulieren. Was sich nicht restlos verkaufen lässt, wird erst gar nicht in Betracht gezogen.«

»Wirklich ärgerlich.«

»So sieht's aber aus. Ob Meisterwerk oder Durchschnittskost, was zählt, sind die verkauften Exemplare. Darin unterscheiden sich Verlage in nichts von anderen Unternehmen.«

»Kannst du damit leben, ich meine, kannst du das einfach so hinnehmen?«

»Es bleibt mir doch gar nichts anderes übrig! Was kann ich als freie Redakteurin schon groß tun?« Sakuras sonst so heitere Miene verfinsterte sich. »Es tut mir vor allem um meine Autoren leid.«

»Das wusste ich nicht.«

Beide saßen nun mit bedrückten Gesichtern da. Eigentlich wollte Aiko bei Sakura ihren Unmut loswerden, und nun das.

»Es ist mir klar, dass sich ein gutes Buch nicht automatisch verkauft. Natürlich muss kräftig die Werbetrommel gerührt werden. Wenn es sich trotz aller Bemühungen nicht durchsetzen kann, fällt es einem umso schwerer, mit dem Misserfolg fertig zu werden.«

»Ja, das verstehe ich.«

»Zum Trost wird einem eingeredet, dass zumindest das Werk an sich bleibt. Aber auch das stimmt nicht. Was sich nicht verkauft, geht unter.«

War das wirklich so? Würde *Morgen* der Vergessenheit anheim fallen? Ihr kleines Baby, ihr eigen Fleisch und Blut? Aiko wurde immer schwermütiger. Da war sie nun extra in dieses exklusive Restaurant gekommen, und nun konnte sie das Essen nicht genießen.

Zu Hause übergab sie sich wieder. Danach war das Gefühl der Leere umso größer.

3

Tanaka war zu ihr gekommen, um ihr die Fotos, die nach dem Interview gemacht wurden, zu zeigen. Aiko bestand darauf, jedes Foto, das veröffentlicht werden sollte, zuvor zu sehen. Schließlich war es ihr Gesicht, das in den Magazinen abgebildet war.

»Sagen Sie mal, dieser Fotograf ist nicht so toll. Das Foto sieht ja aus wie von einer Nachrichtenagentur.«

»Sie haben Recht. Deshalb schneiden wir es oben und unten an«, wies Tanaka auf die markierten Stellen hin.

»Nein, die Aufnahme an sich ist schlecht. Sehen Sie hier! Am Hals sieht man ja Falten. Sie haben doch noch die Aufnahmen, die wir für das Plakat gemacht haben. Nehmen Sie davon eins!«

»Sie meinen die Aufnahmen mit dem Weichzeichner?«

»Was soll denn dieser Blick!«, funkelte Aiko ihn an.

»Nein, nein, wir machen es, wie Sie sagen. Ich werde gleich in der Redaktion Bescheid geben.«

Er presste die Lippen zusammen. Bestimmt würde er Ärger mit seinen Vorgesetzten bekommen, doch das konnte ihr egal sein.

»Ach ja, Frau Hoshiyama. Unsere Zeitschrift plant eine Serie von Reiseberichten. Hätten Sie vielleicht Interesse, einen Beitrag für die zweite Ausgabe zu schreiben?«

»Einen Reisebericht?« Aiko überlegte kurz. »Gut, warum nicht! Ich hätte Lust, mal wieder nach Paris zu fliegen.« Das kam ihr gerade recht. Sie hatte ohnehin schon seit einiger Zeit mit dem Gedanken gespielt, eine Reise ins Ausland zu unternehmen.

»Ich übernachte im Bristol und speise in den besten Restaurants ...«

»Wir hatten eher an eine Inlandsreise gedacht ...«

»Jetzt seien Sie mal nicht so knausrig. Dafür liefere ich Ihnen zusätzlich eine Kurzgeschichte mit Schauplatz Paris. Sagen Sie das Ihrem Redaktionsleiter!«

»Na gut, ich werde es ihm ausrichten.«

»Wer schreibt eigentlich den ersten Reisebericht?«

»Eitarō Okuyama. Wir schicken ihn mit einer Digitalkamera in ein Fischerdorf im Nordosten.«

»Aha, dann bietet sich Paris für die zweite Folge ja geradezu an. Ein bisschen Luxus als Kontrast,« versuchte sie ihrer Wahl Nachdruck zu verleihen. »Verkauft sich dieser Okuyama eigentlich gut?«

»Überhaupt nicht!«, winkte Tanaka ab. »Dauernd ändert er Stil und Thematik, schreibt ziemlich exzentrische Sachen.«

Das war Musik in ihren Ohren. Es war immer wieder erfrischend, von erfolglosen Kollegen zu hören.

Nachdem Tanaka gegangen war, kam ein Anruf von Arai.

»Ich rufe an wegen des Manuskripts von dem Psychiater, das Sie mir gegeben haben.« Ach ja, das gab es ja auch noch, das hatte sie völlig vergessen.

»Ja, was ist damit? Haben Sie es entziffern können?«, fragte Aiko.

»Also, ich fand das ganz witzig, um ehrlich zu sein«, erwiderte Arai.

»Was? Das ist nicht Ihr Ernst!« Sie glaubte, sich verhört zu haben. Doch nicht das Manuskript von diesem Irabu?«

»Nein, nein, nicht die Geschichte, ich meine die Illustrationen.«

»Ach so, ich dachte schon ...« Aiko erinnerte sich an die komischen kleinen Zeichnungen, die in den Text eingestreut waren.

»Die sind auf ihre Weise einzigartig, oder, wie soll ich sagen, die springen einen geradezu an, irgendwie.«

»Ich hatte nur einen kurzen Blick darauf geworfen, sahen aus, als ob ein Wesen vom anderen Stern sie gezeichnet hätte.«

»Gerade das macht ihren Reiz aus!«

»Sieh an«, sagte Aiko wenig begeistert. Das passte ihr gar nicht. Diese freche Krankenschwester hatte also Talent. »Ich sage Ihnen lieber gleich, dass die Zeichnungen nicht von dem Arzt sind, sondern von einer Krankenschwester namens Mayumi.«

»Aha. Sie haben nichts dagegen, wenn ich direkt mit ihr Kontakt aufnehme?«

»Bitte sehr. Wie war eigentlich die Geschichte?«

»Tja, wie soll ich sagen ...«

»Tun Sie sich keinen Zwang an. Ich bin dem Arzt zu nichts verpflichtet.«

»Der Text hat nicht den geringsten Zusammenhang.«

Das war zu erwarten. Sie hatte nicht im Entferntesten daran geglaubt, dass dieser Arzt, dem jeglicher Sinn für Realität fehlte, etwas Vernünftiges zu Papier bringen konnte.

Nach dem Telefonat wandte sie sich wieder ihrer Arbeit zu. Als Nächstes war die Szene dran, in der sich der Geschäftsmann und die Flugbegleiterin begegneten. Direktflug von London nach Tōkyō, Business-Class. *Junikos Blick fiel auf einen Mann, groß und schlank, mit ausgeprägten Gesichtszügen. Er war ihr bereits auf dem Hinflug aufgefallen.*

Plötzlich hielt Aiko inne. Das hatte sie schon einmal geschrieben. Sie war sich sicher. Hundertprozentig. Wieso war ihr das nicht bei der Konzeption der Geschichte aufgefallen? Hastig nahm sie wieder ihre Liste zur Hand und überflog die Titel und Figuren. Nichts. Nein, das konnte nicht sein! Sie hatte bestimmt etwas übersehen. Sollte sie noch einmal von vorne beginnen? Plötzlich bekam sie Herzrasen, und schon wurde sie von einem starken Brechreiz überfallen. Sie konnte gerade noch aufstehen, doch weiter kam sie nicht. Sie erbrach sich über die Tastatur ihres Computers.

Aiko war verzweifelt. Eine Stimme in ihr sagte »Mit dir stimmt etwas nicht«. Ich weiß, dachte sie, ich leide an Brechreiz und Zwangsvorstellungen. »Selbst wenn du alles noch einmal durchforstest, es wird sich nichts finden«, fuhr die Stimme fort. Aber wenn ich einfach so weiterschreibe, frisst mich die Ungewissheit auf. Vielleicht sollte ich doch mal eine Pause machen? Aiko nahm die Tastatur und warf sie in den Abfalleimer. Sie hatte die Lust verloren weiterzuarbeiten. Tatsächlich hatte sie in den vergangenen zwei Jahren nicht ein einziges Mal Freude am Schreiben verspürt.

»Wow, ich hab's wirklich geschafft! Ich bin jetzt ein Schriftsteller und kann von den Tantiemen leben!«

Irabu grinste. Aiko zog die Augenbrauen hoch. Wenn ein Nilpferd grinsen könnte, würde es so aussehen wie Irabu, dachte sie, während sie diesen seltsamen Menschen betrachtete.

»Frau Hoshiyama, haben Sie's schon gehört? Herr Arai hat gestern hier angerufen. Er fand das Manuskript total interessant und wollte mich unbedingt treffen.«

Meine Güte, nicht sein Text war gemeint, sondern Mayumis Zeichnungen! Wie konnte er das so missverstehen?

»›Einzigartig‹ und ›ganz wunderbar‹ waren seine Worte. Wenn es noch mehr gäbe, würde er das gerne sehen.«

Eben, und zwar die Zeichnungen!

»Als er am Telefon sagte ›sehr interessant‹, bin ich aus dem Sessel gesprungen. Das freut einen natürlich, wenn man gelobt wird.«

Du hättest besser bis zum Ende zuhören sollen.

»Dreißig Seiten schreibe ich locker an einem Tag. Die gebe ich ihm dann wieder zum Lesen. Wie viel Seiten braucht man ungefähr für ein Buch?«

»Mindestens zweihundert Seiten.«

»Was? So viel? Kann ich die nicht mit Mayumis Zeichnungen entsprechend auffüllen?«

Aiko schüttelte wortlos den Kopf. Na ja, was soll's. Das war Arais Problem, nicht ihres.

Mayumi selbst lag bäuchlings auf der Sitzbank, knabberte Chips und las in einem Magazin.

»Ach ja, Schwester, ich habe die versprochenen Bücher mitgebracht. Verteilen Sie sie an die Interessierten.«

Aiko reichte ihr eine Papiertüte mit ihren Werken. Neben ihren Liebesromanen hatte sie auch *Morgen* eingepackt.

»Würden Sie's da hinstellen?«, meinte Mayumi nur und verbarg nicht, dass ihr das lästig war.

Unverschämtheit. Bei ihren Signierstunden standen die jungen Frauen Schlange, um ein Exemplar mit ihrer Unterschrift zu ergattern!

»Wie sieht es eigentlich mit Ihrem Problem aus? Hat es sich gebessert?«, fragte Irabu.

»Nicht im Geringsten. Deswegen bin ich ja hier«, antwortete sie barsch. »Sobald ich mich ans Schreiben mache, werde ich von dieser Zwangsvorstellung geplagt, und dann lässt der Brechreiz nicht lange auf sich warten. Es wird von Mal zu Mal schlimmer.«

»Das Beste wäre wirklich, Sie würden eine Weile Abstand vom Schreiben nehmen.«

»Wenn das so einfach wäre! Ich habe monatlich zwei kleinere Sachen abzuliefern und schreibe obendrein an einem Roman.«

»Was passiert, wenn Sie den Abgabetermin nicht einhalten?«

»Wenn ich den Termin überschreite?«, stammelte Aiko, »dann wird meistens ein für diesen Fall zurückgelegter Text eines Nachwuchsautors hergenommen.«

»Dann ist's ja halb so schlimm. Ich habe schon befürchtet, die Seiten bleiben leer.«

»Halb so schlimm? Von wegen! Damit würde ich meinen Bonus verspielen. Ich bin schließlich eine professionelle Schriftstellerin!«

Tatsächlich hätte sie zu gerne mal ein Manuskript einfach nicht abgegeben, doch dazu fehlte ihr der Mut. Selbst eine Pause einzulegen wagte sie nicht.

»Wenn das so ist, sehe ich nur noch eine Möglichkeit: Sie müssen etwas völlig anderes machen.«

»Was meinen Sie?«

»Wenn ich Sie so höre, dann ist es diese Routinearbeit, die Ihre Zwangsvorstellung verursacht. Vielleicht sollten Sie eine Liebesgeschichte schreiben, in der die beiden Liebenden sich gegenseitig umbringen. Oder Sie lassen mitten im Liebesakt ein Gespenst erscheinen, das am Bett rüttelt. Die Geliebte würde sagen: ›Du bist aber heftig, mein Schatz!‹, darauf er: ›Das bin aber nicht ich‹, oder so in der Art.« Irabu lachte lauthals.

Dieser Trottel, was dachte der sich eigentlich?

»Darf ich Sie daran erinnern, dass mein Name für eine bestimmte Art von Literatur steht – ich habe einen Ruf zu verlieren.«

»Gerade deswegen sollten Sie vielleicht von dieser Art von Literatur Abstand nehmen, dann wird Ihnen bestimmt leichter ums Herz.«

»Abstand nehmen ...?«

Aiko war sprachlos. Sie glaubte zu verstehen, was er meinte. Seit ihr Roman *Morgen* sich als kommerzieller Misserfolg herausgestellt hatte, klammerte sie sich ängstlich an das bewährte Schema ihrer Liebesromane. Sie wollte nichts mehr riskieren.

»Ein Außerirdischer als Liebhaber, der menschliche Absonderungen mag und der zu nächtlicher Stunde die Spucknäpfe heimsucht ...«

Meine Güte, hör auf damit!, stöhnte sie innerlich.

»Was ich meine, ist, dass der Mensch mal Abwechslung braucht.«

»Hm«, nickte Aiko. Es ärgerte sie zwar, was er sagte, aber eigentlich hatte er Recht. Ihr ganzes Tun war nur darauf ausgerichtet, den eingeschlagenen Weg fortzusetzen und jedes Risiko zu vermeiden.

Als sie wieder zu Hause war, entschied sie sich, Irabus Rat zu folgen und mal etwas anderes zu schreiben. An eine Liebesgeschichte konnte sie sich ohnehin nicht wagen, da ihr Magen rebellieren würde. Bis zum Abgabetermin war noch genügend Zeit, und es war einen Versuch wert. Science-Fiction oder Horror kamen für sie nicht in Frage, aber einen unmoralischen Porno konnte sie sich gut vorstellen. Sie legte ihre Finger auf die neue Tastatur.

Es war am Abend nach dem Begräbnis ihres Schwiegervaters, als sie die Blicke des Mannes ihrer jüngeren Schwester auf ihrer Haut spürte. Er schaute verstohlen auf den Nacken von Kiyomi, die in Trauerkleidung war. Als sich ihre Blicke trafen, sah er hastig weg ...

Ihr war wieder unwohl geworden. Es funktionierte nicht. Sie konnte sich nicht verstellen. Was sie schrieb, war immer nur das Gleiche. Sie musste dieses Schema durchbrechen.

Atais Möse hatte eine dunkle Farbe. Sie vögelte einfach zu viel. Aber daran war der Mann ihrer Schwester schuld, der seine Frau nach Strich und Faden betrog. Jeden Tag stahl er sich von seiner Arbeit fort, um es mit Atai in ihrem Apartment zu treiben. Sie war von seinen perversen Gelüsten angezogen und abgestoßen zugleich. Letzte Nacht forderte er sie auf, sich einen Rettich unten einzuführen. Sie dachte, sie müsse sterben ...

Nein, es ging einfach nicht. Sie stützte den Kopf auf ihre Hände. Wenn sie das ihren Lektoren schickte, würde es einen Tumult geben.

Das Telefon klingelte. Als sie abnahm, meldete sich Arai.

»Frau Hoshiyama, ich weiß mir nicht mehr zu helfen. Dieser Arzt, Irabu, hat irgendetwas missverstanden. Heute ist er sogar persönlich bei uns aufgetaucht«, fuhr er fort und senkte seine Stimme. »Eigentlich hatte ich die Zeichnerin, die Krankenschwester, hergebeten.«

»Ach ja, dieser Arzt. Der hört einfach nicht zu, was man ihm sagt.« Aiko lachte sich ins Fäustchen. Sie hatte ihren Spaß an der Entwicklung der Dinge.

»Genauso ist es. Ich habe vorsichtig versucht zu erklären, was Sache ist. Hoffnungslos. Man dringt einfach nicht durch. ›Wann wird mein Buch denn nun gedruckt?‹, fragt er andauernd und freut sich wie ein Kind.«

»Dann erfüllen Sie ihm doch seinen Wunsch. Wer weiß, vielleicht wird es ja ein Bestseller.«

»Frau Hoshiyama, ich bitte Sie!«, flehte Arai sie an. »Ich bewahre das Manuskript zunächst einmal bei mir auf und wäre Ihnen mehr als dankbar, wenn Sie mit ihm reden würden.«

»Wie bitte? Sie wollen mir die ganze Arbeit aufhalsen?«, antwortete Aiko grob und legte auf. Sie stellte sich das verzweifelte Gesicht von Arai vor und schnaufte zufrieden.

Eine Weile saß sie regungslos da und schaute aus dem Fenster. Sie seufzte. Was für eine gehässige Person sie doch geworden war. Es machte ihr eine diebische Freude, ihre Lektoren in die Bredouille zu bringen.

Früher war sie nicht so gewesen, da war sie auf einen freundlichen Umgangston bedacht.

Auch das hatte sie *Morgen* zu verdanken. Sie war lange nicht über diesen Misserfolg hinweggekommen. In einer Phase, in der sie noch nicht in der Lage war, etwas Neues in Angriff zu nehmen, hörte sie von anderen, dass ihr damaliger Lektor sich vor allem auf die PR von potenziellen Bestsellern konzentriert und ihr Werk links liegen gelassen hatte. Seit dieser Zeit blickte Aiko mit Verachtung auf diesen Berufsstand. Aber sie wusste auch, dass sie mit dieser Haltung nur sich selbst schadete.

Ihr Blick wanderte zurück auf den Bildschirm ihres Computers. Sie löschte die wenigen Zeilen ihres Pornos. So einen Mist hätte sie ohnehin nicht veröffentlichen können.

Aiko fragte sich, was sie eigentlich werden wollte. Wollte sie als »Königin des Liebesromans« weiterregieren? Wollte sie reich werden und ein Leben in Luxus führen?

Wohl kaum. Was sie wirklich wollte, war, noch einmal ein Werk wie *Morgen* schreiben. Als sie das Buch zu Ende geschrieben hatte, war sie so aufgeregt wie selten zuvor. Auch wenn die Anstrengung alles bisher Erlebte übertraf, überwog doch das Gefühl, über sich selbst hinausgewachsen zu sein und etwas Großes vollbracht zu haben. Sie war damals so stolz auf sich!

Der Wille, ein weiteres Werk dieses Kalibers zu schreiben, war da. Nur, wie sollte sie es anstellen? Angenommen, sie nahm die Strapazen noch einmal auf sich – die Angst vor einem erneuten Reinfall würde bleiben.

Sollte ihrem nächsten großen Werk ein ähnliches Schicksal widerfahren, würde sie wohl endgültig an der Welt verzweifeln. Sie würde jedem die Schuld dafür geben. So ein Mensch war sie, intolerant und ungerecht.

Aiko schaltete den Computer aus. Sie hatte keine Lust zu arbeiten. Vielleicht sollte sie auf Irabu hören und vorläufig keine Romane mehr schreiben. Ein halbes Jahr würde der Verlag wohl tolerieren. Mit Kolumnen oder Reiseberichten könnte sie dafür sorgen, dass ihr Name nicht völlig von der Bildfläche verschwand.

Sie sank über ihrem Schreibtisch zusammen und hätte am liebsten geheult. Wie unglaublich einsam sie doch war.

Kurze Zeit später fand Aiko sich als Teilnehmerin bei einer Talkrunde wieder. Als sie Tanaka mitteilte, dass sie an einer Schreibblockade litt, schlug er ihr dieses Projekt vor. Ein Lifestyle-Magazin wollte das Gespräch mit einigen Seiten Hochglanzfotos von ihr veröffentlichen, und so sagte sie schließlich zu. Aiko sah darin eine gute Gelegenheit, sich in ihrem neuen Kimono zu präsentieren. Sie hatte bereits einen Termin in einem Schönheitssalon vereinbart, und welche Frisur sie tragen wollte, wusste sie auch schon.

Ihre Gesprächspartnerin war eine junge Schriftstellerin, die seit einiger Zeit recht erfolgreich war. Nachdem Aiko einige ihrer Werke gelesen hatte, war sie erleichtert. Das waren Liebesromane auf Schülerniveau. Sie erfüllte eine tiefe Empörung angesichts der Tatsache, dass sich Derartiges gut verkaufte.

Ihr Name war Rena. In einem Hotelzimmer, das für die Dauer des Gesprächs gemietet worden war, wurden die beiden Frauen einander vorgestellt, und Rena machte vor Aiko eine tiefe Verbeugung. Sie sprach mit einer honigsüßen Stimme.

»Wie ist denn Ihr Nachname«, fragte Aiko, wohl wissend, dass sie keinen benutzte.

»Ich publiziere nur unter meinem Vornamen. Den kann man sich leichter merken, dachte ich.« Aiko fand, dass es ein aufdringlicher Künstlername war, der nicht zu dieser kleinen, fetten Person passte. Aiko musterte ihr Outfit: Rena trug eine neue Kreation von Hermès. Das Kostüm kostete bestimmt vierhunderttausend Yen, dabei stand es ihr überhaupt nicht.

»Das ist ja ein wunderschöner Kimono«, rief Rena bewundernd. »Na ja, danke, auch Sie sind recht apart gekleidet«, antwortete Aiko. Eine Weile ergingen sie sich in Lobpreisungen.

Zuerst nahmen sie zu dritt ein Abendessen zu sich, das vom hoteleigenen Nobelrestaurant gebracht wurde, und führten Smalltalk. »Also Herr Tanaka, Sie sind mir ja vielleicht einer!«, schmeichelte Rena dem Lektor unaufhörlich.

»Frau Hoshiyama, das muss ich Ihnen erzählen. Als wir vor

kurzem bei einer Film-Preview waren, ist der doch einfach zwischendurch eingenickt.«

Sieh mal einer an. Sie selbst wurde von ihm nie eingeladen. Aiko blickte Tanaka an, der verlegen grinste. Hatte er vergessen, wer wirklich wichtig war?

Tanaka würde ihr Typoskript erst zum letztmöglichen Termin erhalten, beschloss Aiko.

Diese Debütautoren glaubten, dass ein Lektor ihr Privateigentum sei. Diese Schlampe war dafür ein typisches Beispiel. Sie war total aus dem Häuschen, dass sie so hofiert wurde.

Nach dem Essen begann die Talkrunde. Das Thema war »Die Zukunft des Liebesromans«.

»Wenn ich Ihre Romane lese, Frau Hoshiyama, bin ich jedes Mal beeindruckt von der Beschreibung Ihrer Heldinnen, die mir so nah zu sein scheinen, dass ich unwillkürlich denken muss, es gibt sie wirklich.«

Rena lobte Aiko über den grünen Klee. Diese hatte zwar nichts dagegen, fühlte sich aber auch nicht besonders geschmeichelt.

»Keine Ihrer Figuren wirkt überdreht oder gewöhnlich, alle haben irgendwie Stil.«

»Ich versuche eben, Banalitäten aus meinen Geschichten herauszuhalten, vor allem bei Kurzgeschichten.«

»Aber alle leben in teuren Eigentumswohnungen, nicht?«

»Ach ja, tatsächlich? War mir jetzt gar nicht so bewusst.« Sie hatte den Nagel auf den Kopf getroffen, und Aikos Stimmung verschlechterte sich augenblicklich.

»Doch, wirklich! Ich liebe diese Szenen, wenn die Heldin am Fenster ihres Apartments steht, die nächtliche Großstadtszenerie betrachtet und über ihr Leben nachdenkt.«

»Sie, Rena, haben eine Vorliebe für weiße Prachtvillen, stimmt's? Ihre Heldinnen sind meistens Töchter wohlhabender Unternehmer.«

Damit waren sie zunächst einmal quitt. In den Romanen dieser Frau kamen ausschließlich reiche Leute vor.

»So ein Leben habe ich mir schon immer gewünscht.«

»Aber Romane sind doch keine Märchen!«

»Da haben Sie wohl Recht. Ich werde mir an Ihnen ein Beispiel nehmen, Frau Hoshiyama«, antwortete Rena und schielte zu Aiko. »Redakteurinnen, Frauen aus der Werbebranche, Kuratorinnen, kurz gesagt, Frauen, die Karriere machen, sollte ich bei meiner Stoffwahl mehr berücksichtigen.«

Kuratorinnen? Das versetzte ihr einen Stich. Diese Kurzgeschichte harrte noch immer unvollendet in ihrem Computer aus.

»An eine Kuratorin in meinen Werken kann ich mich gar nicht erinnern.«

»Ach so? Dann muss ich mich wohl geirrt haben. Aber die würde trotzdem gut in Ihr Schema passen, nicht wahr?«

Schema? Ihre Wangen zuckten vor Ärger. Aber die Kuratorin ließ sie nicht los. Sie musste irgendwo etwas übersehen haben.

»Auch Geschäftsmänner kommen häufig bei Ihnen vor. Sie hatten früher nicht zufällig eine Beziehung zu einem?«

»Nein, hatte ich nicht.«

»Aha, dann stehen Sie sozusagen auf groß gewachsene, schlanke Geschäftsmänner mit ausgeprägten Gesichtszügen, habe ich Recht?«

Suchte die etwa Streit, diese Göre? Aiko spürte, wie ihr Gesicht heißer wurde.

»Sie dagegen haben ein Faible für Mannschaftskapitäne, Reitsportarten und American Football. Und nicht zu vergessen die Studenten an der Kunstakademie.«

»Ihre Studenten würden sich ihr Studium selbst finanzieren, und ein Mädchen aus wohlhabendem Haus würde sich in so einen verlieben, das bewährte Schema, richtig?«

»Würden Sie vielleicht die Güte besitzen, nicht dauernd das Wort ›Schema‹ in den Mund zu nehmen!«, sagte Aiko, ohne eine Miene zu verziehen.

»Also, um Ihre Standpunkte zusammenzufassen ...«, unterbrach Tanaka sie, der schweißgebadet danebensaß, »die Figuren in Liebesromanen spiegeln die Vorlieben des Autors wider ...«

»Wer hat denn das behauptet, bitte schön!«, sagte Aiko spitz.

»Entschuldigen Sie vielmals, Frau Hoshiyama. Wenn ich Sie in irgendeiner Weise beleidigt haben sollte, entschuldige ich mich natürlich«, sagte Rena. Aiko glaubte ihr kein Wort. »Wichtiger noch als die Figuren sind doch die Aphorismen, nicht?«

Tu doch nicht so klug! Nicht einen einzigen deiner Sätze meinst du ernst.

»Es ist schwer, Aphorismen zu finden, die allgemeine Zustimmung finden, meinen Sie nicht? Ihre Leser, Rena, sind in der Regel Teenager, und die bevorzugen doch eher festgelegte Ausdrucksformen, man könnte schon fast sagen, Klischees.«

»Einer Ihrer typischen Aphorismen lautet ›Eine Frau ist nur sie selbst im Spiegelbild‹, was ich übrigens schon drei Mal bei Ihnen gelesen habe.«

»Rena, was soll denn Ihr ständiges ›Liebe ist eine unlösbare Gleichung‹? Dann bräuchte man auch keine Romane mehr zu schreiben.«

»Was soll's! Hauptsache, ich führe die Bestsellerlisten an. Ist es nicht so, Herr Tanaka!«

»Ja ... nein, ich meine ...«, stotterte Tanaka, der nicht mehr ein noch aus wusste.

Aiko hatte genug von diesem Gespräch. Sie konnte ihre Wut kaum mehr zurückhalten. Das würde sie nicht auf sich beruhen lassen. Sie würde einen Roman schreiben und es allen zeigen! Von wegen Pause, nichts da! Einen Liebesroman für Erwachsene, den diese kleine Schlampe niemals zustande bringen würde.

Der Anfang ihrer bereits begonnenen Geschichte war ja nicht schlecht. Einige Verbesserungen hier, kleine Umstellungen da ... Moment! Eine Kuratorin konnte sie wohl nicht mehr verwenden, oder? Genauso wenig wie einen Geschäftsmann. Schema – das Wort hallte immer noch in ihren Ohren.

In Aikos Kopf begann sich alles zu drehen. Sie spürte, wie alle Energie aus ihr wich und ihr Mageninhalt hochkam.

Alles, nur das nicht! Nicht hier und jetzt!

Sie stand hastig auf, doch schon erbrach sie sich über den ganzen Tisch. Rena, Tanaka und der Fotograf erstarrten. Halb verdaute Garnelen und Lotoswurzeln lagen verstreut umher.

Aiko nahm rasch die Enden des Tischtuchs, bedeckte das Erbrochene damit und floh ohne sich umzublicken aus dem Zimmer.

Nur weg hier, dachte sie.

4

Drei Tage lang verließ sie ihr Schlafzimmer nicht. Jedes Mal, wenn sie an ihren Auftritt dachte, wollte sie vor Scham in den Boden versinken.

Und das war noch nicht alles. Als Tanaka anrief, um sich nach ihrem Befinden zu erkundigen, wurde sie hysterisch. Wenn er diese Frau weiter betreuen würde, wolle sie nichts mehr mit ihm zu tun haben, hatte sie ihn angebrüllt. Der stets freundliche Tanaka war bestimmt mit seiner Weisheit am Ende.

Mehrmals stand sie auf und setzte sich an den Computer, aber es war hoffnungslos. Sie brachte keine Zeile zustande. Schon allein beim Gedanken, die bereits vorhandenen Seiten zu bearbeiten, bekam sie einen Brechreiz, und tatsächlich übergab sie sich ein Mal. In diesem Zustand konnte sie natürlich nicht an die Öffentlichkeit.

Aiko wusste, dass ihr Leben als Schriftstellerin auf dem Spiel stand. Nüchtern schätzte sie ihren Marktwert ein: Sie war eine bekannte Schriftstellerin, die Bücher wie am Fließband produzierte. Würde sie, wenn sie eine Auszeit einlegte, von der Bildfläche verschwinden, zusammen mit ihrem Werk *Morgen*? Aiko stieß einen tiefen Seufzer aus.

Das Telefon klingelte. Widerwillig nahm sie den Hörer ab. Es war Arai.

»Frau Hoshiyama, bitte helfen Sie mir! Dieser Irabu kommt dauernd hier vorbei und will wissen, was er tun soll, um ein Buch zu veröffentlichen. Ich komme kaum noch zum Arbeiten!« Arai schien den Tränen nahe. Dieser Nilpferd-Doktor gab einfach nicht auf.

»Haben Sie ihm nicht gesagt, dass er kein Talent hat?«

»Nicht in dieser Deutlichkeit. Ich habe versucht, ihm zu verstehen zu geben, dass seine Art von Text nicht so einfach zu vermitteln wäre.«

»So haben Sie keinen Erfolg, nicht bei diesem Menschen. Auf Andeutungen reagiert der nicht.«

»Das habe ich inzwischen auch kapiert. Wenn ich sage, der Stil hätte eine Überarbeitung nötig, dann hakt er sofort nach und will wissen, wie und warum, und schließlich finde ich mich beim Redigieren seiner Texte wieder. Gestern hat er mich geschlagene drei Stunden beschäftigt. Und gerade eben hat er wieder angerufen. Er wollte mir bloß sagen, dass er mit dem Einarbeiten der Korrekturen fertig sei und gleich vorbeikommen würde. Der ist schlimmer als ein Yakuza, der Schulden eintreibt!«

»Veröffentlichen Sie es doch einfach, dann haben Sie Ihre Ruhe«, meinte Aiko schnippisch.

»Ich bitte Sie, Frau Hoshiyama. Sie wissen, dass das unmöglich ist.«

»Das ist nicht meine Sache.«

»Aber Frau Hoshiyama ...« Arai wusste nicht mehr weiter.

»Ich habe eine Idee! Stellen Sie ihn doch den Medien vor. Es würde mich nicht wundern, wenn ein Sonderling wie er ein gewisses Interesse weckt. Dann könnten Sie ihn als Medienstar vermarkten. Bücher von und mit Medienstars sind doch eine Spezialität Ihres Hauses.«

»Wenn er wenigstens schon ein Star wäre, aber so ...«

»Ich weiß. Ihr setzt nur auf Pferde, die sicher gewinnen.«

»Sagen Sie doch nicht so etwas. Ich bin auch nur ein kleiner Angestellter, der nichts zu melden hat.«

»Wollen Sie damit sagen, dass Sie auch in Bezug auf mich die Befehle von oben entgegennehmen?«

»Nein, so habe ich das nicht gemeint ...«, kam nach kurzem Zögern seine Antwort.

»Wissen Sie was? Ich hab's satt!«, schrie Aiko. »Alles Nichtsnutze und Dünnbrettbohrer! Keinen Charakter haben, aber den Leuten schmeicheln, wo es nur geht! Ich komme jetzt in den Verlag und werde Ihnen, dem Doktor und wem auch immer die Meinung geigen!«

»Sie wären bereit, zu uns zu kommen?«

»Bereiten Sie Tee und Gebäck vor!« Aiko feuerte den Hörer auf die Gabel, sprang aus dem Bett und löste ihr Haar. Sie hatte große Lust, jemanden nach allen Regeln der Kunst zusammenzustauchen.

Sie hasste alle, wie sie da waren, die Lektoren, den Fußgänger dort, sich selbst. Sie wusste, dass es ihre eigene Schuld war, aber sie hatte sich nicht mehr unter Kontrolle. Sie war kurz vor dem Explodieren.

Als sie das Verlagsgebäude betrat, sah sie an einem runden Tisch in der Wartehalle Arai und Irabu sitzen.

»Ah, Frau Hoshiyama! Helfen Sie mir bitte. Dieser Mensch versteht mich einfach nicht«, bat Irabu sie.

»Nein, *Sie* verstehen nicht!«, brach es aus Aiko heraus. »Sie glauben doch wohl nicht, dass aus diesem Schüleraufsatz ein gedrucktes Buch werden könnte! Benutzen Sie doch mal Ihren Verstand!«

Irabu machte große Augen. »Frau Hoshiyama, was haben Sie denn? Ihre Backen zittern ja richtig.« Er schien nicht im Geringsten eingeschüchtert zu sein. Das machte Aiko nur noch wütender.

»Denken Sie, Romane zu schreiben ist ein Kinderspiel! Was glauben Sie eigentlich, was es für Schriftsteller bedeutet, etwas zu schreiben? Jeden Satz, jedes Wort schneiden sie sich aus den Rippen, es ist, als würde man einen staubtrockenen Lappen auswringen, und das immer und immer wieder. Und da kommen Sie, ein Amateur, und wollen hier so mir nichts dir nichts einen Roman aus dem Ärmel schütteln!«

»Frau Hoshiyama, Ihr Gesicht ist ja knallrot. Sie haben doch nicht etwa Fieber?«

»Doch, habe ich! Ich fühle mich wie ein Vulkan kurz vor dem Ausbruch!«

»Ach ja, Ihr Brechreizproblem.«

Ihre Lippen bebten. Dieser Ignorant! Am liebsten hätte sie sich in sein Gesicht erbrochen.

»Aber Herr Arai, Sie haben doch gesagt, der Text sei interessant!«, sagte Irabu und schürzte vorwurfsvoll die Lippen. Er lehnte sich zurück und zog geräuschvoll die Nase hoch.

»Wie?« Aiko war sprachlos. Sie sah Arai an. »Nein ... also ich habe ... ich meinte ...«, stotterte dieser. »Na ja, ich meinte bloß, dass der Text, nachdem er mehrfach umgeschrieben wurde, nun einen gewissen Reiz bekommen hat ...«

»Sehen Sie! Ich habe doch Talent!«, Irabu streckte stolz die Brust heraus.

»Bitte? Ist das Ihr Ernst?«

»Talent wäre vielleicht zu viel gesagt ... hm, wie soll ich es ausdrücken, es ist eher eine unvermutete Komik, so abseitig, dass sie auf ihre Weise schon wieder einzigartig ist.«

»Geben Sie das mal her!«, sagte Aiko und überflog das Manuskript. Es war ein völlig wirrer Text. Bei einem Bild würde man sagen, abstrakt, fast wie ein Picasso. Oder wie von einem Geisteskranken.

»Wir Lektoren versuchen ja immer, das Gute in einem Werk zu sehen, und als ich anfing zu lesen, musste ich zugeben, dass es nicht ohne Reiz war. Als ich das dem Doktor mitgeteilt habe ... nun, Sie sehen ja, was dabei herausgekommen ist.«

»Wenn das so ist, dann stehen Sie auch dazu und veröffentlichen es! Was soll dann der ganze Wirbel!«, funkelte Aiko den Lektor böse an.

»Na endlich, ich wusst's doch. Es wird ein Buch!«, jubelte Irabu.

»Das geht nicht. Ein Verlag ist nicht dazu da, um aus nichts ein lesbares Buch zu machen. Vor allem Sie müssten das verstehen, Frau Hoshiyama. So ein Buch verkauft sich einfach nicht!«

»Und wessen Schuld ist das?«

»Genau, Sie sind schuld, Sie sind schuld«, wiederholte Irabu.

»Sagen Sie mal, Sie wollen ein Psychiater sein?«, sagte Arai nun etwas gereizt.

Eine Frau ging an ihrem Tisch vorbei, die Aiko bestens kannte. Es war Sakura. Da sie als freie Redakteurin arbeitete, ging sie bei den verschiedensten Verlagen ein und aus.

»Ach hallo, Sakura! Was machst du denn hier?«, rief Aiko ihr zu.

Sakura kam mit einem finsteren Gesicht näher. Arai, den sie zu kennen schien, grüßte sie.

»Ich bin hier, weil ich die PR für den Film eines Bekannten mache und über eine Kooperation reden wollte, aber die haben mich eiskalt abblitzen lassen, was leider typisch ist für Großverlage«, antwortete Sakura missmutig. »Offensichtlich muss man einen Blockbuster liefern, um überhaupt eine Minibesprechung in einem Magazin zu bekommen.«

Sie zündete sich eine Zigarette an und nahm einen tiefen Zug. Sie seufzte gereizt, während sie den Rauch ausblies.

»Herr Arai, wenn Sie mal wieder ein richtig gutes Buch herausbringen, sollten Sie sich dafür auch ins Zeug legen, ja?«

»Genau meine Rede, Sakura!«, warf Aiko ein.

»Du sei mal lieber still! Dich habe ich damit nicht gemeint. Du bist schließlich eine Bestsellerautorin, die sich keine finanziellen Sorgen machen muss.«

Sakuras Worte kränkten Aiko. »Was soll das heißen? Keine finanziellen Sorgen! Das finde ich ziemlich unfair.«

»Sie meint bestimmt mein Buch«, sagte Irabu.

»Wer ist das denn?«

»Ist schon gut. Ignorieren Sie ihn einfach«, antwortete Arai.

»Was fällt Ihnen ein«, ereiferte sich Irabu und machte Anstalten, den Lektor am Kragen zu packen.

»Sakura, ich will das jetzt klargestellt haben. Was meinst du mit ›keine finanziellen Sorgen‹? Ich verlange, dass du das zurücknimmst«, sagte Aiko energisch, während sie Irabus herumfuchtelnde Hände beiseite schob. »Ich leide hier und rackere mich ab ...«

»Und du kannst dich trotzdem nicht beklagen. Was glaubst du, wie viele Autoren es in Japan gibt, die von ihrer Schriftstellerei leben können? Landesweit stehen nur wenige Hundert fest in Lohn und Brot. Von den Lektoren hofiert, werden sie in die tollsten Restaurants ausgeführt und bekommen Reisen finanziert, Spesen inklusive. Das läuft natürlich alles unter ›Arbeitsbesprechung‹. So etwas gibt es nirgendwo sonst auf der Welt, nur in Japan. Das ist doch hier geradezu ein Paradies für Schriftsteller.«

Sakura sprach mit leiser Stimme. Arai rümpfte währenddessen die Nase.

»Herr Arai! Sie stimmen mir sicher zu, oder?« Aiko gab ihm einen Klaps auf den Arm, doch Arai blieb eine Antwort schuldig.

»Und du, Aiko! Du hast ein oder zwei Mal einen Rückschlag erlitten. Das gibt dir noch lange nicht das Recht, derart zu meckern. Ich kenne eine Reihe von Künstlern, die es viel härter getroffen hat.«

»Was willst du denn von mir? Warum regst du dich so auf?«

»Das will ich dir sagen!« Sakura holte tief Luft und fuhr fort. »Es gibt da einen jungen Regisseur, den ich schon seit langem unterstütze. Nun hat er nach drei Jahren mal wieder einen Film gemacht, einen wirklich tollen Film. Keinen Kunstfilm und auch nicht so einen selbstverliebten Film, der kein Publikum findet, sondern einen Unterhaltungsfilm, der geschmackvoll, anspruchsvoll, ja einfach gut ist. Tolle Schauspieler, schöne Kameraführung. Als er mir den Film gezeigt hat, habe ich geweint. Und ich war aufgeregt, weil ich mir sicher war, dass er damit den Durchbruch schafft, dass er endlich mal Erfolg hat. Und was passiert? Die Zuschauer bleiben aus! Am Tag der Premiere hielt es mich nicht zu Hause. Ich bin ins Kino gegangen, und was musste ich sehen? Der Regisseur und der Produzent saßen im hintersten Eck des fast leeren Saales. Es war entsetzlich. Er hatte mich zwar bemerkt, aber ich habe mich nicht getraut, ihn anzusehen; ich wusste nicht, was ich sagen sollte. Als der Film zu Ende war, habe ich ihm nur zugenickt und bin schnell weitergegangen. Er hat sich seine Enttäuschung nicht anmerken lassen und zurückgelächelt.«

Aiko sagte nichts. Arai und Irabu saßen da mit gesenkten Blicken.

»Ich habe gedacht, dass vielleicht noch Hoffnung besteht und dass durch Mundpropaganda Zuschauer angelockt würden, aber Fehlanzeige. Aus reiner Neugier habe ich mich öfter in der Nähe des Kinos herumgetrieben, aber es fand sich nie mehr als eine Handvoll Zuschauer ein. Da ihm ohnehin kein großes Budget zur Verfügung stand, ist für Werbung kein Geld übrig geblieben, und ich habe krampfhaft überlegt, was man noch machen könnte. Aber es war schon zu spät. Nach zwei Wochen wurde der Film in die Spätvorstellung verbannt, und das war's. Könnt ihr euch das vorstellen? Das ist die brutale Wirklichkeit des japanischen Films. Das Publikum geht nur in Zeichentrickfilme und Remakes von Fernsehserien. Die großen Produktionsfirmen fungieren als Geldgeber, engagieren beliebte Schauspieler oder Fernsehstars, starten große Werbekampagnen, kurz: setzen alle Hebel in

Bewegung, um möglichst viel Geld zu scheffeln. Man möchte lachen, wenn es nicht zum Weinen wäre!«

Ihre Stimme zitterte. Als Aiko aufschaute, sah sie, wie der sonst so starken Sakura Tränen in den Augen standen.

»Wie sieht nun die Zukunft dieses Regisseurs aus? Wenn er nächstes Jahr nicht unter die Top Ten der Filmzeitschrift ›Kinema Kunpo‹ kommt, dann sehe ich schwarz. Wer die Kinokassen nicht zum Klingeln bringt, der bekommt so schnell nicht wieder die Chance, einen Film zu drehen. Wenn ich daran denke, wie der sich zur Zeit fühlen muss, vergeht mir das Lachen. Und helfen kann ich ihm auch nicht; ich kann höchstens meine Beziehungen spielen lassen und noch einmal bei den Zeitschriften anklopfen, in der Hoffnung, dass sie darüber berichten. Noch schaffe ich es nicht, bei ihm vorbeizuschauen. Nicht mal zu einem Anruf kann ich mich aufraffen. Ich kann nur hoffen, dass er nicht in ein tiefes Loch fällt. Von einem gemeinsamen Bekannten habe ich gehört, dass er jeden Tag allein ziellos durch die Stadt streift, um keinen seiner Freunde treffen zu müssen. Das macht mich völlig fertig.«

So war das also! Sie war nicht die Einzige, die nach einem Misserfolg das Weite suchte. Aiko verstand das sehr gut. Nach ihrem eigenen Misserfolg wollte sie auch nicht zu Hause bleiben und war nahezu jeden Tag ins Kino gegangen. Dort saß sie dann, starrte auf die Leinwand und fragte sich, was sie da verloren hatte. Ihr war nur noch zum Heulen zumute.

»In der japanischen Filmbranche läuft das immer so ab. Dass es dennoch engagierte Regisseure gibt, die sich dieser Herausforderung stellen, kann ich nur bewundern.«

Aiko fühlte sich elend. Sie blickte verstohlen zu Arai und sah, dass seine Augenränder gerötet waren. Selbst Irabu blieb stumm.

»Tut mir leid, dass ich euch mit meinem Geschwätz belästige.«

»Ach, nicht doch ...«, brachte Arai endlich hervor. »Ich werde mir den Film noch heute ansehen und allen davon erzählen.«

»Danke, das würde mir wirklich viel bedeuten. Komm, Aiko, du auch, ja?«

Aiko nickte. Eine Träne tropfte auf ihr Kleid. Sakura drehte sich um und ging mit weit ausholenden Schritten zum Ausgang.

Alle drei sagten eine Weile nichts. In der Wartehalle des Verlags herrschte ein ständiges Kommen und Gehen. Draußen hatte es inzwischen zu regnen begonnen.

»Diese Frau gestern hat mich schwer beeindruckt«, sagte Irabu mit großen Augen.

»Sie ist eben meine Freundin«, antwortete Aiko nicht ohne Stolz. Wieder war sie in die Praxis gekommen. Sie erklärte ihm, dass er sich keine Hoffnungen auf eine Veröffentlichung zu machen brauchte. Es wäre nicht fair, Arai so unter Druck zu setzen.

Irabu zuckte die Schultern und fand sich damit ab. »Na ja, was soll's. Ich mag Comics ohnehin lieber.«

»Comics können Sie immer und überall einreichen.«

»Ehrlich? Gut, dann werde ich mich gleich mal an die Arbeit machen.«

»Ich möchte Sie nur vorwarnen: Auch da ist es nicht einfach, einen Fuß in die Tür zu bekommen. Man wird Sie zwar nicht an dem Niveau der Kollegen messen, aber der Konkurrenzkampf ist größer, eben weil es so viele gibt.«

Irabu zupfte an seiner Unterlippe. »Ich glaube, ich bleibe bei meinem Beruf. Als Künstler hat man es wirklich nicht leicht. Man steht ganz schön unter Stress. Apropos Stress – Sie müssen unbedingt bei Ihren Lektoren die Werbetrommel für mich rühren: ›Bei Schwierigkeiten mit Autoren: Die Irabu-Klinik hilft!‹ Klingt gut, oder?«

Meine Güte, dachte Aiko, an diesem Stress warst du nicht ganz unbeteiligt. Doch sie verkniff sich eine Bemerkung.

»Herr Doktor, darf ich Sie etwas fragen? Was bereitet Ärzten eigentlich den meisten Verdruss?«

»Wenn ein Patient stirbt«, antwortete Irabu, ohne lange nachzudenken.

Richtig, der Ort, wo Menschen geheilt wurden, war auch der Ort, wo man mit dem Tod konfrontiert war. Die Tragweite der Auswirkungen dieser täglichen Erfahrung auf die Psyche der Ärzte konnte man als Außenstehender gar nicht richtig abschätzen.

»Während meines Praktikums habe ich auch die Abteilung für innere Medizin durchlaufen. Da war ein kleines Kind, bei dem die Behandlung nicht anschlug, als es starb, haben alle geheult.«

Eine solche Erfahrung war bestimmt schwer zu verarbeiten.

»Ich hatte zwar vorgeschlagen, mit der Abteilung eine Trauerfeier in einer Karaokebar abzuhalten, aber leider wollte keiner mitmachen.«

»Also wirklich ...«, rutschte es Aiko raus.

»Als Totenmesse sozusagen.«

Dieser Mensch war einfach unmöglich. Den musste sie in ihrem nächsten Roman verewigen, koste es, was es wolle.

»Wie sieht es mit Ihrer Schreibblockade aus?«

»Ich glaube, ich habe sie überwunden.«

Sie war sich fast sicher, dass dem so war. Bestimmt gäbe es auch in Zukunft Zeiten, wo sie an sich zweifeln würde, aber sie könnte mithilfe der Menschen um sie herum wieder Hoffnung schöpfen. Die meisten überwanden auf diese Weise ihre Krisen, sie würde da keine Ausnahme sein. Sakuras Worte zum Beispiel hatten ihr wieder Mut gegeben – und sie nachdenklich gestimmt. Sie schämte sich, dass sie so selbstsüchtig gewesen war.

Aus der Distanz betrachtet, war die Arbeit eines Schriftstellers doch unbedeutend wie ein Sandkorn in der Wüste. Selbst wenn sie der Nachwelt nicht erhalten bliebe, selbst wenn der Wind die Überreste ihrer Schriftstellerexistenz in alle Himmelsrichtungen wehen würde, was würde es ausmachen? Wichtig war, bis dahin jeden gegebenen Augenblick zu genießen.

Aiko verließ das Behandlungszimmer. Es war richtig, dass sie hergekommen war. Sie musste lächeln.

Als sie die Treppe hochstieg, rief plötzlich jemand ihren Namen. Sie drehte sich um und erblickte die Krankenschwester Mayumi. Was wollte die denn? Aiko hielt inne.

»Ich habe Ihren Roman *Morgen* gelesen«, murmelte sie.

Das kam so unerwartet, dass es Aiko die Sprache verschlug.

»Ich fand ihn wirklich ganz toll, wollte ich Ihnen nur sagen.«

»Ah ...«, mehr brachte Aiko nicht raus.

»Ich habe das erste Mal in meinem Leben bei einem Roman geheult.«

Was war sie doch für eine hoffnungslose Närrin gewesen. Wie konnte sie nur ihre Leser vergessen!

Mayumi war kein Lächeln zu entlocken, sie sah Aiko auch nicht in die Augen. Sie schämte sich. Und es stand ihr gut.

»Wirklich? Ich danke Ihnen!«, antwortete Aiko aus tiefstem Herzen. Sie war so glücklich darüber, dass sie am liebsten einen Luftsprung gemacht hätte.

»Das war's, was ich Ihnen sagen wollte. Bitte schreiben Sie wieder so einen Roman, ja?«

»Das mache ich! Noch heute fange ich damit an!«

Mit kleinen Schritten entfernte sich Mayumi.

Was denn? Das war alles? Aiko hätte gern noch ein bisschen mit ihr geplaudert. Die war wirklich nicht sehr umgänglich!

Trotzdem war Aiko gerührt. Immerhin war sie ihr nachgelaufen, nur um ihr das mitzuteilen.

Das kostbarste Gut der Menschen sind ihre Worte. Innerhalb eines Augenblicks konnten einen die richtigen Worte wieder aufrichten. Aiko war stolz, dass sie einen Beruf ausübte, in dem Worte so wichtig waren. Sie dankte dem Himmel dafür.

Sie eilte die Treppen hoch und nahm dabei immer zwei Stufen auf einmal. Sie rannte durch den Flur im Erdgeschoss und sprang mit einem lauten Freudenschrei ins Freie.

Inhaltsverzeichnis